시경詩境

한시와 도漢詩와道

금 장 태

박문사

詩境 - 漢詩와 道

　시의 세계 속에서 유교의 선비이거나 불교의 선사禪師이거나 옛사람이 추구하던 '도道'의 그림자를 찾아보고 싶다는 생각으로, 또한 '시'를 통해 표현된 '도道'를 이해하고 싶어 제목을 '시경詩境-한시漢詩와 도道'라고 붙였다.

　'시경'詩境이라는 말은 백거이白居易를 비롯한 당나라 시인들이 즐겨 쓰던 말이요, 우리나라에서도 신위紫霞 申緯나 김정희秋史 金正喜가 즐겨 쓰던 말이라 들었다. 오래전에 김정희가 예산禮山 고향집 근처 바위에 써서 새겨 놓은 '시경'詩境 두 글자의 탁본을 얻어 지니고 있었는데, 혼자서 이 말이 누구나 맛볼 수 있는 시의 세계라 생각했기 때문이다.

<머리말 중에서>

머리말

　금년 2월 대학 강단에서 은퇴하면서 나의 계획은 섬을 찾아다니는 여행이나 하다가 심심하면 한시漢詩나 한 수씩 골라 읽으며 음미하기를 즐겨보겠다는 것이 전부였다. 한시를 읽겠다고 한 것은 내가 한시에 대한 특별한 소양이나 취미가 있어서가 아니라, 시력이 너무 감퇴되어 책 읽기가 어려워서 짤막한 한시를 읽겠다고 얄팍한 꾀를 낸 것에 불과하다. 그러고도 차일피일 미루다가 한 수도 읽지를 못하고 반년이 흘러갔다.

　마침 좋은 기회를 얻어 금년 7월 한 달 동안 통도사通度寺반야암般若庵에서 쉴 수 있는 기회를 얻었다. 반야계般若溪의 그 맑은 물소리와 반야송般若松의 그 청청한 푸르름이 너무 좋아 모처럼 심신이 쇄락함을 만끽할 수 있었다. 반야암에 머물면서 마침 주지이신 지안志安 큰 스님이 내신 '선시禪詩산책'인 『바루 하나로 천가의 밥을 빌며』(계창, 2008) 한권을 얻어 한 달 내내 한가롭게 읽었다.

　처음에는 하루에 한 수씩 골라 산책하면서 읊조려 볼 요량이었는데, 비가 계속 내려서 방 안에만 있게 되니, 심심해서 내 마음에 생각나는 대로 감상을 써보기 시작했다. 나는 시를 전공하는 사람도 아니고, 원래 문학적 조예도 없다는 사실을 스스로 잘 알고 있으니, 이 시를 해설해보겠다는 의사는 애초부터 전혀 없었다. 그저 한시를 읽고 나서 내 마음에 떠오르는 생각을 혼자 중얼거리듯이 이야기해 본 것에 불과하다. 그러하니 단지 한시를 읽고 난 나의 어설픈 소감이거나 나의 둔탁한 수필에 불과하다고 생각한다.

처음에는 옛 스님들의 '선시'를 읽어갔는데, 내 나름으로는 재미가 있어서 한시를 계속 찾아서 읽어갈 생각이 들었다. 서울로 돌아온 뒤에도 이 책 저 책을 뒤적거리다가 마음에 드는 한시가 있으면 나의 소감을 계속 쓰게 되었다. '선시'를 몇 개 읽었으니 중국인의 한시도 몇 개 읽고 싶었고, 우리나라 옛 학자들의 한시도 몇 개 찾아 읽었다. '선시'에서 시작을 하다 보니, '시'를 통해 표현된 '도'를 이해하고 싶었고, 그래서 글이 다 모인 다음에 제목을 '시경-한시와 도'(詩境: 漢詩와 道)라고 붙여 보았다.

시의 세계 속에서 유교의 선비이거나 불교의 선사禪師이거나 옛 사람이 추구하던 '도'의 그림자라도 찾아보고 싶다는 생각을 담은 것이다. 더 이상 큰 의미를 생각해 보지는 못했다. '시경'詩境이라는 말은 백거이白居易를 비롯한 당나라 시인들이 즐겨 쓰던 말이요, 우리나라에서도 신위紫霞 申緯나 김정희秋史 金正喜가 특히 좋아하던 말이라 들었다. 오래 전에 김정희가 예산禮山 고향집 근처 바위에 써서 새겨놓은 '시경'詩境 두 글자의 탁본을 얻어 지니고 있었는데, 혼자서 이 말이 누구나 맛볼 수 있는 시의 세계라 생각했기 때문에 끌어다 제목으로 붙여 본 것이다. 깊은 뜻을 이해하지 못하고 마음대로 끌어다 붙였다고 나무람을 받지나 않을까 두렵기도 하다.

솔직히 나에게 시를 고를 수 있는 안목이 있다고는 결코 생각하지 않는다. 그래서 한 인물의 시를 한 편만 골랐는데, 더 좋은 시가 얼마든지 있겠지만 내 눈에 띈 것이 이것일 뿐이다. 사실 한시를 자신있게 번역할 능력도 나에게는 없다. 몇 편의 시를 제외하고 대부분은 다른 사람이 번역한 것을 이용하였다. 다만 번역문을 그대로 쓰지 않고 조금씩 고친 곳이 많은데, 나의 번역이 더 옳다는 말이 아니라, 내 언어감각에 더 편안하도록 고쳐본 것일 뿐이다.

한시를 읽으면서 나로서는 감탄스러웠던 대목은 한시 속에 감추어져 있는 엄청나게 함축된 맛이었다. 논설로 서술하자면 장문의 글을 써서 주장하고 싶은 말을 논리에 맞게 전개해야 하고, 또 고전을 끌어다 증거를 대고, 사례를 찾아 입증을 하는 설명을 계속해가야 할 주제인데, 한시는 불과 몇 줄의 짧은 글 속에 더 호소력 있게 또 깊은 여운을 남기며 말해주고 있다는 사실을 발견한 점이다. 그렇다고 논설이 필요 없다는 말이 아니라, 그동안 논설만 읽어오던 버릇을 고쳐서 논설과 시를 함께 본다면 그 사람의 사상을 더 선명하고 더 깊이 있게 이해할 수 있을 것이라는 생각을 갖게 되었다.

한시의 함축된 어법과 문학적 정신을 제대로 알지 못하여 전혀 엉뚱하게 오해를 하고 말았거나 제대로 음미하지 못한 부분들이 한두 군데가 아닐 줄 안다. 많은 분들로부터 아낌없는 가르침을 받아 고쳐가면서 내 생각과 안목도 키워갈 수 있는 기회를 얻게 되기를 바랄 뿐이다. 나로서는 한시를 읽는 즐거움을 처음으로 조금 맛보았던 소중한 계기이니, 앞으로 조금씩 향상할 수 있기를 바라는 마음이 간절하다.

6

이 책이 나오게 된 것은 무엇보다 먼저 지안스님이 『바루 하나로…』를 주시고 반야암 수류정水流亭에서 한 달이나 푹 쉴 수 있도록 허락해주신 큰 은덕에 힘입은 것이다. 그 소중한 인연에 감사한다. 또한 이 책의 간행을 허락해주신 박문사의 윤석원 사장님께 감사하고, 교정을 도와준 아내 소정素汀에게 고마운 마음을 전하고 싶다.

2009년 10월 25일
관악산 그늘 潛硏齋에서
松溪居士 琴 章 泰

목차

8

제2부 한국 한시의 세계

제3부 선시禪詩의 세계

제1부

중국 한시의 세계

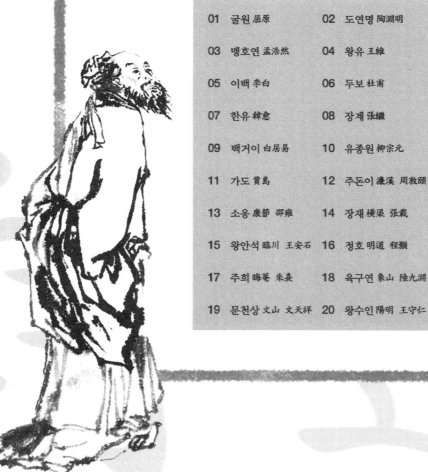

시경詩境

한
시와
도道

받아들일 수 있겠는가? 차라리 상수湘水에 빠져서 고기밥이 되어 물고기 뱃속에다 장사를 지낼지언정, 어찌 희디 흰 순결함으로 세속의 티끌을 뒤집어 쓸 수 있겠는가"라고 하였다. 어부는 이 결백하고 굽힐 줄 모르는 강인한 지조를 지닌 선비의 모습을 바라보면서 빙그레 미소를 짓고는 다시 노를 저어 떠나가면서 노래를 불렀다. 위에서 인용한 시는 바로 그 어부가 떠나면서 부른 노래이다.

세상을 어떻게 살아 갈 것인가의 문제는 바로 '도'를 깨우치는 문제와 직결되어 있다. 세상을 어떻게 인식하고 '도'를 어떻게 인식하는가의 입장에 따라 세상을 살아가는 방법이 달라질 수밖에 없다. 굴원은 이 「어부사」에서 자신의 옳은 신념과 지조를 굳게 지키고 시련에 굽히지 않겠다는 신념을 가졌더라도, 환경과 처지에 적응하여 굽히면서 부드럽게 적응해가야 한다는 어부의 두 가지 처신방법을 제시하며 대비시키고 있다. 그것은 바로 세상을 바라보고 진리를 인식하는 두 가지 기본 방법이라고도 할 수 있겠다.

"청렴하고 강직하게 살라"고 타이르는 것은 타락하고 비굴하게 살아가는 많은 사람들의 생활태도에 서릿발처럼 엄중한 훈계를 내려주는 소중한 가르침이다.

그러나 "원만하고 유연하게 살라"고 타이르는 것도 굽힐 줄 모르고 자기 확신에 사로잡히거나 타협할 줄 모르는 고집에 빠진 사람들에게 그 굳어진 태도를 봄바람처럼 부드럽게 풀어주는 지혜로운 가르침이라 할 수 있다.

굴원과 어부의 태도는 바로 유가儒家의 규범주의적 가치와 도가道家(老莊)의 자연주의적 가치를 대변하는 것으로 보이기도 한다. 사실상 '강직하다'는 것과 '유연하다'는 것은 분명히 상반된 태도로 어느 한 쪽에 서면 다른 쪽을 따를 수 없는 모순관계로 보인다. 그렇다면 굴원이 옳은가. 어부가 옳은가. 양쪽 모두 옳은 것인가. 아니면 양쪽 모두 그른 것인가. 판단이 쉽지가 않다. 제각기 타고난 기질이나 취향에 따라 선택해야 하는 것이란 말인가?

여기에 의미 있는 절충적 방법도 제시되고 있다. '강직함'과 '유연함'의 양쪽을 동시에 실현하는 방법이다. 곧 바깥으로는 유연하게 하면서 속으로는 강직함을 지킬 것을 요구하는 '외유내강外柔內剛'의 방법이다. 자신의 내면에서 지조는 강직하게 지키면서 다른 사람과의 관계에서는 적절히 타협하고 순응하는 유연성을 보이라는 것이다. 다만 그 반대는 최악의 상태로 경계의 대상이 된다. 바깥으로는 지조가 있는 척 고집을 부리면서 속으로는 이해관계에 따라 영합하려는 태도 곧 '외강내유外剛內柔'의 경우는 차라리 어느 한 쪽을 지키는 것만도 못하게 될 것이다.

물론 '강직함'은 어려운 상황 속에서도 불의와 타협하지 않고 싸워나가는 용기를 불어넣어 주는 힘이 된다. 그러나 '강직함'이 왜곡되면 독선과 고집의 모습으로 나타나기도 하는 점을 경계하지 않을 수 없다. '유연함'은 서로 다른 이질적인 것을 포용하고 조화시켜주는 힘이 된다. 그러나 '유연함'이 왜곡되면 비굴하고 영합하는 모습으로 나타나기도 하는 사실을 경계하지 않을 수 없다. 세상에 가치있는 것이라 중시하고, 옳은 것이라 강조되며, 진실한 것이라 높여지는 것이 이렇게 항상 가치 있거나 옳거나 진실한 것이 아니다. 부단히 타락하거나 고착될 위험에 놓여 있다는 사실을 인식할 필요가 있다. 굴원의 「어부사」는 이렇게 상반된 가치관을 어느 한 쪽에 편들지 않고 격조 높게 대비시켜 주고 있다는 점에서 오랜 세월 사람들의 가슴속에 문제를 던져주고 있는 명문 가운데 명문이라 생각된다. 🔲

동쪽 울타리 아래서 국화 꺾다가

동쪽 울타리 아래서 국화 꺾다가

한가로이 남산을 바라보노라

아침 저녁으로 산 기운 아름다워

새들은 날다가 함께 돌아오네

이 속에 참 뜻이 들어 있으나

밝혀보자 하니 벌써 말을 잊었네.

採菊東籬下　　悠然見南山
채 국 동 리 하　　유 연 견 남 산

山氣日夕佳　　飛鳥相與還
산 기 일 석 가　　비 조 상 여 환

此中有眞意　　欲辨已忘言
차 중 유 진 의　　욕 변 이 망 언

<飮酒20首(5)>

이 시는 도연명(陶淵明, 이름은 潛, 字가 淵明)의 「음주飲酒」 20수 가운데 다섯 번째로서, 10구절 가운데 뒷부분 6구절을 취한 것이다. 도연명은 속박 받는 데 싫증을 내어 현령縣令이라는 지방수령 벼슬을 내던지고 고향으로 돌아가 은둔하면서 지었던 글로 「귀거래사歸去來辭」가 많은 사람의 가슴을 저리게 해왔다. 필자는 1956년 중학교에 입학해 서울로 올라왔는데, 그때 광화문 네거리 근처에 '귀거래'라는 다방이 있어서 친척 어른들을 뵈러 몇 번 들어갔던 일이 있다. 전쟁 후 실향민들이 넘치고 고향을 떠나 서울 거리를 헤매던 사람들에게 '귀거래歸去來' 곧 '돌아갈까나'라는 말 한마디는 언제나 자신이 서 있는 자리를 원천적으로 되돌아보게 하는 충격의 말이었다.

　이 시의 첫째 구절은 자기 집 울타리 안이고, 둘째 구절은 자기 집 마당에서 바라보이는 남산이다. 이 시에서 시인은 자기 집 울타리 바깥으로 나가지 않았다. 바라보는 시선도 앞산을 넘어가지 않는다. 이 그림에는 산 너머에 있는 세상이 전혀 보이지 않는다. 조촐한 싸리 울타리의 시골집과 그 앞에 펼쳐진 남산 줄기가 전부이다. 이웃도 안 보인다. "대문은 만들어 놓았지만 언제나 닫아둔"(門雖設而相關) 모습이다. 분명 사람 사는 동네 안에 살고 있고, 고향에 살고 있는 것 같기도 한데, 왕래도 없고 출입도 없으니, 무척 외롭게 보이기도 한다.

　세상을 버리고 산 속으로 들어가 수도를 하는 출세간出世間의 길이 아니라면, 세상을 살아가는 방법에는 대체로 두 가지 길이 있는 것으로 들어 볼 수 있겠다. 그 하나는 출세를 하고 재산도 모으기 위해 저 산 너머 도시로 나가고 더 넓은 세상을 찾아 나서서 밖으로 나가는 길이다. 또 하나는 고향에 파묻혀 부모를 모시고 농사나 지으며 사는 것으로 안에 머무는 길이다. 누구도 밖으로 나가는 길이 잘못 되었다고 비난할 수는 없다. 세상에서 대부분의 사람들은 밖으로 나가는 길을 찾아 나서고 있다. 이들이 온갖 어려움을 견뎌내며 노력해온 보람으로 세상은 이렇게 풍요로운 문명사회로 발전해 왔으며, 또한 모든 사람들이 그 혜택을 입고 있는 것이 사실이다.

그러나 세상을 향해 '밖으로 나가는' 길은 사람들과 어울리고 또 사람들과 경쟁하여 남들 보다 먼저 더 높이 올라가고 더 많이 갖기 위해 밤낮으로 노심초사勞心焦思하여야 하고, 일이 잘 풀리거나 막히는데 따라 일희일비一喜一悲를 거듭하지 않을 수 없다. 이렇게 살아가노라면 경쟁의 대열에서 제대로 적응하지 못해 낙오하는 사람도 나오고, 상처받고 앓는 사람도 나오기 마련이다. 경쟁에서 이기고 성공한 사람에게 영광을 돌려야 하겠지만, 패배하여 실패한 사람에게도 위로가 필요하다. 도연명이 제시한 '안에 머무는' 길은 밖에서 낙오하고 상처받은 사람들을 위로해 주고 치료해 주는 방법이라 생각한다. 그는 세상을 향해 나가는 것 자체를 부정하는 입장이 아니라, '안에 머무는' 가운데서도 기쁨과 충족이 있음을 보여주는 것이 아닐까?

관심의 방향은 약간 다르지만 유교전통에서도 세상사는 방법으로서 '밖으로 나가는'(出) 길과 '안에 머무는'(處) 길이 매우 중요하게 인식되어 왔다. 그래서 어떻게 하는 것이 올바르게 사는 것인가를 판단하는 '의리'義理의 문제에서 가장 핵심적 판단기준은 '나감'

과 '머묾' 곧 '출처'出處의 의리이다. 여기서도 '나감'과 '머묾' 사이에서 결코 어느 한 쪽을 선택하도록 요구하는 것이 아니라, 상황에 따라 어느 쪽을 선택하는 것이 옳은지를 판단하도록 요구하고 있는 것이다.

이 시에서는 울타리까지 나가서 좋아하는 국화를 꺾어다 책상머리에 올려두려고 방으로 가져오고 있을 뿐 바깥으로 향한 시선도 앞산을 넘지 않으며 철저히 절제되고 있다. 그만큼 밖으로 향한 관심은 안으로 돌려질 수밖에 없다. 아침이면 산골짜기에 안개가 피어오르고, 저녁이면 산등성이에 구름이 빗겨 걸려서 석양을 받고 있는 산의 경치가 아름다움에 깊은 애정을 기울이고 있다. 사방으로 자유롭게 날아다니는 새들도 날이 저물면 떼를 지어 숲으로 돌아와 쉬는 휴식의 포근하고 편안함을 열어 보여준다. '밖으로 나갔다가' 지치고 상처받은 사람들에게 '안에 머무는' 세상이 얼마나 아름답고 편안한지 부드럽게 일깨워주고 있는 게 아닌가?

결론으로 '밖으로 나가는' 인간과 어울리고 부딪치는 인간의 세계와 대조되는 또 하나의 세계, 곧 인간을 피해 자연과 어울리고 그 속에 안기는 자연의 세계를 제시하면서, 이 자연의 세계에 '참 뜻'이 있음을 제시해준다. 이 '참 뜻'은 마음에서 마음으로 전해지는 '이심전심'以心傳心의 직접적 소통이 이루어지는 것처럼, 말로 설명될 수도 없고 말로 설명할 필요도 없는 그대로 받아들이면 되는 체득의 세계이다. 근원적 진리는 언제나 말을 넘어서 가슴에서 가슴으로 전해지는 것이리라. 이런 의미에서 이 시는 찾아내고 싸워서 얻는 삶과 대조되는 또 하나의 삶으로서, 자신을 맡기고 그 속에 쉬는 삶의 '참 뜻'을 생생하게 보여주고 있는 것이 아니랴. ▨

당(唐) 〈맹호연孟浩然(689-740)〉

03

꽃들이 제법 많이 졌으리라

봄잠에 빠져 날 새는 줄 몰랐더니

곳곳에 지저귀는 새소리 들리누나

밤사이 비바람 거세었으니

꽃들이 제법 많이 졌으리라.

春眠不覺曉　　處處聞啼鳥
춘 면 불 각 효　　처 처 문 제 조

夜來風雨聲　　落花知多少
야 래 풍 우 성　　낙 화 지 다 소

〈春曉〉

봄은 노곤한 계절이다. 춘곤春困에 늦잠이 들어 벌써 날이 환한 아침에야 잠이 깬 장면이다. 봄날에는 사방에 꽃이 화려하게 피어나고 새소리가 더욱 맑아지는 계절이다. 이 봄날 아침을 담담하게 읊은 시이다. 그러나 이 시에도 계절을 관찰하고 자연을 읊고 있으니, 잠깐 스쳐가는 그 상념의 세계를 시인과 함께 음미하며 더듬어 볼 만 하다.

　첫째 구절 첫 머리에서부터 사람이 등장한다. 봄날 아침 해가 중천에 떠오를 때까지 늘어지게 늦잠을 자는 태평한 사람이다. 이 행복한 봄날에 무슨 심각한 인생의 고민이 있을 리 없다는 것 같다. 특별한 계획도 없고 약속도 없으니 마음 놓고 늦잠을 잘 수 있는 것이리라. 완벽하게 릴렉스된 상태이다. 이렇게 자기 마음을 괴롭히는 아무 일도 없는 편안한 상태가 되면 마치 고요한 물처럼 마음이 평정함을 얻을 것이요, 이 고요한 물이 사물을 거울처럼 비쳐주듯이 평정한 마음은 대상 세계를 있는 그대로 받아들일 수 있게 될 터이다. 이른바 거울처럼 비어 있고 저울처럼 공평하다는 '감공형평'鑑空衡平의 평정심이 될 것이 아니겠는가?

　마음속에 복잡한 생각이 바쁘게 움직이면 사실 우리를 둘러싸고 있는 대상세계가 제대로 비쳐질 수가 없다. 그래서 마음을 평정하게 하기 위해 '선'禪불교에서처럼 생각을 지우고 마음을 비우는 수행을 하기도 한다. 그런데 아무 수행할 것도 없이 저절로 무심한 마음이 되어 잠이 오는 만큼 푹 자고 나서 아무 생각없이 자리에 누운 채 눈만 떠 본 상태도 분명 마음이 비어있는 '무아'無我의 지경이 아닐까?

잠에 깨어나서 가장 먼저 감각에 들어오는 것은 벌써 날이 밝았다는 빛이 눈에 들어 왔을 것이지만 아무런 사물도 눈에 비쳐지고 있지 않다. 내가 보려고 하질 않고 들으려고 하질 않았으니 아무 것도 보이지는 않겠지만 소리는 저절로 귀에 들어온다. 그래서 가장 먼저 사방에서 지저귀는 새소리가 귀에 들려오는 것이다. 새소리가 들리면서 의식도 점점 깨어난다. "이렇게 새소리가 맑은 것을 보니 분명 봄이로구나." 이런 생각이 떠오를 것 같다. 눈으로 보는 것은 우선 눈을 떠야 하고 또 시선의 초점을 맞추어야 보이기 시작하니 능동적 행위라고 한다면, 귀로 듣는 것은 귀기울이지 않더라도 온갖 소리가 저절로 쏟아져 들어오니 수동적으로도 가능한 행위이리라.

둘째 구절에서는 사방에서 지저귀는 새소리가 들리는 사실을 말하고 있다. 듣는다는 것은 내가 원하는 것을 듣기 이전에 저쪽에서 말하는 소리를 받아들인다는 뜻을 내포한다. 주위에 숲이 있었으니 맑은 새소리가 사방에서 들릴 것이다. 냇가에서 잠을 잤다면 맑은 물소리가 먼저 들렸을 테지만, 새소리가 들리면서 의식이 점차 깨어나 달리기 시작한다. "아, 봄이다!" "저 숲에는 무슨 일이 있나." 이렇게 생각이 넓혀져 가다가 뜨락과 숲에 피어있던 봄꽃들이 떠오른다. 그런데 시각과 청각은 현재에서만 작동하지만 생각은 과거와 미래로도 마음대로 달려갈 수 있다.

셋째 구절에서는 생각이 지난밤으로 달려간다. 어젯밤 비바람이 제법 심했던 사실이 머릿속에 떠오르는 것이다. 봄날 밤에 밤비 소리를 듣노라고 늦게서야 잠이 들었는지도 모르겠다. 넷째 구절에서는 생각이 다시 지금 이 자리로 돌아온다. 어젯밤 비바람에 화사하게 피었던 봄꽃들이 제법 많이 땅에 떨어지고 말았겠지. 이런 생각까지 떠오른다.

　꽃들이 많이 졌으리라. 첫째 구절 잠에서 깨어 눈을 뜬 이후 넷째 구절에서 비바람에 떨어진 꽃잎을 생각하는 순간까지 아직도 자리에 누워있는 것이 아닌가? 어디에도 일어나 앉거나 서서 바깥을 살피는 광경이 떠오르지 않으니 말이다.

　비바람에 떨어진 꽃을 생각하면서 그 가슴속에는 무슨 느낌이 일어났을까? 안타깝다거나 아쉽다는 말이 전혀 비쳐 나오지 않는다. 꽃이 피고, 또 비바람에 지고, 봄날은 이렇게 물 흘러가듯 지나가고 있고, 나도 이 세월따라 속절없이 늙어가고 있다는 사실에 아무런 감정을 보이지 않는다. 그저 거울이 사물을 있는 그대로 비쳐주듯이 아무 마음을 일으키지 않고 평정한 마음으로 관조하고 있는 것이다. 떨어진 꽃잎에 눈물짓는 감상도 없고, 봄이 가고 세월이 가는 사실을 안타까워하는 애착도 없다. 정물화처럼 무심하게 내다보는 마음만이 깨어 있다. 이 '무심하게 깨어있는 마음'이 '도'를 가장 잘 비쳐볼 수 있는 마음이 아닐까? 🔲

냇물 맑으니 하얀 돌 드러나고

냇물 맑으니 하얀 돌 드러나고

날씨 차가우니 단풍은 드물구나

산길에는 비가 오지 않았건만

비취빛 하늘이 옷깃을 적셔오네.

溪淸白石出　天寒紅葉希
계 청 백 석 출　천 한 홍 엽 희

山路元無雨　空翠濕人衣
산 로 원 무 우　공 취 습 인 의

<山中>

왕유王維의 이 시는 어느 맑은 늦가을 날 산길을 가고 있는 풍경일 수도 있고, 산 속에서 밝은 햇살이 비치는 냇가에 잠시 쉬면서 하늘을 우러러 보는 광경일 수도 있다. 늦가을 자연 속에 파묻혀 서로 녹아들어가며 자연과 하나가 되어 가는 한 선비의 모습을 그림같이 아름답게 묘사해주고 있으니, 한 폭의 칼칼한 풍경화로 감상하는 데도 아무런 아쉬움이 없다. 그러나 이 아름다운 그림 속에 스며들어 있는 '도'를 찾아보는 것도 또 하나의 즐거움이 될 수 있을 것이다.

　첫째 구절에서는 시선이 발 아래 계곡을 굽어본다. 냇물이 투명하게 맑으니, 햇살을 받아 냇물 속에 하얀 돌들이 더욱 선명하게 떠오르고 있다. 혼탁한 세상 지조를 지키며 사는 인물들이 파묻혀 드러나지도 않는데, 이렇게 맑은 냇물처럼 맑은 세상을 만난다면 그 인격이 얼마나 눈부시게 빛날까? 냇물 속에서 하얀 돌을 보며, 자신의 모습을 발견할 수도 있고, 세상에 묻혀서 살고 있는 지조 높은 인물들을 찾아 볼 수도 있을 것이다.

　맑아지면 인물만 잘 드러나는 것이 아니다. 우리의 마음이 가을 물처럼 맑아지면 그동안 어둠 속에서 더듬고 있던 세상의 온갖 이치도 환하게 떠오르지 않겠는가? 냇물이 맑다는 것은 조건이고, 하얀 돌이 드러난다는 것은 우리가 만날 수 있는 성과이다. 내 마음도 이 냇물처럼 맑게 한다면 감추어져 있던 이치가 환하게 떠오를 것이요, 세상의 풍속을 이 냇물처럼 맑게 한다면 파묻혀 있던 인물들이 뚜렷하게 떠오를 것이 아니겠는가?

투명하게 맑고 깨끗한 산골 계곡의 냇물을 굽어보면서도 이 맑은 냇물을 사랑한다고 노래하는 것이 아니다. 바로 이 맑은 냇물 바닥에 놓여 있는 하얀 돌이 잘 드러나 보인다는 사실에 깊은 감동을 표현하고 있는 것이다. 어쩌면 냇물 속에 숨어 있다가 이렇게 정결하게 드러나는 저 하얀 돌에서 자신을 발견하고 위로를 받고 있는 것인지도 모르겠다. 그동안 혼탁한 세상을 살면서 답답하던 마음을 깨끗이 씻어내는 통쾌함을 느낄 수도 있고, 자신을 몰라주는 세상이 야속하기도 했는데, 이렇게 정결한 지조를 지키고 있는 자신의 아름다운 모습을 보면서 스스로 도취할 수도 있을 것 같다.

둘째 구절에서는 고개를 숙이고 냇물을 굽어보던 시선을 들어 냇물 너머 산을 건너다보며 수평을 찾고 있다. 냇물 속에서 맑은 냇물과 하얀 돌이라는 시각적 대상으로 다가오면서 공간적 순수함이 경험되고 있다면, 산에서는 차가운 바람의 촉감과 붉은 단풍잎이 거의 떨어져 없어졌다는 시각적 대상의 결핍이라는 조건 속에 시간의 흐름이 경험되고 있다고 하겠다. 이제 계절이 늦은 가을날임을 분명하게 말해주고 있다.

날씨는 벌써 서늘한 철을 지나 쌀쌀한 한기가 느껴지기 시작한다. 봄날 꽃보다 화려하게 온 산을 붉게 물들였던 단풍잎도 벌써 거의 다 지고 말았다. 얼마 남은 것이라야 이미 시들어버려 붉게 타오르던 빛깔을 거의 잃고 말았다. 쓸쓸함이 또 무상함이 가슴속으로 밀물처럼 몰려들고 있으리라. 아마 이 산 속에서 발을 멈추고 서 있는 나그네는 나이도 벌써 초로初老를 지나가고 있는지 모르겠다. 어쩌면 산을 두리번거리며 남은 단풍잎이 없는지 살피면서 아쉬움에 젖어 있을 것만 같다. 첫째 구절에서 잔잔한 기쁨으로 차오르던 가슴에, 둘째 구절에 오면서 쓸쓸함이 엄습하고 있으니, 바로 늦은 가을이나 초로에 접어드는 인생은 수확이 끝난 빈 들판처럼 기쁨과 쓸쓸함이 착잡하게 겹쳐오는 시간인가보다.

셋째 구절과 넷째 구절에서는 새로운 반전을 하고 있다. 우선 시선은 저 파란 하늘을 올려다보다가 자신의 옷깃을 굽어보며 상하로 움직이고 있다. 노년을 맞는 인생이야 감정으로 말하면, 한 편으로 자신의 성취에 기쁨도 클 것이고, 다른 한 편으로 한해가 저물어가는 늦은 가을처럼 끝이 보이기 시작하면서 무상한 세월에 쓸쓸함도 깊을 것이다. 그러나 노년의 인생은 감정에 젖어있는 것이 아니라 인생 자체를 달관할 줄 아는 데 아름다움이 있는 것이 아닐까?

머리 위로 구름 한 점 없이 아득히 넓고 높은 파란 가을 하늘과 하얀 도포자락을 걸치고 서 있는 한 점의 작은 자기 자신이 마주하고 있다. '하늘'과 '나 자신' 이 둘 만이 마주 서 있는 것이다. 이 둘은 끝없이 파란 빛과 한 점의 하얀 빛의 색채로 맞서고 있기도 하다.

그런데 '하늘'과 '나'는 맞서 있는 것이 아니라, 하나로 합쳐지고 있다. 파란 하늘빛이 하얀 도포자락으로 젖어 들어오고 있다. 마치 비가 내려서 옷이 젖어가듯이 말이다. 그것은 내가 하늘 속에 맡겨지는 것이요, 하늘이 나를 감싸며 받아들이는 것이 아니랴. 어차피 여기 서 있는 한 점의 하얀 도포를 입은 인생은 조만간 이 하늘 속에 녹아들어갈 수밖에 없는 것이 아니겠는가? 노년에 달관한 인생을 한 폭의 아름다운 그림 속에 소롯이 담아주고 있는 것이 아니랴. 🔲

당(唐) 〈이백李白(701-762)〉

어이 청산에서 사느냐 내게 물어도

어이 청산에서 사느냐 내게 물어도
말없이 웃을 뿐 마음은 한가롭구나
복사꽃 물따라 아득히 흘러가니
인간 세상 바깥에 별천지라네.

問余何意棲碧山　　笑而不答心自閒
문 여 하 의 서 벽 산　　소 이 부 답 심 자 한

桃花流水杳然去　　別有天地非人間
도 화 유 수 묘 연 거　　별 유 천 지 비 인 간

〈山中問答〉

청산에서 산다는 것은 번거롭고 소란한 도시를 멀찌감치 피해 고요하고 한가로운 곳을 찾아가서 산다는 뜻이다. 그렇지만 보통사람들은 청산을 아무리 좋아한다 해도 오래 버티고 머물러 살 수가 없다. 그래서 먼지가 자욱하고 혼탁한 속세에서 사니 '속인'俗人이다. 그런데도 청산에 들어가 눌러 살고 있는 사람을 만나면 궁금해지기 마련이다. 인간 세상을 떠나 멀리 산 속에 혼자 살자니 외롭지 않으냐 묻는다. 산중에서는 불편한 것도 많을 터인데 답답하지 않으냐고 또 묻는다. 재미있는 일도 없을 터인데 심심하지 않으냐고 거듭 묻는다. 이렇게 외롭고 답답하고 심심할 터인데, 어찌하여 굳이 청산에서 살겠다고 고집하느냐고 캐묻는 사람이 어찌 없겠는가.

　묻고 나서 무슨 대답을 할지 청산에서 사는 사람의 얼굴을 유심히 쳐다보고 있자니, 그 얼굴에는 빙그레 미소만 피어나고 있을 뿐 아무 말이 없다. 이 미소를 어떻게 해석하고 받아들여야 하는가? 그만하면 이미 대답이 된 것인지, 아직 대답을 안 한 것인지, 아예 대답을 거부하는 것인지, 쉽사리 판단하기가 어렵다. 혀를 굴려 말로 설명하는 것이 친절하지만, 인간과 인간 사이의 의사소통에는 말을 통한 길만 있는 것은 아니다. '눈으로 말하는' 사람도 있고, '꽃만 들어보여'(拈花示衆) 하고 싶은 말을 대신하는 사람도 있다. 그렇다면 비록 말을 안 하지만 얼굴 가득 미소를 지었다면 그것은 분명 어떤 대답을 하였다고 볼 수 있지 않을까?

　캐묻는 속인의 입장에서는 분명 산에 사는 온갖 어려움들을 낱

낱이 열거하면서 그런데도 청산에 사는 이유가 무엇인지 묻는 것일 터인데, 청산에 사는 사람은 마음에 아무런 켕기는 것도 기죽을 것도 없나 보다. 마음이 '한가롭다'는 것은 이미 그 마음이 충족되어 있어서 편안하고 넉넉한 상태임을 말한다. 그러니 산에 사는 어려움을 조금도 인정하고 싶은 의사가 없을 것이고, 더구나 구차스럽게 변명을 하고 싶은 생각도 전혀 없는 것이다. 그만큼 그 자신은 청산에 사는 생활에 만족하고 있다는 대답을 이미 하고 있는 것으로 보이기도 한다.

마지막 두 구절은 이 시에서 말이 없다고 하면서도 가장 크게 소리높여 말하고 싶은 결론적 선언이다. 한마디로 이곳 청산이 바로 이상세계 이른바 유토피아utopia라는 것이다. 그는 도연명陶淵明이 「도화원기桃花源記」에서 형용하고 있는 무릉도원武陵桃源을 끌어들여 이상세계의 모습을 보여주고자 하였던 것 같다. 「도화원기」에서는 무릉武陵에 사는 어느 어부가 강줄기에서 길을 잃고 헤매다가 복사꽃 나무만 가득한 숲을 거슬러 올라가 물의 근원이 되는 어느 산 아래에서 인간세상과 단절되어 있는 별천지의 이상세계를 만났다는 이야기가 있다. 청산에 사는 사람은 말없이 웃기만 하고 있는 것이 아니다. 그 다음 단계로 이 청산의 세계가 바로 별천지의 이상세계임을 선명하게 그려가며 설명하고 있다. 사실 도연명은 '무릉도원'을 다시 가 볼 수 없는 이상세계로 서술하고 있지만, 이백은 그 이상세계가 바로 자기가 사는 이 청산이라 밝혀주고 있는 것이다.

이상세계는 모든 인간의 꿈과 소망과 욕구가 결정을 이룬 세계이다. 그러니 어떤 종교나 각각이 추구하는 이상세계를 제시하고 있다. 불교에서는 이상세계를 매우 섬세하게 설명한다. '서방정토'西方淨土라거나 '극락세계'는 죽은 뒤에 가는 세상이니 우리가 사는 세계 저 너머에 있다. 기독교에서 말하는 '천당'도 죽은 다음에 가는 곳이다. 이에 비해 유교는 그 이상세계를 '대동'大同이나 '태평세'太平世라 제시하는데 비록 현재가 아닌 미래에 올 세상이라 말하지만 이 세상에서 이루어질 수 있는 것임을 밝힌다.

그런데 이상세계가 인간의 육신을 가지고서는 도달할 수 없고 오직 죽은 뒤에 다음 세상에서 들어갈 수 있다거나, 인간의 능력으로는 도저히 찾아낼 수 없는 어떤 비밀스러운 곳에 숨겨져 있다는 것이다. 이러한 주장이 훨씬 많은 사람들에 의해 믿어지고 받아들여지는 신앙대상이 되고 있는 것이 사실이다. 그 믿음은 다음 세상에 그 이상세계에 꼭 들어갈 수 있도록 현재의 열악한 처지를 견뎌내며 자신을 정화시키도록 이끌어가거나, 자신을 낮추고 어떤 초월적 힘이나 신적 존재에 의지하고 순종하며 따르도록 이끌어가기도 한다.

여기서 어떤 사람들은 그 다음 세상이 과연 확실히 있는지 말로 약속해주는 것 이외에는 아무런 보장이 없다는 사실에 불만을 지니기도 한다. 목말라 못견뎌하는 사람에게 저 고개만 넘으면 매실밭이 있다고 속여 매실을 생각하며 입안에 침이 돌아 목마른 것을 잠시 잊을 수 있다 하더라도 사실은 그 고개 너머에 매실밭이 없지 않느냐고 반박한다. 그래서 오히려 그 이상사회가 지금 이 자리에 있다고 주장하는 목소리도 강력하게 제시되고 있다. 깨닫지 못하면 이 자리가 지옥이고 깨달으면 이 자리가 극락이라는 것이다. 혹은 미륵불이 출현하여 이곳에다가 이상세계인 용화龍華세상을 열어준다고 말하기도 한다. 천당도 죽은 다음 세상에 있는 것이 아니라 자신의 가슴속 곧 현재의 믿음 속에 있다고 말하기도 한다.

도연명은 별천지의 이상세계를 다시 찾아갈 수 없는 비밀의 장소로 보여주었다. 그것은 사후세계는 아니지만 인간의 현실세상과 엄격히 단절시켜서 보여주고 있는 것이다. 그러나 이백은 그 별천지를 자신이 살고 있는 청산으로 확인시켜주고 있다. 이 청산은 사람들이 붐비는 저잣거리의 '인간세상'과 떨어져 있는 '자연세계'임을 전제로 한다. 그러나 별천지는 죽은 다음의 세상에 있는 것도 아니고, 찾을 수 없는 비밀의 공간에 있는 것도 아니고, 사람 사는 세상에서 저만큼 떨어진 청산의 자연 속에만 있는 것도 아니다. 그 몸이 어디에 있거나 자신의 가슴 속에 별천지가 있다고 말하는 것도 가능하다. 그렇다면 이제 이 별천지의 이상세계를 어디서 찾아야 하고, 어디로 찾아가야 할 것인가? 🔲

이슬 맺히는 가을, 하늘 높고

이슬 맺히는 가을, 하늘 높고 물 맑은데
빈 산 홀로 있는 밤 나그네 마음 어지럽구나
먼 등불 잠든 외로운 돛배에서 비쳐나오고
달이 높이 걸려 있는데 다듬이 소리 들리네.

露下天高秋水清　　空山獨夜旅魂驚
로 하 천 고 추 수 청　　공 산 독 야 여 혼 경

疎燈自照孤帆宿　　高月猶懸雙杵鳴
소 등 자 조 고 범 숙　　고 월 유 현 쌍 저 명

〈夜〉

사람은 바쁘거나 신명이 나면 생각이 적어진다. 생각이 적어지면 마음이 편안해지는 법이다. 그래서 걱정 근심이 많은 사람을 보면, 걱정 근심을 잊으려 애쓰라고 말하는 것이 아니라, 바쁘게 살아보라고 조언을 해주기도 하지 않는가.

　두보는 전란이 끊임없이 일어나는 혼란한 시대에 살면서 유난히 걱정 근심이 많았던 사람인가보다. 사람이란 누구나 걱정 근심이 없을 수야 없다. 공자도 "사람은 먼 염려가 없으면 반드시 가까운 근심이 있다"(人無遠慮, 必有近憂.<『논어』, 衛靈公>)고 하지 않았던가. 우리가 철이 든 이후 이 세상을 살아간다는 것은 바로 끊임없이 일어나는 걱정과 근심을 누르고 달래고 풀어가며 살아가는 것이 아니랴. 키르케고르는 '불안'을 인간의 실존적 조건으로 지적하였다고 하는데, 사람이 누구나 걱정 근심없고 편안하게 살고자 하는 것은 자신의 삶 그 자체가 끊임없이 걱정 근심과 불안으로 소용돌이치고 있는 현실을 전제로 한 것이리라.

　이 시는 두보의 「밤」(夜)이라는 시에서 전반부를 인용한 것이다. 후반부는 절실한 걱정과 근심을 더욱 구체적으로 펼치고 있다. 첫째 구절에서는 우선 계절이 가을임을 보여준다. 풀잎마다 이슬이 맺히기 시작하면 벌써 날씨가 쌀쌀해져 소매 속으로 찬바람이 스며드는 가을이 왔음을 알 수 있다. 하늘은 티끌 한 점 없이 높고 푸르며, 호수도 맑아져 물밑까지 깊고 투명하게 들여다보인다. 이런 계절에는 말(馬)이야 식욕이 일어나 살이 찌기만 하면 되겠지만, 사람이야 살만 찌고 있을 수는 없다. 가을이 오면 누구나 생각이 멀리 달리기 시작한다. 농부도 가을걷이를 끝내고 빈 들판에 나서면 그동안 빚진 것도 갚아야 하니 한 해를 마무리 하려면 마음속에 정리 해야 할 일이 줄줄이 떠오를 것이다. 곧 겨울이 닥쳐올 터이니 미리미리 준비할 것도 많을 터이다.

이 가을에 인적도 드문 텅 빈 산에서 멀리 떠도는 나그네 신세가 되어 잠 못 이루며 홀로 밤을 지키고 앉았다면 생각이 극도로 많아질 수 있는 가장 적합한 조건들을 다 갖춘 것으로 보인다. 온갖 걱정 근심이 꼬리에 꼬리를 물고 연기가 피어오르듯 일어날 것이다. 셋째 구절에서 시인은 뜰에 나와 서성거리고 있는 것 같다. 방안에만 앉아 있으니 생각이 너무 많이 일어나서 괴로워, 걱정 근심을 조금 떨쳐보려고 뜰로 나온 것일까? 저 만큼 멀리 강가에 돛배 하나가 정박하고 있는데, 그 배에 걸어놓은 등불로 그 돛배의 모습이 희미하게 보인다. 작은 배의 돛대가 보이니 멀리 고향으로 달려가는 길이 보이기 시작한다. 생각은 다시 강을 따라 물길로 달리기 시작하고 있음을 의미한다.

고향을 생각하기 시작하면 떠오르는 얼굴들이 줄지어 있다. 부모님은 안녕하신지 가족들 안부부터 궁금하다. 벌써 소식이 없은 지 오래 되었는데 마냥 무소식이 희소식이라고만 생각할 수는 없지 않은가? 더구나 객지를 떠도는 자기의 몸이 아프면 고향생각 가족생각이 더욱 절실하게 파고들 것이다. 멀리 있는 친구 생각도 날 것이고, 이미 저 세상에 가버린 친구의 생각은 더욱 가슴 저리게 밀려올 것이다. '돛배'는 이렇게 끝없이 피어오르는 생각들을 멀리 아주 멀리까지 실어다 준다.

물길이 끊어진 곳까지 생각을 얼마든지 멀리 날아다 주는 것이 있다. 저 하늘 높이 떠 있는 '달'이다. 고개를 들어 중천에 걸려 있는 달을 보면서 생각은 저 멀리에 있는 사람들 가운데서도 가장 가슴 깊이 담고 있는 사랑하는 사람의 얼굴이 함께 하늘에 떠오른다. 눈으로만 그 얼굴이 보이는 것이 아니라 그 소리도 들린다. 밤늦도록 자기 옷을 손질하던 아내의 '다듬이' 소리가 어디서 바람을 타고 날아와 귀에 감긴다. 생각은 끝없이 일어나 쉽사리 잠들 수 있을 것 같지가 않다. 생각이 아름답게만 피어나면 좋으련만 언제나 걱정 근심이 끝없이 이어져 나오고 있으니 어이하랴.

인생은 참으로 걱정 근심에서 시작하여 걱정 근심으로 끝나는 것이 아닌지 모르겠다. 그렇다면 걱정 근심은 떨쳐버리려고만 할 것이 아니라, 발상을 적극적으로 전환하여 걱정 근심 속에 사는 인간의 조건을 잘 인식하고 대처하는 방법을 찾을 수도 있지 않겠는가? 누구나 불행을 피하고 싶겠지만, 오히려 뒤집어서 닥쳐온 불행을 받아들이고 이겨낸다면 더 성숙한 인간이 되고 더 당당한 인생을 살 수 있다는 말이다.

맹자는 "안으로 들어오면 법도를 지키는 세신世臣과 보좌하는 어진 선비가 없고 밖으로는 적국과 외환이 없다면 나라는 언제나 멸망하고 만다. 그런 다음에 우환 속에서 살고 안락 속에서 죽는다는 것을 알 것이다"(入則無法家拂士, 出則無敵國外患者, 國恒亡. 然後知生於憂患而死於安樂也.<『맹자』, 告子下>)라고 하였다. 자기를 노리는 적국이 없고 외국과 크고 작은 분쟁으로 근심이 일어나지 않는다면 그 나라가 망하고 말 것이라는 말이다. 오히려 적국과 대치하는 고통 속에 긴장을 늦추지 않으면서 그 나라가 태평세월을 누리며 해이하여 속으로 썩어들어가다가 결국 멸망하게 되는 위험을 극복할 수 있다는 것이다. 그러니 걱정 근심의 우환 속에서 살 길이 열리고 안락함 속에 죽을 길이 열린다고 역설적 가르침을 제시하고 있는 것이다. 안락하고 태평함을 행복으로 누리려고만 하지 말고, 오히려 걱정 근심과 불행을 희망의 기회로 삼으라는 격려의 소리를 들을 수 있을 것 같다. 🔲

고요한 밤 맑은 달빛 비치고

고요한 밤 맑은 달빛 비치고
한적한 서재에서 홀로 쉬노라
자신을 보면 유감없어 다행이고
기개야 지금 자신감에 넘치네
즐거워라, 무엇이 근심이리오
근심이야 내 힘 미칠 게 아니지.

靜夜有淸光　閒堂仍獨息
정 야 유 청 광　한 당 잉 독 식

念身幸無恨　志氣方自得
념 신 행 무 한　지 기 방 자 득

樂哉何所憂　所憂非我力
락 재 하 소 우　소 우 비 아 력

〈夜歌〉

　남들 앞에서 공연히 잘난 척 뽐내고 허세를 부려 자랑을 늘어놓는 행동은 '위선僞善'으로 누추한 짓이다. 그러나 공연히 기가 죽어 고개도 못 들고 주눅 들어 하고 싶은 말도 못하고 해야 할 행동도 못해 머뭇거리는 태도는 '위악僞惡'으로 역시 누추한 짓이 아닐 수 없다. 한유韓愈는 굽실거리느라고 꺾어졌던 사람들의 허리를 꼿꼿하게 펴게 해주고 겁먹어 움츠렸던 가슴을 활짝 펴게 해주는 삶의 태도를 보여주고 싶었던 것 같다.

　이 시의 첫째 구절은 '고요한 달밤'을 배경과 시간으로 설정하고 있다. 밤이 깊어 사방이 고요해지고 달빛이 환하게 비쳐들면 마음도 고요해지고 생각도 맑게 일어난다. 낮 동안 번잡한 일에 시달릴 때에는 그 일 밖에 아무 생각도 못하게 되는 수가 많지만, 이렇게 아무 일도 없는 고요한 밤에는 자신을 사방으로 돌아볼 수 있는 여유가 생길 것이다. 답답했던 생각 울적했던 기분을 다 풀어버리고 잠시 아름다운 추억도 되살려 볼 수 있고, 그리운 사람도 생각해 볼 수 있는 여유가 생기게 된다. 계절이 언제인지는 모르겠지만 밤이 고요하고 달빛이 맑다는 것은 인간의 상상력을 가장 생기있고 활발하게 일으켜주는 시간임에는 틀림없다.

　둘째 구절에서는 무대의 중심과 주인공에 조명이 들어와 비추기 시작한 것처럼 '한적한 서재'와 '홀로 앉아 있는 주인공'이 보인다. 서재에 등잔불이라도 켜 놓았는지 잘 보이지 않는다. 어차피 지금 이 장면에서 독서를 하고 있지는 않을 터이니, 차라리 등잔불도 켜

놓지 않은 채 문을 활짝 열어서 달빛만 온 방안에 가득 받아들이고 있는 것이 더 좋을 것 같기도 하다.

이 깊은 밤에 주인공은 한적한 서재에 홀로 앉아 맑은 밤하늘에 달을 바라보며 무슨 생각에 잠겨 있을까? 아무 생각을 하지 않고 있어도 좋다. 소리 없이 숨만 쉬고 있어도 좋다. 이 깊은 밤에 고요히 홀로 앉아 편안히 쉬고 있다고 해서 아무 일도 없이 시간만 흘러가고 있는 것은 아니다. 맹자는 바로 이런 밤이 '야기'夜氣가 길러지는 시간이라고 하지 않았던가. '야기'는 진종일 온갖 자극과 사무에 지치고 시달린 심신을 새롭게 살려주는 생명의 '원기'라 할 수 있다. 이 '야기'를 기르지 못하면 세상에서 온갖 사람을 만나 상대하고 온갖 일을 당해 처리하면서 당당하게 버티고 헤쳐 나갈 수 있는 '원기'를 확보할 수 없을 것이다.

셋째 구절과 넷째 구절은 마치 돌 틈에서 맑은 샘물이 솟아나듯이 고요한 밤에 자신의 가슴속에서 길러져 나오는 '야기'를 확인하고 있는 것으로 보인다. '야기'가 길러지면 자신감이 생기고 남에게 기대거나 남을 원망하는 생각이 사라질 것이다. 자신을 돌아보아도 남을 원망하고 세월을 한탄하고 사회를 탓하는 '유감'(恨)이 없다. 오히려 남을 보살펴주지 못하고 사회를 바르게 이끌어가지 못하는 자신의 책임을 통감할지언정 어찌 세상을 탓하랴. '야기'가 순조롭게 잘 길러지면 가슴에는 기개氣槪가 하늘을 찌를 듯 용솟음칠 것이다. 새로운 희망과 용기가 활발하게 살아나면서 내일이 밝게 보이게 되고 세상이 환하게 밝아질 것이 아니랴.

마지막 두 구절은 다시 안으로 자신을 돌아보고 있다. 밖으로 내일이 기다려지고 세상이 밝게 열리는 희망을 내다보면서, 다시 안으로 자신의 마음을 다짐해 보려는 것이 아닐까? 먼저 아무 근심이 없이 즐거운 마음을 확인한다. 한계에 부딪치고 좌절감을 겪으면서 비관적 심정에 빠져들었었는데, 단번에 마음을 역전시켜 낙관적 태도로 전환하고 있다. 그러나 우리가 살아가는 현실의 세상에 어찌 걱정 근심이 없을 수 있겠는가? 세상을 긍정적으로 보고 희망적으로 보는 '낙관'의 태도는 여기서 좀 더 자세히 들여다보면 순리대로 살아가겠다는 '낙천'의 자세임을 엿볼 수 있다.

아무 근심이 없이 즐겁다는 선언은 세상에 근심거리가 없다는 것이 아님을 바로 뒤따라 밝히고 있다. 근심거리야 많아도 그것은 내 힘이 미치는 것이 아니라는 고백을 하고 있는 것이다. 그렇다면 근심거리를 어떻게 처리하겠다는 것인가? 내 힘이 미치는 범위는 근심할 필요없이 내가 해결하면 될 것이요, 내 힘이 미치지 못하는 것은 하늘에 맡기자는 것이 아니겠는가? 그렇다면 '낙관'은 '낙천'의 자세요, 그것은 천명을 따르며 즐거워하는 '낙천명'樂天命의 자세임을 보여준다.

"아무 걱정 근심할 일이 없다. '천명'에 순응하여 받아들이기만 (順受天命)하면 된다"고 타일러 준다. "너로서는 천명에 따라 너의 최선을 다하기만 하면(盡人事) 너의 일은 끝난 것이니 무슨 걱정 근심할 필요가 있겠느냐? 그 다음의 결과는 천명의 처분을 기다리기만 하면(待天命) 되는 것이다." 시인은 '천명'을 따른 삶, '낙천'·'낙천명'의 삶을 친절하게 일깨워주고 있는 게 아니겠는가? ▨

당(唐) 〈장계張繼(?-?)〉

08

달 지고 까마귀 울 제

달 지고 까마귀 울 제 천지 가득 서리 내리는데
풍교 강가 고깃배 등불 마주해 시름 속에 졸고
고소성姑蘇城 밖 한산사寒山寺 절에서
한 밤중 울리는 종소리 객선에 이르네.

月落烏啼霜滿天　　江楓漁火對愁眠
월 락 오 제 상 만 천　　강 풍 어 화 대 수 면

姑蘇城外寒山寺　　夜半鐘聲到客船
고 소 성 외 한 산 사　　야 반 종 성 도 객 선

〈楓橋夜泊〉

수양제隋煬帝가 처음 건설한 대운하大運河는 지금도 중국대륙을
남북으로 관통하여 북경에서 항주까지 몇 천리를 뻗어 있다. 이 경
항대운하京杭大運河가 비단의 도시요 물의 도시인 소주蘇州를 지나
간다. 그 운하의 한 가지에 한산사寒山寺라는 절이 있고, 가까운 곳
에 오나라의 옛성 고소성姑蘇城이 있다. 이 성은 춘추시대 오吳나라
임금 부차夫差가 편안한 침상을 버리고 섶에서 잠을 자며 월越나라
에 원수 갚겠다는 뜻을 갈았고, 뒤에 월나라 임금 구천句踐은 쓸개
를 맛보며 오나라에 원수 갚겠다고 뜻을 갈았다는 '와신상담'臥薪嘗
膽의 이야기가 얽혀 있는 오나라의 서울이었다.

　　한산사寒山寺는 당나라 때 은사隱士로서 문수文殊보살과 보현普賢
보살의 화신化身이라 높여지기도 하는 한산寒山과 습득拾得이 머물
었던 일이 있다하여, 이름이 한산사로 바뀌게 되었다는 아담한 절
이다. 이렇게 역사가 서로 얽히고 층층이 쌓인 무대인 소주에는 수
로水路가 거미줄처럼 발달하였고, 따라서 다리가 390개나 된다고
하는데, 장계의 이 시 때문에 풍교楓橋라는 다리의 이름만이 사람의
입에 무수히 오르내리는 유명한 다리가 되었다는 것이다.

　　그런데 '풍교'라는 명칭에 대해서조차 원래 이 다리의 이름은 '봉
교'封橋였는데, 장계가 시를 지은 이후에 '풍교'로 바뀌었다는 설명
도 있다. 한산사 앞을 흐르는 운하에는 두개의 아치형 다리가 걸려
있는데, 절 바로 앞에 있는 다리가 강촌교江村橋요, 절 서쪽으로 약간
떨어져 있는 다리가 풍교楓橋이다. "풍교 강가"江楓로 옮겨본 것도

'풍교'와 '강촌교'의 두 다리를 말하는 것이라 주장하는 사람도 있다. "마주해 시름 속에 졸고"(對愁眠)라고 옮겨 본 것에 대해서도 "수면산 愁眠山을 마주 대하고"라 번역해야 옳다고 주장하는 견해도 있다. 운하 건너편에 '수면산'이 본래 있었다는 것인지, 이 시가 지어진 이후에 건너편 산을 '수면산'이라 이름 붙였다는 것인지 알 수가 없다.

가장 유명한 시빗거리는 "한 밤중 종소리"(夜半鐘聲)라는 말이다. 북송의 대시인 구양수歐陽修가 이 시에 대해 "싯구는 아름답지만, 삼경三更은 종을 치는 시간이 아니다"라고 한마디 하면서 발단이 되었다. 모두 잠든 한 밤중(夜半)인 '삼경'三更에 느닷없이 웬 종소리냐는 것이다. 그 후로 많은 사람들이 밤중에 종을 치느냐 안치느냐에 대해, 이치로 따져보기도 하고, 문헌으로 고증해내기도 하며, 경험적 사례를 끌어들이기도 하는 등, 엄청난 토론마당이 벌어졌다. 당나라 때는 종을 쳤다고 사실을 논증하는 경우도 있고, 새벽에 종을 쳤지만 겨울이라 날이 밝지 않아 밤중이라 표현했다고 장계를 변호하여 해석하는 경우도 있고, 애초에 사실이 아닌 날조라고 주장하는 경우도 있어서 결론이 날 리가 없다.

어떻든, 지금은 한산사에 가면 한 밤중에 종이 울리는 소리를 들을 수 있다. 이렇게 밤중에 치는 종을 '정야종'定夜鍾이라 이름붙여, 한산사의 독특한 풍속을 이루고 있다. 그렇다면 그 시절 장계가 한 밤중에 한산사 종소리를 직접 들었던 것인지, 한산사의 종이 장계의 싯귀에 따라 오늘도 밤중이면 울리고 있는 것인지 알 수가 없다. 어떻든 장계 이외에도 여러 시인들이 한산사의 한 밤중 종소리를 읊고 있다. 남송 때의 시인 육유(放翁 陸游)는 「숙풍교宿楓橋」라는 시에서 "칠 년 동안 풍교사에 가지 못했지만/ 나그네 베갯머리엔 한 밤중 종소리가 쟁쟁하게 들리네"(七年不到楓橋寺, 客枕依然夜半鍾)라

고 읊어, 밤중의 종소리를 전혀 다른 곳에서도 듣고 있음을 말해준다. 장계의 이 시는 한 밤중에 울리는 한산사의 종소리를 온 천하에서 들리게 해주고 있는 셈이다.

장계의 이 시 「풍교야박楓橋夜泊」은 시의 내용에서 보다 먼저 이 시 자체가 하나의 사건으로 자리잡고 있는 사실을 보여준다. 진실이란 그 정체가 무엇인지 생각하게 하는 문제를 던져주고 있다. 사실이 무엇인지 이제는 확인할 길이 없다. 어쩌면 확인할 필요도 없다. 지금 나에게 그 의미가 무엇인지를 인식하는 깊이만큼, 진실이 나에게 그만큼 다가오는 것이 아니겠는가? 종교적 발언에는 사실을 확인할 수 없는 신화적이고 초자연적인 내용이 얼마든지 있다. 예를 들어 기독교의 창조설을 과학적으로 논증하여 설명하려고 드는 태도나 과학적으로 입증할 수 없으니 거짓이라 주장하는 태도의 어느 것도 창조설이 나의 삶에서 지니는 의미를 확인하는 것만큼 진실성을 확보할 수 없을 것이다.

그 때 장계는 안록산安祿山의 난리를 피해 운하를 타고 내려오는 피난길이었다고 한다. 온 천지가 하얗게 서리 내린 그 겨울밤에 마침 한산사 근처에 정박한 객선에서 하루 밤을 보내게 되었던 모양이다. 그가 밤잠을 못 이루고 앉았다가 종소리를 들었던 것인지, 잠결에 꿈속에서 종소리를 들었던 것인지 중요하지 않다. 이 밤중 객선의 비좁은 선창에서 수심에 가득 차 뒤척이고 있는 나그네의 귀에 들린 그 '종소리의 의미'가 무엇인가를 묻는 것으로 질문을 바꿔볼 필요가 있을 것 같다. 번민으로 가득 찬 머리에 갑자기 부딪쳐오는 종소리, 그것은 사로잡혀 있던 생각을 깨뜨려주고, 전혀 새로운 시각에서 자신을 돌아볼 수 있게 하는 전환의 계기가 아니었을까? 거창하게 '도'를 깨우치는 순간이 아니더라도 한 번 생각을 뒤집어보고 새로 해보는 계기를 열어주는 순간이 아니었을까? 🔶

당(唐) 〈백거이白居易(772-846)〉

서리 내린 풀섶 벌레는 절절히 울고

서리 내린 풀섶 벌레는 절절히 울고
마을 남북 어디에도 행인이 끊어졌네
홀로 문밖에 나가 들판을 바라보니
메밀꽃이 달빛아래 눈내린 듯 희구나.

霜草蒼蒼蟲切切　村南村北行人絶
상 초 창 창 충 절 절　촌 남 촌 북 행 인 절

獨出門前望野田　月明蕎麥花如雪
독 출 문 전 망 야 전　월 명 교 맥 화 여 설

〈村夜〉

백거이(白居易, 字：樂天)가 어느 시골의 가을밤 풍경을 그림처럼 아름답게 읊은 시이다. 1,200년 전에 살았던 대시인 백거이 아니라도 누구나 지금 당장에라도 강원도 산골에 내려가 가을밤을 보낸다면 쉽사리 경험할 수 있는 장면이다. 그만큼 일상적이고 평범한 광경을 그려낸 것이다. 그렇지만 원래 '도'란 고매하고 현학적인 설명에서만 드러나는 것이 아니다. 쇠오줌牛溲이나 말똥馬勃같이 세상에서 가장 하찮은 물건 속에도 '도'가 들어 있다고 하지 않는가?

　첫째 구절에서는 '서리내린 풀섶'과 '벌레'가 등장한다. 서리가 내렸다는 것으로 보면 가을도 깊어가고 있음을 알 수 있다. 그러나 풀섶에 서리가 내려도 아직 풀은 푸른 기운을 잃지 않고 푸르게 버티고 있으니, 서리 맞은 풀잎의 푸르름은 그 해 풀잎의 마지막 푸름일 것이다. '벌레'야 으레 '풀벌레'이겠지만 이 풀벌레가 몹시 다급하게 울어대고 있는 모양이다. '풀벌레'는 가을이 되면 귀가 아프게 울어댄다. 풀벌레의 울음소리가 절절하게 들리는 것으로 보면 이 시인도 풀벌레처럼 울고 싶은 마음이 얼마간 있는지도 모르겠다.

　'서리가 내린다'는 말만 들어도 계절이 깊은 가을임을 알겠다. 그리고 벌레의 '절절한 울음소리'를 들으니 이미 밤도 깊어진 시간인 줄 짐작이 된다. 어두워 보이지는 않아도 주위를 둘러싸고 있는 산에는 단풍도 아마 절정을 지나가고 있는지 모르겠다. '서리'가 내렸으니, 아직 푸른 풀들도 이제 곧 누렇게 시들어버릴 것이고, 붉게 물들었던 숲의 나무들도 단풍잎을 다 떨구고 앙상한 가지만으로 서 있을 것이다. 벌레의 '절절한 울음소리'도 얼마 못가 겨울추위가

닥치면 침묵에 빠져들 것이다.

'서리'라는 말 한 마디에 시간이 절박해지고 모든 살아있는 생명은 죽음을 의식하며 긴장하지 않을 수 없다. 풀도 시들어 버릴 위기 앞에 놓여 있고, 벌레도 사라지기 전에 마쳐야 할 일들을 위해 그 울음소리가 더욱 절절해지지 않을 수 없으리라. 첫째 구절이 나를 둘러싼 자연세계의 배경을 보여주는 것이라면 둘째 구절은 나를 둘러싼 이웃 인간세계의 배경을 보여준다. 비록 산골 마을이라도 북쪽 산 밑에나 남쪽 냇가 쪽에 낮에는 사람들의 왕래가 심심찮았는데, 밤이 깊어지니 인적이 아주 끊어지고 말았다. 종일토록 힘들게 일했으니 모두들 집에 들어가 벌써 잠이 깊이 들었으리라.

그래서 셋째 구절에서는 남들이 다 잠들고 나서도 잠 못 이루는 주인공이 홀로 등장한다. 잠 못 이루고 뒤척이던 잠자리에서 일어나 뜰에 나왔다가 아주 대문 바깥으로 나섰다. 아마 가을걷이를 막 끝낸 빈 들판이 바라보이는 동구 밖까지 나온 것 같다. 깊은 밤에도 잠 못 이루고 깨어있는 영혼. 이런 영혼의 인간은 한 사람만 있으면 충분할 것이다. 모두 밤마다 잠 못 이루고 있다면 세상에는 더 심각한 문제가 발생할지도 모를 일이다. '홀로 깨어있는 영혼'은 지난 일을 되돌아보고 앞으로 할 일을 계획하며 자신만을 챙기고 있는 것이 아니라, 세상을 걱정하며 넓게 그리고 멀리 내다보기도 한다. 그래서 집안에서 나와 이 밤중에 들녘에 서서 사방을 돌아보고 있는 것이 아닌가?

마지막 넷째 구절에는 주인공 곧 이 깊은 밤에 홀로 깨어 있는 영혼이 바라보는 세계가 열린다. 하늘에는 달이 환하게 떠 있고 산자락으로 아득히 펼쳐진 밭에는 메밀꽃이 한창 피었는데, 하얀 메밀꽃이 달빛을 받으니 너른 들판 가득 하얗게 눈이 내린듯한 광경이 벌어지고 있다. 생각만 해도 눈이 시려오는 아름다운 경치다. 저 어슴푸레한 메밀밭 어디쯤에서 이효석의 「메밀꽃 필 무렵」처럼 장

돌뱅이 몇 명이 밤중에 이웃 마을 장날을 찾아 메밀꽃 사이로 밤길을 걷고 있는 게 아닌지 찾아보고 싶어진다.

그런데 우리의 '잠 못 이루며 홀로 깨어있는 영혼'은 무엇을 보았다는 것인가? 달이 무척 밝은 밤이라는 사실, 온 들판과 산골 가득 메밀꽃이 하얗게 피었다는 사실, 달빛이 메밀꽃 밭을 비추니 그 너른 메밀꽃밭이 하얗게 눈이 내린 것 같다는 광경이 그림에 보이는 전경이다. 그래서 아름답더라는 것이 전부란 말인가? 이 그림이 보여주는 광경은 단순하지만 그 장면은 매우 풍부한 상징적 의미를 내포할 수 있는 것으로 보인다. 달밤에 눈 내린 듯 하얗게 펼쳐진 메밀꽃밭의 광경이 보여주는 의미가 무엇일까?

메밀꽃이 아무리 하얗게 피었다 하더라도 달이 이렇게 밝게 비춰주지 않으면 어떻게 눈 내린 듯 아름다운 경치를 보여줄 수 있을 것인가? 달이 밝으면 고개를 들고 하늘에 달을 쳐다보는 것 만으로도 아름다움을 즐길 수 있지만, 이렇게 아득히 넓은 들에 하얗게 핀 메밀꽃밭에 달빛이 비추이니 누가 하늘에 떠 있는 달을 보고 있겠는가? 달빛어린 메밀꽃밭에서 눈을 떼지 못하면서 끝없이 경탄하지 않겠는가? 달빛만으로도 아름답고 메밀꽃밭만으로도 아름답지만, 이 둘이 어우러져 '달빛어린 메밀꽃밭'의 환상적 경관은 몇 배나 더 아름다운지 모르겠다. 하늘의 '달'과 땅의 '메밀꽃'이 어우러진 광경, 그것은 하늘의 이치와 인간의 선한 본성이 만나서 어우러진 광경의 아름다움을 가리키기도 하고, 자연의 질서와 인간의 문명이 조화를 이룬 광경의 아름다움을 가리킬 수도 있는 것이 아니랴. 이 달빛어린 메밀밭을 바라보면서 하늘과 땅이 어우러지고, 하늘과 인간이 일치하여 분출해내는 아름다움을 꿈꾸고 있는 것이 아닐까? 🏵

산이란 산, 새 한 마리 날지 않고

산이란 산, 새 한 마리 날지 않고
길이란 길, 사람 흔적도 없구나
외로운 배에 도롱이 쓴 늙은이
눈 내리는 강에서 홀로 낚시하네.

千山鳥飛絶　萬逕人蹤滅
천 산 조 비 절　만 경 인 종 멸

孤舟簑笠翁　獨釣寒江雪
고 주 사 립 옹　독 조 한 강 설

<江雪>

　정말 한없이 쓸쓸하면서도 정갈하기 그지없는 '눈 내리는 강'(江雪)의 한 장면을 그려낸 것이다. 유종원柳宗元 자신이 우연히 그 자리에 있게 되어 그 광경을 직접 보고 그려낸 것일까? 그렇지 않다면 그가 추구하고 있으며 간직하고 싶어 하는 자신의 정신적 고향을 상상해 낸 것이 아닐까? 어느 시골 강가의 겨울날에 얼마든지 볼 수 있는 경치일 터인데, 왜 이런 의문이 일어나는 것인지 모르겠다. 아마 눈 내리는 강에서 홀로 낚싯배를 타고 있는 도롱이 쓴 늙은이가 유종원 자신인 것처럼 생각이 들기 때문인가 보다. 자신이 바라보는 그림과 그 그림 속에 자신이 들어앉아 있는 그림은 감회가 같을 수야 없지 않은가. 똑같은 배경이라도 남의 사진을 볼 때와 자기 사진을 볼 때에 어떻게 감회가 다르지 않겠는가?

　첫째 구절과 둘째 구절은 이 그림의 배경을 보여주고 있다. 지금도 눈이 내리고 있겠지만 벌써 눈이 많이 와서 산이고 들이고 눈으로 덮여 있다. 먼저 산을 둘러보면 새들도 날아봐야 먹이를 찾을 길 없어서인지 어느 산에도 새 한 마리 보이지 않는다. 그러니 새소리도 들리지 않을 것은 당연하다. 다음으로 땅을 둘러보면 이미 눈이 깊이 쌓여 길도 흔적이 희미하고 이 겨울 산 속을 헤치고 가야할 볼 일들도 없으니 사람들이 왕래한 발자국도 없다. 그러니 사람소리도 들리지 않을 것은 당연하다. 그림의 전면에 산새도 사람도 없어 한없이 고요하고 티끌 하나 없이 하얗게 눈으로만 뒤덮인 산천이 보일 뿐이다.

인간 세상에 살면서 이렇게 절대의 정적과 절대의 순수함을 찾기가 그리 쉽지는 않다. 그러나 이러한 고요함과 순수함을 만난다면 오랜 세월 살아오면서 세파에 시달리고 지칠대로 지친 심신은 한 순간에 깨끗하게 정화될 수 있지 않을까? 가슴속에 서린 온갖 번민과 마음의 상처도 말끔하게 씻겨지고 치료될 수 있을 것이다. 이런 경험도 일종의 '구원'救援의 경험이 될 수 있지 않겠는가?

　'구원'은 저 높은 하늘 위에서 어떤 위대한 힘을 지닌 존재가 고통과 타락의 수렁으로부터 건져 올려주어 얻어지는 '의타적'依他的 구원도 있고, 자신의 속에서 마음에 깨달음의 빛이 비쳐 나와 어둠과 방황으로부터 풀려나서 얻어지는 '자력적'自力的 구원도 있을 터이다. 그 외에도 밖으로 고요하고 순수함이 안으로 지치고 시들은 심신을 쉬게 해주고 씻어주어 얻어지는 '내외상응적'內外相應的 구원도 있을 것이다. 마치 병이 났을 때 의사에게 가서 자기를 맡기고 치료받는 방법이 가장 쉬운 길일 것이고, 스스로 섭생과 운동을 하여 병마를 이겨내는 방법은 힘들지만 당당한 길일 것이다. 이와 더불어 밖으로 좋은 자연환경을 찾아가서 정양하여 안으로 생명의 원기를 길음으로써 저절로 치유하는 방법이 있는 것과 마찬가지가 아닐까?

　셋째 구절에서는 주인공이 등장한다. 한 사람밖에 타기 어려운 작은 고깃배 하나가 외롭게 강 위에 떠 있고, 그 배에는 도롱이를 쓴 늙은이가 한 사람 앉아 있다. 눈은 많이 내렸고, 지금도 눈이 내리고 있지만 아직 강은 얼지 않았나 보다. 도롱이를 뒤집어쓰고 내리는 눈에 몸이 젖지 않도록 막고 있다. 아마 눈발이 심하면 배도 늙은이 모습도 어렴풋해질 것이다. 차가운 겨울 강 위에 떠 있는 작은 배 하나와 도롱이 쓰고 앉은 늙은이 하나가 이 그림에서 움직일 수 있는 존재의 전부이다. 이 늙은이는 배를 타고 무엇을 하는지 아직 모르겠다. 강을 건너가려는지 강을 따라 올라가거나 내려가려는지 뱃머리의 방향과 움직임이 아직 눈에 들어오지 않는다. 아마 이 늙은이는 물고기를 잡아서 먹고사는 '어옹'漁翁인지도 모르겠다.

넷째 구절에서 주인공의 움직임과 의도가 드러나고 있다. 이 겨울 눈 내리는 차가운 강에 홀로 나와 무엇을 하는가? '낚시'를 하고 있는 모습이 눈에 들어온다. 차가운 겨울 강에도 물고기는 먹어야 사니, 아마 미끼를 물기는 하겠지. 그러나 이렇게 날이 차가우니 물고기의 움직임도 매우 느리고 적어져 좀처럼 미끼를 물지 않을 것이다. 그러니 오래 기다리지 않을 수 없다.

늙은이가 낚싯대를 드리우고 있으니, 장면은 눈에 보이는 배 위의 '늙은이'와 눈에 보이지 않는 강물 속의 '물고기' 사이에 대화가 벌어지고 있는 것이 아닐까? 늙은이는 분명 낚싯대 끝까지 신경을 뻗쳐놓고 오랜 경험을 되살리면서 모든 움직임을 읽을 것이요, 물고기도 그 미끼가 물어도 될 것인지 아닌지 이리 저리 재고 있을지 모르겠다. 낚싯대만 드리워 놓고 물고기가 미끼를 물든지 말든지 자기 생각에만 빠져 있을 수도 있다. 그것은 물고기와 늙은이 사이에 이루어지는 관계에서 또 하나의 다른 유형이다. 정성을 다하여 찾는 자세와 아무 집착없이 맡겨두는 자세는 물고기를 잡는 두 가지 방법이 될 수 있겠지만, 동시에 '도'를 찾아가는 인간의 기본적 태도가 될 수도 있지 않을까?

눈 내리는 추운 겨울 인적 없는 강에 외로운 배를 띄워 놓은 장면은 '도사'道士가 자신의 정신 속에서 '도'를 응결시키는 집중의 자리로 보인다. 그렇다면 낚싯대 끝에서 일어나고 있는 팽팽한 긴장감이 '도'를 찾아 끌어내려는 수도자의 정신세계를 보여주는 것이 아닐까? 🔲

솔 아래서 동자에게 물으니

솔 아래서 동자에게 물으니
스승은 약초 캐러 떠나셨다고
분명 이 산 속에 계실 터이나
구름 깊어 계신 곳 알 수 없다 하네.

松下問童子　　言師採藥去
송 하 문 동 자　　언 사 채 약 거

只在此山中　　雲深不知處
지 재 차 산 중　　운 심 부 지 처

　　　　　　　　　　　　　　〈訪道者不遇〉

깊은 산 속에서 동자 한 명 거느리고 '도'를 닦는 도사가 한 분 계셨나 보다. 그 모습은 아마 백발이 성성하고 흰 수염을 날리면서도 얼굴은 어린아이처럼 맑은 홍안의 신선같은 인물이었을 것이다. 멀리 이 산 속으로 일부러 도사를 찾아온 까닭이 있을 것이다. 마음에 깊은 번민이 있는데 빠져 나올 길을 찾지 못해서인가? 일이 막히고 얽혀서 풀리지 않기 때문인가? 아니면 몸에 병이 깊어서 치료를 위한 묘방을 구하기 위함인가?

우리가 살아가는 것은 문제 속을 헤쳐 가는 것인데, 혼자서 헤쳐 나가기 어려울 때가 많다. 결국 자신이 스스로 해결해야 하는 것이라 하더라도 지혜로운 사람의 조언과 지도를 받으면 어려운 고비를 훨씬 수월하게 넘길 수 있다. 그러니 몸이 아프면 의사를 찾아가고, 마음이 아프면 경험 많은 어른이나 지혜로운 스승을 찾게 된다.

깊은 산 속으로 도사를 찾아가는 의미는 더 근원적 문제에 부딪치고 더 심각하게 걸려 있기 때문일 수 있다. 그런데 이 깊은 산 속 도사가 사는 오두막 앞에 서 있는 소나무 아래까지 찾아왔는데, 도사는 보이지 않고 동자만 소나무 그늘에 앉아 오두막을 지키고 있는 것이 아닌가. 일단 실망스러움은 부인할 수 없다. 그러나 실제로 우리가 문제에 부딪쳐서 해답을 찾아다니다 보면, 그 해답은 쉽게 보이지 않고, 해답의 방향을 가리켜주는 손가락만 발견하는 수가 많이 있다. 성인을 만나서 문제를 털어놓고 그 자리에서 단박에 해결을 보고 싶은데, 언제나 우리 앞에는 성인이 나타나지 않고 성인의 말씀을 적어놓은 무거운 경전만 주어지는 것도 이런 상황이 아닐까?

스승을 만나러 왔지만 동자만 만날 수밖에 없는 처지이다. 그래도 동자는 친절하게 대답하고 있다. 스승은 약초를 캐러 산 속으로 들어갔다고 산을 가리켜 주는 것이다. 그 가리키는 방향을 보면 저 위에 '산'이 있고, 그 속에 '약초'가 있고, 그 앞에 '스승'인 '도사'가 있는 그림이 보인다. '약초'는 바로 한 나무가 피워낸 꽃처럼 이 '산'의 정수가 응축되어 이루어낸 결실이다. 도사가 산에 사는 이유는 바로 이 산에서 약초를 캐기 위해서이고, 약초를 찾음으로써 도사는 도사일 수 있는 것이다.

스승, 곧 도사는 약초와 함께 있는 존재이다. 약초를 캐러 산으로 올라가고, 약초를 캐어서는 그 약초를 세상에 나누어주는 것이다. 그렇다면 '산'과 '도사' 사이는 '약초'로 연결되어 있고, '도사'와 '세상 사람들' 사이도 '약초'로 이어져 있음을 보여준다. '약초'는 바로 '도사'를 매개로 '산'에서 '세상 사람들'로 전해지는 것이다. 그것은 하늘이 지닌 이치 내지 도리가 성인을 매개로 세상 사람들에게 제시되는 것과 똑같은 구조이니, '약초'는 진리 내지 '도'를 상징하는 말임을 엿볼 수 있다. 그러나 이 '약초'는 성인 내지 도사를 만나야만 얻을 수 있으니, 먼저 도사를 찾지 않을 수 없다.

동자는 산을 가리키면서 스승이 '분명 이 산 속에 계실 것'이라 확인시켜주면서, 동시에 '구름 깊어 계신 곳 알 수 없다'고 확인을 거부하고 있다. '도'를 설명할 때나 '신'존재를 설명할 때는 항상 가장 확실하게 존재한다는 사실을 강조하면서, 동시에 볼 수도 들을 수도 없는 존재라는 상반된 양면적 성격으로 제시한다. 어디에나 있으며 없는 곳이 없다고 하면서, 보고 들을 수도 없고 붙잡아 볼 수도 없다는 것이다. "'극'極이 없는 것이면서 가장 큰 '극'이다"(無極而太極)라는 모순과 역설의 표현이 바로 '도'의 실상을 드러내주는 기본적 서술방법인가보다.

분명히 저기에 있지만, '구름이 깊어 어디 있는지 알 수 없는' 상황, 그것이 바로 궁극적 실재로서 '도'의 모습이요, '신'의 모습이라 할 수 있다. 그 모습이 거울 속처럼 한 눈에 환하게 드러나는 것이 아니라, 구름에 감싸여 알 듯 모를듯한 상황이 더욱 깊고 더욱 신비로우며, 마음속 깊이 두려움과 경건함을 불러일으키는 것이 아니겠는가? '도'를 이해하는 길은 바로 이처럼 감각적 경험의 대상이기를 거부함으로써, 사람으로 하여금 밖으로 향하여 찾아 헤매던 시선을 마음속을 향해 안으로 되돌아오게 한다.

'도', 혹은 '신', 혹은 '신선'은 눈을 뜨고 보는 대상이 아니라 눈을 감고 보는 대상이요, 말로 설명해서 이해할 수 있는 존재가 아니라 말 없는 가운데 알아차릴 수 있는(默而識之) 존재이다. 가도賈島는 한 구절의 시를 통해 '도' 내지 '신' 등 여러 가지로 일컬어지는 궁극존재의 실상을 가장 생생하게 느끼게 해주고, 가장 분명하게 이해시켜주며, 가장 힘 있게 체험시켜주고 있는 것이 아닌가? 🈂

열고 닫기를 편의에 따라하니

바람 불어오면 도리어 막아주고
일 없으면 낮에도 늘 닫아두네
열고 닫기를 편의에 따라하니
우주 변화도 이 사이에 있다네.

有風還自掩　無事晝常關
유 풍 환 자 엄　무 사 주 상 관

開闔從方便　乾坤在此間
개 합 종 방 편　건 곤 재 차 간

<書春陵門扉>

주렴계(濂溪 周敦頤)는 고향이 용릉春陵이요, 이 시는 그의 고향집 문짝에다 써 붙였던 것으로 보인다. 문짝이야 집집마다 다 있는 것이다. 그는 이렇게 너무나 평범한 일상의 사물을 관찰하면서 우주의 원리를 발견하는 자세를 잘 보여주고 있다.

　문이란 들어오고 나갈 때는 열고 평소에는 닫혀 있다. 물론 아예 문을 활짝 열어두고 싶으면 열고서 닫히지 않도록 괴어두면 될 것이요, 아예 남들이 열지 못하게 하고 싶으면 닫고서 고리를 걸어 자물쇠를 채워두면 될 것이다. 문을 열어두면 바람도 자유롭게 드나들고, 닫아두면 바람도 막혀 못 들어오는 것은 당연하다.

　결론적으로 문이란 열고 닫는 기능을 한다. 열려 있기만 하고 닫히지를 않으면 길이나 터진 구멍이요, 닫혀 있기만 하고 열리지를 않으면 벽이나 담장이다. 그런데 닫혔다가 열었다가 편의대로 하고 싶어서 만들어 놓은 것이 문이다. 그렇다면 문은 하나의 존재이면서 닫힘과 열림이라는 두 가지 전혀 상반된 기능을 한다. 그런데 여기서 유의할 필요가 있는 중요한 대목이 있다. 곧 문이 열리고 닫히는 것은 문 자신이 결정하여 실행하는 것이 아니라 사람이 있어서 자기 의지에 따라 열고 싶으면 열고 닫고 싶으면 닫는다는 사실이다. 단지 "편의에 따라"(從方便)라는 말 한 마디로 그 문이 열고 닫히는 그 뒤에 사람이 있음을 암시해주고 있는 것이다.

　우리 주위에 어디에나 있는 평범하기 그지없는 이 문짝의 열리고 닫히는 현상이 바로 우주의 변화현상과 상응한다는 사실이다.

우주도 끊임없이 한 번 열리고 한 번 닫히는 작용 곧 한 번 '양'陽이 되고 한 번 '음'陰이 되는 작용을 반복한다는 것이다. 우주의 한 번 열리고 한 번 닫히는 현상으로는 낮이 왔다가 밤이 오고, 더위가 왔다가 추위가 오며, 볕이 났다가 그늘이 지고, 깨어서 돌아다니다가 누워서 자고, 태어났다가 죽고,…등등 끝없이 이어진다. 다시 말하면 이 우주의 모든 현상은 바로 열리고 닫히는 작용이요, 이런 모든 작용의 두 가지 기본형식을 '음陰·양陽'이라 부른다는 것이다.

그러니 한 번 '음'이 되고 한 번 '양'이 되는 현상을 '도'(一陰一陽之謂道<『주역』, 繫辭上>)라고 말하는 것이다. 우주의 변화와 운행질서로서 '도'는 바로 '음'-'닫힘'과 '양'-'열림'의 작용과정에서 드러나는 것임을 보여준다. 그렇다면 우주의 이 변화작용을 결정하는 주재자는 어디에 있는가? 이 시에서는 문을 열고 닫는 작용만 말함으로써 사람이 그 뒤에 있음을 저절로 드러나게 해주었으며, 사람이 있음을 암시해 줌으로써 우주가 열리고 닫히는 작용을 말하면 주재자가 그 위에 있음을 저절로 드러나게 해주었다. 이 점이 주렴계가 보여주는 화법의 절묘함이라 하지 않을 수 없다.

이 우주에 주재자가 있느냐 없느냐의 문제는 너무 엄청나게 큰 문제요, 입장도 너무 다양하게 갈라져 있다. 또 제각기 자신의 견해가 옳다는 주장을 정밀하게 연구해 놓은 것이 아마 산같이 쌓여 있을 것이니, 어느 것이 옳은지 그른지 따져 본다는 것이 처음부터 불가능한 것 같다. 다만 주렴계가 말을 하지 않고서도 슬그머니 가리키고 있는 이 주재자를 좀 들여다보자. 주렴계 자신이 무엇이라 규정하여 말하지 않았으니, 모르기는 하지만, 그가 다른 저술, 예를 들어 「태극도설太極圖說」에서 언급한 것을 끌어들이면 '태극'이라 이름붙일 수도 있을 것이고, 『통서通書』에서 언급한 것을 끌어들이면 '천'天, '도'道, '성'誠 등 여러 가지로 이름붙여 볼 수도 있을 것이다. 그러나 이름이야 애초에 어떤 특징을 포착하여 비슷한 다른 말을 빌려다 붙여놓은 것이니, 이름에 매달려서 '아' 다르고 '어' 다르다고 시비를 다툴 것이야 없지 않겠는가?

이 '시'의 묘미는 바로 닫히고 열리는 드러남만 이야기 했지, 그 뒤에서 조종하는 존재는 암시만 했을 뿐 입도 뻥끗하지 않았다는 점이다. 이 우주의 모든 변화를 주재하는 존재에 대해 제각기 이름을 붙이고서 자기가 붙인 이름만 고집하고 절대 다른 이름은 부르지도 말라고 강조하는 종파들이 많이 있다. 혹은 이 존재의 실제성을 보여주기 위하여 온갖 숭고하고 웅장한 언어로 묘사하거나 그 모습을 그림으로 그려내거나 조각으로 새겨놓기도 하였다.

주렴계 자신도 「태극도설」에서는 '무극이면서 태극'(無極而太極)인 궁극존재를 동그라미 하나로 그려놓았다는 사실은 이미 잘 알려져 있다. 그러나 이 시에서는 이름도 불러보지 않았고, 존재 사실에 대해서도 직접 말한 일도 없다. 그러나 이 시를 자세히 음미하며 읽으면 그 보이지 않는 손을 느낄 수 있게 한다. 말로 해놓고서 가리키는 것보다 아무 말을 안했는데 알 수 있게 해주니 훨씬 더 가깝게 느껴지는 것 같다. 우주가 저절로 닫혔다가 열렸다가 아무 의지 없이 자연의 법칙에 따라 한다는 설명도 가능하다. "(우주의) 기틀이 스스로 하는 것"(機自爾)이라는 주장은 율곡(栗谷 李珥)만 주장한 것은 아니다. 그러나 주렴계는 우주가 열리고 닫히는 것과 문짝이 열리고 닫히는 것을 같은 현상으로 보았으니, 보이지 않는 주재자를 느끼도록 말없이 이끌어 주고 있는 것이라는 생각을 지울 수가 없다.

달은 하늘 가운데 이르고

달은 하늘 가운데 이르고
바람은 물 위로 불어오는 때
이렇게도 맑은 생각이야
아마 아는 사람 드무리라.

月到天心處　風來水面時
월 도 천 심 처　풍 래 수 면 시
一般淸意味　料得少人知
일 반 청 의 미　료 득 소 인 지

〈淸夜吟〉

소강절(康節 邵雍)의 이 시를 해설한 송나라의 웅강대熊剛大는 "사물을 빌어다가 성인의 본체가 맑고 밝으며, 인욕이 일어나지 않는 고요함을 형용한 것이다"라고 하였다.(『性理群書句解』) 매우 의미 깊고 적절한 해석으로 좋은 지침이 된다고 생각한다. 그렇지만 해석이란 원래 읽는 사람의 경험이나 처지에 따라 다양하게 접근할 수 있도록 열려 있는 것이니 꼭 그렇게만 이해해야 할 필요는 없을 것이다.

첫째 구절에서 달이 하늘 가운데 이르렀다는 것은 벌써 밤이 깊었다는 시간을 말해주면서, 동시에 달이 중천에 떠서 사방을 훤하게 비추어 주니 달밤의 청초한 경관이 한 눈에 들어오고, 또한 달을 바라보는 사람의 마음도 멀리 달려가는 여러 조건들을 동시에 드러내주고 있다. 이런 밤이 깊은 시간이 되면 사방이 잠들어 고요하다. 잠 못 이루고 혼자 깨어서 뜰을 거닐거나 동구 밖 냇가까지 산책을 나갈만하다.

이렇게 사방이 고요한 깊은 밤에 달을 바라보고 있는 사람은 무슨 생각을 하는지 그것이 궁금하다. 아마도 멀리 떠나 있는 그리운 사람을 생각하기가 쉽다. 사랑하는 사람, 정다운 사람, 가족이거나 친구거나 누구를 생각하더라도 아름다운 추억과 함께 그리움이 밀려 올 것이다. 그렇지 않으면 자기 자신을 생각할지도 모르겠다. 이런 달 밝은 밤에는 아름다운 꿈이 그려지지 않을까? 자신의 계획은 금방 순조롭게 실현되어 기대하던 결과를 얻게 되는 꿈을 꾸어보게 된다. 아마 눈을 뜨고서 이런 꿈을 꾸고 있노라면 자신의 얼굴에 미소가 환하게 피어오를 것이다. 달은 저 높은 하늘에 떠 있지만, 이런 달밤에 혼자 달을 보고 있노라면 달이 자신을 가볍게 들어올려 아주 높이 올려주기도 하고 멀리 떠나보내 주기도 할 것 같다. 달은 우리에게 상상력을 마음껏 펼치게 해주는 힘을 가졌기 때문에 모든 사람의 사랑을 받는 것이 아닐까?

둘째 구절을 보면 이 달밤에 분명 동구 밖까지 한참 걸어 나가 큰 냇가까지 나간 것 같다. 달구경을 할 때는 높은 산에 올라가서 멀리 내려다보며 달에 가까이 가서 바라보는 흥취가 좋고, 그렇지 않으면 물가에 가서 물에 비친 달과 하늘에 뜬 달을 함께 바라보는 흥취가 좋다. 달이 물에 비치면 저 아득히 높은 달이 얼마나 가까이 다가왔는지를 느낄 수 있다. 그래서 하늘의 이치(天理)가 내 마음속에 깃들어 있다는 사실을 실감하게 해주기 위해 물에 비친 달을 비유로 들어 이야기하는 일이 많다.

고개를 들어 하늘에 뜬 달을 보고 고개를 숙여 물에 뜬 달을 보면서 생각에 잠겨 있는데, 어디서 한줄기 시원한 강바람이 물을 건너 불어오는 것이다. 바로 이런 때 골똘히 빠져 있던 생각도 문득 촛불이 바람에 흔들리듯 가볍게 흔들리며, 그 순간 막혔던 생각이 터지는 물꼬를 찾기도 하고, 새로운 생각이 불빛처럼 반짝하고 살아 오르기도 한다. 바로 이런 순간에 오랜 세월 수행에 정진하던 수도자는 '도'를 깨치기도 하는 것이 아니겠는가.

셋째 구절에서 말하는 "이렇게도 맑은 생각"이란 단지 고요하고 상쾌하여 생각이 맑은 물처럼 맑아진다는 말을 하자는 것은 아니라 보고 싶다. '맑은 생각'은 '맑은 의미'(淸意味)라는 말이니, 새롭게 솟아난 생각이요 새롭게 발견된 의미를 가리키는 것이 아닐까?

그렇다면 소강절은 이 '시'에서 자신이 얻은 깨우침, 이른바 '한 소식'을 말하고 있는 것으로 보인다. 이 깨우침의 생각 내지 의미는 최초로 피어오른 꽃처럼 한 점 때묻지 않은 지극히 순수하고 맑은 것이리라.

넷째 구절에서 그는 자신이 얻은 지극히 맑은 '한 생각'의 깨우침에 대해 아무도 모르는 자기만의 것임을 다시 확인하고 있다. 그저 생각이 고요하여 맑고 상쾌한 기분을 느낀다는 말을 하려고 하였다면 굳이 남들이 모른다고 말할 필요가 없을 것이다. 바로 이런 의미에서 소강절의 이 시는 불교에서 말하는 '오도송'悟道頌과 같은 것이 아닐까 짐작해 본다.

그러나 이렇게 고요한 깊은 밤 달빛을 받고 강바람을 쏘이면서 깨우친 '의미'는 이런 달밤과 강바람만 만나면 누구나 자동으로 얻을 수 있는 것이 결코 아니다. 오랜 시간 깊이 사색하면서 사유의 축적을 켜켜이 쌓아올린 기반 위에서 그 전체를 꿰뚫을 수 있는 통로를 찾아 헤매고 있을 때라야 가능하다. 바로 이런 바탕을 지닌 사람을 달빛과 강바람의 신神이 길을 열어준 것이라 해도 좋고, 달빛과 강바람이 일으켜주는 상상력의 무한한 폭이 새로운 발상의 통로를 찾을 수 있게 해 준 것이라 해도 좋을 것이다.

'도'를 찾아 닦아가는 수행자나 '도'를 밝히고자 사색하는 학자에게 가장 중요한 문제는 그 수행과 사유의 축적이 어느 날 용을 그리는데 마지막으로 용의 눈동자를 찍어 넣자 그림 속의 용이 살아서 하늘로 날아올라갔다는 이야기처럼, 오랜 축적의 사색에 생명을 불어넣고 통일된 의미를 부여해주는 '화룡점정'畵龍點睛의 계기를 찾아야 한다는 것이다. 그 가장 좋은 조건으로 달빛과 강바람의 공덕을 칭송하고 있는 것이 아닐까? 🔖

송(宋) 〈횡거 장재橫渠 張載(1020-1077)〉

14

누가 흐르는 물 거슬러 올라가 근원을 보랴

성인 마음은 천박한 공부로 구하기 어렵고
성인 학문이야 반드시 예법으로 닦아야지
천오백년 동안 공자 맹자 같은 분 없었으니
누가 흐르는 물 거슬러 올라가 근원을 보랴.

聖心難用淺功求　聖學須專禮法脩
성 심 난 용 천 공 구　성 학 수 전 예 법 수

千五百年無孔孟　誰從活水見源頭
천 오 백 년 무 공 맹　수 종 활 수 견 원 두

　　　　　　　　　　　　　　　　　　　　　　　　　　　　　　　　　＜聖心＞

※ 이 '시'는 장횡거의 저술인『장자전서』張子全書에 수록되어 있는 내용
을 인용한 것이다. 그러나 이 시를 인용한 다른 문헌들(『張子抄釋』·『宋文
鑑』·『詩話總龜』)에서는 "聖心難用淺心求, 聖學須專禮法修, 千五百年無
孔子, 盡因通變老優游"[밑줄친 9글자가 다름]로 인용되고 있어서 차이를
보이고 있다. 특히 "千五百年無孔子, 盡因通變老優游"는 여조겸(東萊 呂祖
謙)도 인용하고 있으니, 분명 장횡거의 이 시는 원래 두 가지로 전해져 왔
던 사실이 인정된다. 두 가지가 모두 뜻이 깊지만, 필자로서는『장자전서』
에서 인용한 위의 문장이 더 끌린다.

장횡거(橫渠 張載)의 이 시는 북송시대 '도학'道學을 새롭게 정립하는 시기의 도학자로서 학문적 자세와 '도'에 대한 신념을 밝히고 있는 것으로 보인다. 이들은 무너진 유교정신을 다시 일으켜 세워야 한다는 사명감에 불타올랐던 인물로서, 오랜 세월 끊어졌던 유교 본래의 '도'를 찾아내어 계승한다는 '도학'을 표방하였던 것이다.

'도학'의 근본이념은 옛 성인을 본받고(希聖), 성인을 이루어보겠다(成聖·作聖)는 신념을 확고하게 표방하고 있다. 그래서 주렴계(濂溪 周敦頤)는 『통서通書』(聖可學章)에서 "성인을 배워서 이룰 수 있다"고 대답하며, 그 배우는 요령으로 '한결같이 함'(一)을 제시하고, '마음을 비워서는 고요하게 하고 활동함에서는 곧게 한다'(靜虛動直)고 구체적 조목을 제시해주기도 하였다. 또한 율곡은 아동들을 가르치기 위해 저술한 『격몽요결擊蒙要訣』(立志章)의 첫머리에서 "처음 배우는 자는 모름지기 먼저 뜻을 세워야 하며, 반드시 성인을 스스로 기약할 것이요, 털끝만큼도 자신을 낮추어 물러나려는 생각이 있어서는 안 된다"(初學, 先須立志, 必以聖人自期, 不可有一毫自小退託之念)라고 하여, 배우는 출발점에서 성인이 되겠다는 뜻을 세워야 할 것을 역설하였던 것이다.

'도학'이란 바로 '성인'이 되어야 한다는 이상의 목표를 분명히 밝히고 있기 때문에, 자신이 성인이 되어야 함은 물론이요, 자신이 섬기는 임금도 성군聖君을 만들겠다는 신념을 확인하고 있다. 그래서 '도학'은 성인을 본받아 배우며 나아가 성인을 이루는 학문이라는 학문의 목표를 지녔다는 의미에서 '성학'聖學이라고 일컬어지기도 한다. 그렇다면 '도학'의 '도'는 성인의 '도'요, '성학'의 '학'은 성인의 '학'을 의미하는 것은 당연하다.

장횡거의 이 시는 바로 '도학'정신이 추구하는 '성인'을 찾고 '성인'을 실현하는 과제를 밝히고 있는 것이라 할 수 있다. 첫째 구절에서는 '성인의 마음'(聖心)을 제시하고, '성인의 마음'을 찾아가는 공부는 결코 얕은 노력으로 이룰 수 있는 것이 아님을 강조하여, 깊고 오랜 공부가 필요함을 강조하고 있다. "성인을 이룰 수 있다"고 선언해 놓았지만, 너무 쉽게 성인이 될 수 있는 것으로 생각하려는 태도를 처음부터 경계하고 있는 것이다. '성인의 마음'을 얻어서 내 마음과 일치시키려면 큰 뜻을 세워 큰 노력으로 공부를 해야만 가능한 것임을 말해주고 있다.

둘째 구절에서는 '성인의 학문'(聖學)을 말하고 있다. '성인'을 본받고, '성인'을 이루려는 학문은 어떻게 해야 하는 것인지 중요한 문제가 아닐 수 없다. 여기서 장횡거는 '성인의 학문'은 오로지 '예법'으로 닦아야 할 것을 강조하고 있는 사실이 주목된다. '성인의 학문'을 하고자 하면 성인의 말씀을 이해하기 위해 이치를 궁구하는 '궁리'공부가 우선할 것이라 생각되는데, 어찌하여 '예법'이라는 행위의 절차를 따르는 실천공부를 강조하고 있는 것인지, 바로 이 대목이 장횡거의 학문정신이 지닌 특성을 보여주는 것이라 할 수 있다.

사변과 논리를 통해 성인에 곧바로 접근하는 고속도로를 마다하고, 예법의 실천이라는 꾸불꾸불한 산길을 가야 한다고 요구하는 이유가 무엇일까? 이 점이 이해되면 장횡거의 학문정신도 엿볼 수 있고 '도학'의 성격도 들여다 볼 수 있지 않을까? '예법'으로 성인에 나아가도록 요구하는 것은 근력을 키우는 것과 같은 것이 아닐까 하는 생각이 든다. 관념적 지식으로 성인의 핵심정신을 이해하

였다고 하더라도 그 정신을 붙잡고 실현할 수 있는 근력이 없으면, 마치 암벽 위에서 내려진 밧줄을 붙잡았다고 하더라도 근력이 없으면 밧줄을 놓치고 벼랑으로 떨어질 수밖에 없는 것과 같지 않을까? 그래서 성인으로 가는 길은 안이하게 앉아서 머리만 굴려 가겠다는 생각을 처음부터 버리고 인내와 단련의 과정을 거치지 않으면 안 되는 사실을 보여주고 있는 것이리라.

셋째 구절은 '도학'의 유교전통에 대한 인식을 보여주는 대목이다. 도학자들은 공자의 정신을 계승한 인물은 전국戰國시대 맹자가 마지막이라 본다. 그래서 맹자이후 송나라 때까지 1,500년 동안은 공자의 도통이 끊어진 상태요, 말하자면 유교사상의 침체기 내지 암흑기라는 것이다. 한나라 당나라를 지나며 많은 유학자가 배출되어 왔지만, 송대 도학자들의 눈에는 모두 공자의 정신을 잃어버리고 엉뚱한 길에서 헤매고 있거나 세속에 빠져 타락하고 말았던 것으로 보고 있다.

넷째 구절에서는 이제 이 1,500년 동안의 단절을 넘어서 공자의 정신을 다시 찾아가야 하는 길을 제시하고 있다. 도학자의 구호는 바로 "공자에로 돌아가자"는 근본회귀의 주장이다. 1,500년의 유교전통을 공자정신의 왜곡이라 규정하여 모두 다 씻어버리고 공자를 새로 읽자는 사상적 혁명의 구호이다. 혁명은 언제나 현재의 조건에 뿌리를 두면서도 근본원리를 표방하기 마련이다. 그는 오염되고 잃어버렸던 1,500년을 거슬러 올라가 공자 정신의 맑고 순수한 생명의 물을 다시 마시자고 외치고 있는 것이다. 네 구절의 짧은 시에서 도학정신의 깃발을 너무도 선명하게 세워놓고 있는 것이 아닌가? 이 시는 송대 도학이 진군하는 선두에서 우뚝 서서 나아갈 방향을 가리키며 펄럭이는 깃발처럼 보인다. ▨

새 한 마리 울지 않아 산 더욱 깊네

산골 물소리 없이 대숲을 감돌고
대숲 가 화초들 연한 꽃가지 희롱하나
띠풀 처마 마주하고 종일을 앉았는데
새 한 마리 울지 않아 산 더욱 깊네.

澗水無聲繞竹流　　竹西花草弄春柔
간 수 무 성 요 죽 류　죽 서 화 초 농 춘 유

茅簷相對坐終日　　一鳥不鳴山更幽
모 첨 상 대 좌 종 일　일 조 불 명 산 경 유

<鍾山卽事>

　신법新法의 개혁정책을 펼쳐서 도학자들로부터 두고두고 비판을 받았던 왕안석王安石이 종산鍾山이라는 깊은 산골에 머물고 있을 무렵 봄날의 정취를 읊은 시이다. 그러나 봄날 산골의 한적한 분위기를 그림 그리듯 묘사하려고 하였던 것은 아닐 것이다. 분명 그 속에는 하고 싶은 많은 말들을 숨겨 두고 있을 것이라 생각이 든다.

　첫째 구절에서는 쭉쭉 뻗어 보기에도 싱그러운 대숲이 눈에 들어오고, 대밭 앞으로 저 산골에서 내려온 계곡물이 조용히 굽이돌아 흘러가고 있는 광경이 보인다. 아직은 배경의 큰 그림을 그리느라 세세한 것은 그리지 못하고 있다. 크게 '대'와 '물'이 대조를 이루고 있다.

　하늘을 향해 곧게 수직으로 뻗어 올라간 '대'는 불굴의 지조를 상징한다. 이에 비해 숲가를 가로질러 수평으로 흘러내려 가고 있는 계곡 물은 유연한 적응을 상징한다고 하겠다. '대'는 가치기준을 세워 부동의 중심으로 자리잡게 하는 것이라면, '물'은 현실적응을 하여 토양을 메마르지 않게 적셔주는 역할을 한다. '물'은 저 산골에서 혼자 내려 올 때는 물소리를 요란하게 내면서 흘렀는데, 이제 '대'숲을 감돌면서는 조용히 입을 닫고 조심스럽게 공경하는 자세로 흐르는 것인지도 모르겠다.

　'대'와 '물'은 세상을 이끌어갈 군자가 가져야 하는 두 가지 덕을 형상하는 것이라 할 수 있을 것 같다. '대'가 강직한 절개의 의로움(義)을 형상한 것이라면, '물'은 부드러운 변화의 인자함(仁)을 형상한 것이라 볼 수 있을 것이다. 그렇지 않다면 '대'는 대중을 이끌어가는 군자의 덕을 형상하고, '물'은 군자의 지도에 순응하여 따르는 대중의 모습을 형상하는 것으로 볼 수 있을 것 같기도 하다. '대'와 '물'은 수직과 수평, 정지와 흐름, 강직과 유연의 대조적 두 특성을 지닌 이원적 구조로 이루어진 세계의 기본형상을 제시하고 있는 것으로 보이기도 한다.

둘째 구절에서는 큰 시야에서 작은 미세한 시야로 전환이 일어나고 있는 것을 볼 수 있다. 이미 '대'숲과 '물'줄기가 기본 틀을 잡고 있음을 전제로, 그 사이에 세밀한 풍경을 조금 그려 넣고 있다. '대'숲 한 쪽 편에 꽃밭이 펼쳐져 있다. 이제 지금의 계절이 봄인 줄도 알겠다. 봄에 새로 돋아난 줄기나 가지 끝에는 꽃들이 만발했는데, 이 새로 돋아난 줄기와 가지들은 모두 연약하여 바람에 하늘거리며 꽃과 함께 춤을 추고 있다.

오래된 굵은 줄기들은 딱딱하게 굳어져 있다. 그래서 이 줄기에 생명이 있는지 없는지 잘 알 수가 없을 만큼 움직임이 없다. 그러나 줄기 끝의 유연한 꽃가지는 가는 바람에도 한들한들 교태를 부리며 움직인다. 나비가 앉기만 해도 흔들릴 것만 같다. 움직임이 없음(不動)과 예민한 감수성으로 움직임(動)의 대조는 꽃나무에만 있는 것이 아니라, 세상 어디에나 있는 현상이다. 전통과 변화가 맞서고 있거나, 보수와 혁신이 충돌하는 현실이 바로 인간이 사는 사회요, 인간이 살아온 역사이다. 시인은 세상사를 이 꽃가지에서 보고 있는지도 모르겠다.

셋째 구절에서 비로소 주인공이 등장한다. 띠풀 처마를 말하는 것으로 보면 산골 대숲 속에 단칸의 초당草堂이 하나 있고, 그 단칸방에 선비가 한 사람 작은 경상經床 앞에 단정히 앉아 있는 모습이 보인다. 종일토록 움직임 없이 같은 모습으로 앉아 있었다고 한다. 앉아서 무엇을 하고 있는 것인가? 아무 설명이 없다. 그저 책이나 읽으면서 공부를 했다거나 시상詩想을 다듬어 시를 짓고 있었다고 한다면, 그렇게 했다고 말할 것이지 왜 무엇을 하고 있었는지 아무 말이 없을까?

깊이 사색에 잠긴 모습이다. 무슨 작은 일 한 가지 붙들고 씨름하는 장면이 아니라, 근본적인 문제에 대한 고뇌와 사색이 계속되고 있음을 알 수 있다. 이 세상을 바꾸어 바로 잡아볼 구상을 하는지, 수천 년 역사를 훑어가며 검증해보고 우주의 온갖 이치를 살펴서 논증해보고 있는 것이 아닐까? 자기 한 몸의 안락과 행복을 찾는다면 뜨락의 대숲과 꽃밭을 거닐며 봄을 즐기거나 차라리 따뜻한 봄바람을 받으며 낮잠이나 자는 것이 더 나을 것이다.

마지막 구절에서는 깊은 산골의 적막함을 보여주고 있다. 새 한 마리도 울지 않으니 산이 더욱 깊은 줄 알겠다는 것이다. 그 전에 "새가 우니 산이 더욱 깊다"(鳥鳴山更幽)는 싯구가 있는 줄을 알면서도 왕안석은 이를 뒤집어 새 한 마리도 울지 않는 깊은 산을 제시하였다고 한다. 새가 우는 깊은 산이란 인적은 끊어지고 새소리만 들리는 깊은 산이란 뜻이라면, 인적도 새소리도 끊어진 깊은 산을 말하려는 것일 터이다. 이렇게 깊은 산은 바로 고독한 자신만의 정신세계를 보여주는 것이다.

문제는 이렇게 깊은 사색의 바닥을 더듬으며, 이렇게 고독한 자신만의 세계를 확인하면서, 하나의 '도'를 깨우쳤다고 하더라도, 이 '도'를 어떻게 세상 속으로 가져가고 세상 사람들과 함께 나눌 수 있는지 길이 보이지 않는 것이 아닐까? 왕안석의 뜻은 분명 깊은 산골 속에서 끝마치려는 것이 아닐 터인데, 이 대숲의 초당 바깥으로 나갈 길이 보이지 않아 함께 안타까워하지 않을 수 없다. 대숲을 베어 뗏목을 만들어 이 냇물을 따라 내려가는 길은 있을 것 같기도 한데, …안될까? 🔲

부귀도 방탕하게 못하고 빈천을 즐기니

'도'는 유형한 천지의 바깥까지 통달하고
생각은 풍운의 변화 속으로 들어가며
부귀도 방탕하게 못하고 빈천을 즐기니
이 경지 이른 남자가 바로 호걸이니라.

道通天地有形外　　思入風雲變態中
도 통 천 지 유 형 외　　사 입 풍 운 변 태 중

富貴不淫貧賤樂　　男兒到此是豪雄
부 귀 불 음 빈 천 락　　남 아 도 차 시 호 웅

〈秋日〉

도학자에게 인격의 이상은 물론 두 말 할 것도 없이 '성인'聖人이다. 그러나 이 '성인'은 여러 가지 수준과 여러 가지 모습으로 나타나고 실현될 수 있을 것이다. 『주역』 속에서는 '대인'大人을 '성인'과 같은 뜻으로 제시하고 있으며, 『맹자』에서는 '대장부'大丈夫를 '성인'에 버금가는 인격적 이상형으로 제시하기도 하였다. 정명도(明道 程顥)가 말하는 '호웅'豪雄 곧 호걸과 영웅이란 바로 '대장부'와 같은 뜻이요, '성인' 다음가는 인격의 실현양상으로 제시하고 있는 것이라 보인다.

　정명도의 이 시는 유교가 지향하는 인격의 한 모범이 갖추고 있는 조건을 제시하고 있는 것이다. 첫째 구절에서는 '도'를 제시했고, 둘째 구절에서는 '생각'을 제시했다. 먼저 '도학'에서 밝히고자 추구하는 '도'는 어떤 것인가? 천지와 형체가 있는 만물의 바깥까지, 곧 무형한 세계까지 통달하여야 한다는 것이다. 감각으로 지각할 수 있는 유형한 현상세계와 감각의 경험을 초월하는 무형한 본체세계까지 아울러 통달해야 진정한 '도'라 할 수 있음을 말하고 있다.

　그동안 유교전통은 너무 경험적 세계 곧 형체가 있는 현실세계에 관심을 매몰시켜 왔으니, 이제는 유형한 현실세계의 근원이 되고 근거가 되는 무형한 본체세계까지 관통할 수 있는 보편적 '도'를 제시해야 한다는 말이다. 그래서 우선 이 유형한 세계 바깥으로 통달하는 '도'를 강조한 것이라 보인다. 물론 유형한 세계 바깥으로 나가면 추상적 관념의 세계에 떨어질 위험이 매우 높다. 그는 이 사실을 잘 알고 있다. 결코 끊임없이 동요하는 현실세계를 버리고 관념의 세계에서 안주하려는 것은 아니다.

그래서 무형한 관념의 세계로 통하는 '도'를 지향하고 있는 첫째 구절의 앞으로 쏠림에 균형을 맞춰주기 위해 둘째 구절에서는 '생각'이 풍운 휘몰아치는 변화하는 현실세계 속으로 들어가게 하고 있다. 무형한 세계는 불변의 관념적 세계라면 유형한 세계는 변화하는 현실의 세계로 대조되는 것이다. 마치 본체요 원리로서 '리'理와 현상이요 작용으로서 '기'氣가 서로 분리될 수 없으며 항상 맞물려 있는 존재구조를 보여주고 있는 것과 같다.

'도'와 '생각'의 대비는 무형한 세계와 유형한 세계, 본체의 세계와 변화의 세계가 서로 얽혀 있는 연관구조를 이중적으로 보여주고 있는 것이라 이해된다. 곧 '도'는 길이요, 내가 두 발로 걸어가는 발 아래의 현실이다. 이처럼 가장 구체적 현실 속에 있는 '도'는 형체를 넘어선 보편적 원리로서의 '도'로 관통하여야 하는 것임을 보여준다. 이에 비해 '생각'은 끊임없이 관념 속을 더듬고 추상의 세계 속에서 노닐고 있는 것인데, 이 '생각'을 변화의 격동 속에 있는 현실세계 속으로 끌어들이고 있는 것이다. 곧 유형한 세계의 '도'가 무형한 세계 속으로 통하려고 파고들며, 무형한 세계 속의 '생각'이 유형한 변화 속으로 뛰어들도록 하고 있는 논리구조를 보여준다.

'도학'이 지향하는 진리의 기본조건은 전체의 양극을 통합하여 일치시키는 데 있다. 어느 한 쪽을 버리고 다른 한 쪽을 취하는 것은 도덕적 판단과 실천의 문제에서 있을 수 있는 것이지, 궁극적 진리의 모습은 언제나 전체의 통일과 조화로 나타나고 있는 사실을 유의할 필요가 있다. '리'와 '기'를 엄격히 분별하면서도 서로 떠나지 않는 것(理氣不相離)이라 제시하며, 근원의 본체와 현상의 작용을 구분

하면서도 본체와 작용이 하나의 근원임(體用一源)임을 밝히고 있다. '앎'(知)과 '행위'(行)도 나누어서 어느 것이 앞서는지 어느 것이 중요한지 따지다가도 앎과 행위는 함께 가는 것(知行竝進)이라 결론을 내린다. 이처럼 '도'는 바로 이렇게 모든 것을 아우르는 것이요, 버리고 끊어내는 것이 본래의 모습이 아님을 보여주는 것이 아니겠는가?

셋째 구절에 와서 '도'와 '생각'을 제대로 수행한 결과로서 성취한 인격을 보여주고 있다. '도'와 '생각'은 결코 공중에 떠 있는 것이 아니라, 바로 인간에 자리잡고 있는 것이며, 인간을 통해 실현되고 있는 것임을 말해주는 것이 아니냐. 이렇게 '도'를 이루고 '생각'을 단련한 인격의 모습을 맹자가 말하는 '대장부'의 모습으로 제시하고 있다.

곧 맹자는 "천하의 넓은 거처에 살고, 천하의 바른 자리에 서며, 천하의 큰 도리를 행한다. 뜻을 얻으면 백성과 더불어 말미암고, 뜻을 얻지 못하면 홀로 그 '도'를 행하니, 부유함이나 고귀함도 그를 방탕하게 할 수 없고, 빈곤함과 비천함도 그 지조를 바꿀 수 없으며, 권세도 그 지조를 꺾을 수 없다. 이를 '대장부'라고 한다"(居天下之廣居, 立天下之正位, 行天下之大道, 得志, 與民由之, 不得志, 獨行其道. 富貴不能淫, 貧賤不能移, 威武不能屈, 此之謂大丈夫."〈『맹자』, 滕文公下〉)고 하였다.

맹자는 '대장부'라 하였는데, 정명도는 이런 인격을 호걸이요 영웅이라 하였다. 같은 말이다. 무형의 세계까지 '도'가 관통하고, 격변의 현실 속으로 '생각'이 들어가 다듬어낸 인격은 고요하고 조촐한 지식인으로서 선비의 모습이 아니다. 이런 인격은 우주의 한 가운데 당당히 중심을 잡고 서서 한 시대의 사회를 짊어지고 가겠다는 웅장한 기개를 지닌 인격이다. 이 시대 도학자가 추구하는 성인은 바로 이런 '대장부'요 '영웅호걸'의 모습으로 떠오르고 있음을 엿볼 수 있게 한다. 🌸

근원이 있어 흐르는 물 들어온다네

반이랑 모난 못에 거을 하나 열리니
하늘 빛 구름 그림자 함께 배회하네
묻노니 이런 맑음을 어떻게 얻었는가
근원이 있어 흐르는 물 들어온다네.

半畝方塘一鑑開　天光雲影共徘徊
반 묘 방 당 일 감 개　천 광 운 영 공 배 회

問渠那得淸如許　爲有源頭活水來
문 거 나 득 청 여 허　위 유 원 두 활 수 래

<觀書有感 2首(1)>

뜰에 네모가 반듯한 '못'(方塘) 하나를 파 놓았나 보다. 반이랑(半畝)
이라니 50평 크기쯤 되는 제법 큰 못이다. 이 집의 규모도 얼마나 큰
지 짐작이 될 것 같다. 이 시는 이 네모가 반듯한 '못'을 두고 읊은 것
인데, 제목은 '독서하다가 얻은 감흥'(觀書有感)이라 했으니, '못'에 비
유하여 이야기를 하는 것이 바로 독서의 세계로 연결되고 있음을 말
해준다.

　첫째 구절과 둘째 구절은 '못'이 거울처럼 하늘을 비쳐주고 있음
을 보여주고 있다. 여기서 '못'은 네모진 못(方塘)을 말하고 있지만 둥
근 못(圓池)이라도 아무 상관없을 것이다. 다만 이 못이 하늘을 비치
고 있으니, 하늘은 둥근 형상이라 땅에 있는 못을 네모진 형상으로
대응시켜주는 것이 더 잘 대조를 이루고 있는 것인 줄 알겠다. 어디
어렵게 못을 파야 하는 것도 아니다. 항아리에 물을 담아두어도 하
늘을 비치는 사실에서야 마찬가지이다. '못'이 하늘을 비치고 있기
때문에 '하늘이 비치는 거울'이라는 뜻으로 '천경'天鏡이라고도 한다.
하기야 '천경'이란 말은 '하늘에 떠 있는 거울'이라는 뜻으로 쓰여서
'달'을 가리키기도 하지만…. '못'만 '천경'이겠는가? 하늘이 비쳐지
면 강도 '천경'이요, 바다도 '천경'일 수 있겠지만, 그래도 잔잔한
'못'이 하늘 모습을 가장 잘 비쳐주는 거울인 것은 틀림없을 것이다.

　이 '못'에 비치는 하늘의 경치를 보자. 파아란 하늘 빛이 그대로
물에 잠겨 있고, 구름도 떠돌고 있다. 낮에는 해가 떠서 비칠 것이
요, 밤에는 달이 떠서 비치지 않겠는가? 문제는 못에 물풀이 무성

하거나 물이끼가 많이 끼면 제대로 하늘의 경치가 보이지 않을 것이다. 이런 의미에서 '못'은 인간의 마음을 형상할 수도 있다. 맑고 잔잔한 호수 위에 하늘이 청초하게 비치듯이 인간의 마음이 맑으면 천명天命이 그대로 드러나고 천리天理가 분명하게 이해될 것이기 때문이다. 마음이 흐리고 탁해지면 천명도 드러날 길이 없고 천리도 이해될 방법이 없을 것은 분명하다. 그러니 '못'이 하늘을 비추고 있는 사실은 여러 가지 상징적 의미를 풍부하게 지니고 있는 것이라 하겠다.

그래서 셋째 구절에서는 이 '못'이 하늘의 경관을 그대로 잘 비쳐 주고 있는 사실을 확인하면서, 그 원인으로 어떻게 이렇게 물을 맑게 유지할 수 있는지를 묻는다. '못'의 물을 맑게 하거나 자신에서 마음을 맑게 하는 것은 같은 문제라 할 수 있다. 곧 안에서 자신을 정화하는 자기관리의 방법이 하나요, 밖에서 맑은 물을 공급하는 것이 다른 하나다. 이 두 가지 방법에서 하나만을 고집할 수는 없다. 밖에서 아무리 맑은 새 물이 공급되어도, 안에서 이미 혼탁함이 심하면 쉽사리 맑게 할 수가 없다. 안에서 아무리 잡초와 더러움을 걸러내어도 새 물이 공급되지 않으면 맑은 상태를 유지하기가 결코 쉽지 않다.

넷째 구절에서 주자는 밖에서 맑은 물이 흘러 들어오는 사실을 주목하여 강조하고 있다. 물론 주자가 안에서 스스로 맑게 하는 자기관리의 중요함을 몰랐을 리도 없고, 일부러 외면하려고 하였던 것도 아니다. 주자의 의도는 어떤 존재이거나 현재의 상태에 상응하여 근원의 조건을 확보하도록 요구하고 있는 것이다. 근원이 확보되고, 그 다음에 안으로 자기관리를 해 간다면 그 맑음을 온전하게 유지할 수 있음을 보여주는 것이라 하겠다.

'근원의 확보'가 바로 도학의 학문방법에서 가장 중요한 일차적

과제가 되고 있다. 근원이 없다는 것은 마치 식물에서 뿌리가 없다는 것처럼 원천적으로 생명력을 확보할 수 없음을 의미한다. '못'의 물을 맑히기 위해 안에서 물풀을 뽑아내고 물이끼를 걸러내었다고 해서 오래 갈 수가 없다. 현재의 '못'을 맑게 하기 위해서는 보이지 않는 근원의 맑은 물이 흘러 들어와야 한다. 원천의 맑은 물이 흘러 들어오지 않는 '못'은 결국 썩지 않을 수 없다는 것이다.

마찬가지로 꽃나무 가지를 꺾어다 꽃병에 꽂아두고 물을 잘 갈아주면 얼마간 꽃이 잘 피어있겠지만, 뿌리가 없으니 조만간 결국 시들어 죽고 말게 된다. 나아가 인간의 마음도 자신을 성찰하고 단속해 보아도 '천명'의 근원이 확인되지 않으면 그 마음을 밝게 지킬 수가 없다. 인간은 자신의 마음이 천명에 뿌리를 두고 있음을 확인함으로써 그 선한 성품을 밝히고 지켜갈 수 있다는 것이다.

이제 '독서'의 문제로 돌아와 보자. 경전을 읽는 '독서'에서도 언제나 문장의 논리와 서술내용을 찾아다니고 있다는 것은 마치 '못' 안에서 맑기를 추구하는 것과 같다. 그렇다면 경전을 읽으면서도 '성인'의 정신이 끊임없이 확인되고 그 성인의 정신에 비추어 경전을 읽을 때에 비로소 경전이 성인의 모습을 제대로 비쳐줄 수 있는 것이 아니랴. 경전이 글자의 '못'이라면 그 '못'이 하늘을 청초하게 비쳐줄 수 있기 위해서는 끊임없이 원천의 맑은 물이 흘러 들어와야 하는 것처럼, 경전을 읽는 독서인의 정신 속에 '성인'의 정신이 끊임없이 새롭게 확인되어 가야 한다는 사실을 말해주고 있는 것이다. 그러나 현실에서는 경전의 구절만 읊조리면서 성인의 정신이 무엇인지를 잊어버린 독서인이 얼마든지 있고, 사실 대부분의 종교인들은 그 교조의 살아있는 정신은 잊은 채 경전의 낡은 구절만 붙잡고 있는 것이 현실이 아니겠는가? 🔹

송(宋) 〈상산 육구연象山 陸九淵(1139-1192)〉

쉽고 간단한 공부 끝내 크게 오래가고

쉽고 간단한 공부 끝내 크게 오래가고
갈라진 사업 마침내 가라앉으리라
아래서 높이 오르는 법 알고자 하면
지금 먼저 참과 거짓 분변해야지.

易簡工夫終久大　　支離事業竟浮沈
이 간 공 부 종 구 대　　지 리 사 업 경 부 침

欲知自下升高處　　眞僞先須辨只今
욕 지 자 하 승 고 처　　진 위 선 수 변 지 금

<鵝湖和敎授兄韻>

남송시대에 복건福建땅에 살던 주자(朱子, 晦菴 朱熹)와 강서江西땅
에 살던 육상산(象山 陸九淵)은 그 살았던 지방이야 큰 산줄기로 갈
라져 있었지만 같은 시대를 살면서 서로 왕래하고 학문적 교류도
활발하였다. 그러나 이 두 사상가는 정반대의 철학적 이론을 제시
함으로써, 사실상 중국사상사의 가장 큰 두 줄기 흐름을 이루었다
고 할 수 있다. 주자는 '성품이 곧 이치'(性卽理)임을 표방하면서 객
관적 실재론의 입장을 취하였다면, 육상산은 '마음이 곧 이치'(心卽
理)임을 표방하면서 주관적 유심론의 입장을 취하였다고 하겠다.

　육상산이 보기에는 주자의 학문방법은 모든 사물 속에 이치가
내재되어 있음을 인정하면서 객관적 지식을 번쇄하게 분석하는 데
치우쳐서 간결한 맛을 잊어버린 끝없이 갈라져가는 지리한 공부라
고 규정하였다. 이에 비해 육상산 자신의 학문방법은 모든 현상의
근원을 마음에서 확인함으로써 간결하게 집약할 수 있어서 쉽고
간단한 공부라는 것이다.

　밖으로 넓게 객관적 지식을 섭렵하는 일과 안으로 집약된 통일
을 유지하는 일은 공부방법의 두 가지 기본과제로 공자도 지적하
였던 일이 있다. 이른바 넓게 지식을 배우는 '박문'博文의 공부와
행동으로 집약하여 실현하는 '약례'約禮의 공부는 공자가 제자를
가르치는 기본방법이었음을 그 제자 안회顔回도 증언하였던 일이
있다. 말하자면 밖으로 넓혀가는 공부의 방향과 안으로 집약시켜가
는 공부의 방향은 서로 상반된 방향을 가리키고 있는 것이므로, 두

가지 방법을 동시에 수용하여 균형을 유지한다는 것은 참으로 어려운 일이다. 그러나 대부분 '박문'을 중시하는 객관주의적 경향에 기울어지거나, '약례'를 중시하는 주관주의적 경향에 기울어지게 되는 사실을 부정하기는 어렵다.

이 시는 육상산이 자신과 주자의 학문방법을 대비시켜 평가하고 자신의 학문방법이 정당함을 제시하는 주장임을 밝히고 있는 것이다. 두 학파의 시시비비는 오랜 세월 무수한 사람들이 끝없이 해왔던 것이므로, 누가 옳은지 그른지 판단하는 일에는 애초에 끼어들 생각을 하지 않는 것이 현명하리라 본다. 여기서는 이 시를 통해 우선 육상산의 주장을 들어보고자 한다.

첫째 구절과 둘째 구절에서는 육상산 자신의 학문방법인 '쉽고 간단한 공부'(易簡工夫)와 주자의 학문방법인 '갈라진 사업'(支離事業)으로 극명하게 대비시켰다. 이렇게 대비시키는 것은 물론 육상산의 입장에서 대비시켜놓은 것이므로 주자의 입장에서는 절대로 동의하지 않을 것이다. 혹시 주자는 '분별도 없이 뭉뚱그려 놓은 공부'와 '환하게 분별해 놓은 공부'라 대비하여 제시할 지도 모르겠다.

어떻던 육상산은 자신의 '쉽고 간단한 공부'가 끝내 항구하게 지속되고 광대하게 확장될 수 있을 것이며, 주자의 '갈라진 사업'은 잠시 오르내리기는 하겠지만 마침내 무너져 가라앉고 말 것이라 하여 장래의 성패를 예단하였다. 실제로 중국사상사에서 주자학이 주류가 되고 육상산의 학풍은 도리어 침체되고 말았다. 다만 명나라 중기이후 왕양명(陽明 王守仁)이 육상산의 학풍을 계승하여 새로운 물결을 크게 일으켰다. 그러니 양쪽 다 떴다 가라앉았다 했지 한 쪽이 결정적 승리를 거두지는 못했다고 해야 할 것이다. 그래도 굳이 어느 쪽이 우세했냐고 한다면 중국에서도 주자학이 통치원리로서 주류를 이루어 왔고, 우리나라에서는 철저히 주자학이 일방적 우세를 확보했다. 그렇다고 결코 승패의 결론이 났다고 보기는 여전히 어렵다.

셋째 구절과 넷째 구절에서는 육상산이 자신의 학문적 입장이 지닌 정당성을 구체적으로 확인하고 있는 것이라 하겠다. 그는 먼저 학문이 지닌 일반적 성격을 아래에서 위로 향상해 가는 것임을 지적하였다. 이 점에서는 주자도 이의가 없을 것이다. 다만 여기서 그는 학문이 올바른 향상의 방향을 찾는 방법이 오랜 노력의 축적을 거쳐 확인될 수 있는 것인지, 아니면 지금 이 자리 출발점에서 올바른 방향을 확인하고 노력을 해가야 하는 것인지 따지고 있다.

주자의 입장에서는 초학자가 진리의 올바른 방향을 처음부터 알 수는 없으니, 스승과 경전의 지도를 받아 먼저 노력부터 한 다음에 어느 단계에서 판단할 수 있는 일이라 본다. 그러나 육상산은 학문의 출발점에서 내 마음의 진실성이 확인되어야 바른 방향으로 갈 수 있고, 내 마음의 진실성을 확보 못하면 노력을 하면 할수록 엉뚱한 방향으로 가게 될 것임을 경고하고 있다.

사실 두 주장이 각각 정당성이 있고, 각각 문제점도 있는 것이 사실이다. 이른바 '양시양비'兩是兩非의 문제에 해당되는 것으로 보인다. 어쩌면 진리란 이처럼 양날의 칼인지도 모르겠다. 진리는 항상 거짓과 함께 있는 것이라는 말이다. 절대의 진리란 모든 종교가 내세우고 있지만 그것은 환상일 수도 있다. 상반된 두 가지 주장에 각각의 진실성이 있다면 절충을 하거나 종합을 할 수는 없는지 묻지 않을 수 없다. 그러나 절충과 종합을 추구해 보아도 또 하나의 주장이 나타나게 되고, 이에 상반된 또다른 입장이 제시되기 마련이다. 그렇다면 주자와 육상산 사이에서 진리의 논쟁도 변증법적 운동과정의 한 장면일 수 있지 않은가? 🔲

오직 '의'를 다하면 '인'도 이르는 것

공자는 '인' 이루라, 맹자는 '의' 취하라 하니
오직 '의'를 다하면 '인'도 이르는 것
성현의 글을 읽어 배운 바가 무엇인가
앞으로야 부끄럽지 않을 수 있으리라.

孔曰成仁, 孟曰取義, 唯其義盡, 所以仁至,
공왈성인   맹왈취의   유기의진   소이인지

讀聖賢書, 所學何事, 從今以后, 庶幾無愧
독성현서   소학하사   종금이후   서기무괴

<孔曰成仁>

문천상文天祥은 남송南宋이 원元에 멸망한 뒤에도 마지막까지 항
전하다가 체포되어 옥중에 갇혀서도 「정기가正氣歌」를 부르며 끝내
투항하기를 거부하였던 송나라 최후의 충절지사忠節之士이다. 그는
이 시에서 한 사람의 유교지식인으로서 이민족의 침략을 당해 나
라가 멸망하는 상황에서 자신이 지켜야 할 신념의 가치관을 밝히
고 있다.

　첫째 구절에서는 먼저 유교적 가르침의 핵심적 규범으로서 공자
는 '인'仁을 제시했고, 맹자는 '의'義를 제시한 것으로 대비시키고
있다. 맹자의 설명에 따르더라도 '인'에서는 측은하게 여기는 마음
(惻隱之心)이 싹터 나오고, '의'에서는 자신의 허물을 부끄러워하고
남의 과오를 미워하는 마음(羞惡之心)이 싹터 나오는 것으로 구별해
주고 있다.

　'인'은 남을 사랑하는 포용의 마음이요, '의'는 악에 맞서 싸우는
항거의 마음이다. 하나는 끌어들이고 하나는 물리치니 전혀 상반된
양상을 보여주고 있다. 그러나 '인'과 '의'가 상반된 덕목이라 하여
어느 하나를 버릴 수는 없다. '하느님' 내지 '신'神의 성격을 말할
때에도 무한한 자비와 포용력을 지닌 사랑의 하느님이 있는가 하
면 동시에 불의에 한 치의 용서도 없이 엄격한 분노의 하느님도 있
으니, '인'과 '의'는 인간만이 아니라 '신'도 두 가지 근본성격으로
지니고 있는 것이라 할 수 있다.

　둘째 구절에서는 '인'과 '의' 사이에서 어느 쪽을 버릴 수 없다면,

양쪽을 모두 실현하는 방법을 찾아 보여주고 있다. 곧 '의'를 온전히 실현하였을 때에 '인'도 실현될 수 있음을 강조하고 있는 것이다. 그것은 '의'가 '인'에 선행하는 것이요, 근본적인 것이라 말하려는 것과는 다르다. '인'이 더 중요하고 근본적인 덕목이라 하더라도, 실현의 방법에서는 '의'를 앞세워 실현하면 '인'도 동시에 실현되는 것임을 말하고 있다.

그러나 그 반대도 가능할 것으로 보인다. 곧 '인'을 온전히 실현하였을 때에 '의'도 실현될 수 있다고 말해도 전혀 문제가 없을 것 같다. 사실은 전통적 유교규범의 체계에서는 '인'이 근본규범으로 '의'도 그 속에 포함하고 있는 것으로 제시되어야 마땅하다. 그러나 문천상이 '의'를 앞세우는 것은 바로 그가 살았던 시대의 상황이 '의'를 절박하게 요구하고 있기 때문이라 생각된다. 몽고족의 침략을 당해 나라의 명운이 풍전등화인데, '인'을 내세워 포용정신을 강조할 것이 아니라, '의'를 내세워 저항정신을 실천해야 할 수밖에 없었다. 그가 '의'를 실행함으로써 '인'을 그 속에 내포시키겠다는 관점은 바로 상황논리에 따르는 것이라 하겠다.

원래 유교에서 '도'는 고정된 대답이 있는 것이 아니라, 시기와 상황에 맞게 행하는데 '도'가 실현될 수 있는 것으로 본다. 유교에서 '도'의 기본원리로 제시하는 '중용'中庸도 고정된 평균값이 있는 것이 아니다. 시기와 상황에 따라 무게 중심을 왼쪽으로 기울이기도 하고, 오른 쪽으로 기울이기도 해야 제대로 '중용'이 된다는 것이다. 그래서 시기와 상황에 맞는 '중용'이라는 의미에서 '시중'時中이라고 하며, 공자의 '도'를 말할 때 '시중'을 그 핵심적 특성으로 확인하고 있다.

셋째 구절에서 문천상은 자신이 '성현의 글'에서 배운 바가 무엇인지를 절실하게 묻는다. 그 대답은 바로 그가 '성현의 글' 곧 '경전'을 읽고 배운 것이 자신의 시대 현실에 맞는 도덕의식과 가치관을 수립해야 한다는 것임을 보여주고 있다. 그는 '의'를 전면에 표방하는 상황윤리의 체계를 제시하였던 것이다. 곧 '의'가 온전할 때라야 '인'도 자리를 잡을 수 있지, '의'가 무너진 세상에 '인'이 붙어 있을 곳이 없음을 절실하게 강조하였던 것이라 하겠다.

신라 때 김흠춘金欽春이라는 장수는 전장터에 함께 출전한 아들에게 "나라가 위기를 당했을 때는 목숨을 버려야 '충'과 '효'의 둘을 다 온전히 실현할 수 있다"(見危致命 忠孝兩全)고 훈계하여 아들이 용감하게 적진에 돌격하여 죽음으로써 전군의 사기를 일으키게 했던 일이 있다. 부모 앞에서 생명을 버리는 것이 '충'만 아니라 '효'도 온전히 할 수 있다는 것은 상황논리의 극명한 사례를 보여주는 것이다. 문천상이 '의' 속에 '인'을 내포시켜 제시하였던 것도 같은 맥락의 상황논리라고 할 수 있다.

마지막 구절에서는 이러한 '시중'時中의 상황논리로 성인의 말씀을 이해함으로써, 자신이 이 시대에 부끄럽지 않게 살아갈 수 있다는 확신을 밝히고, 나아가 미래의 역사 속에서도 부끄럽지 않은 길을 얻었다는 자신감을 밝히고 있다. 물론 문천상의 시대와 다른 시대에서 문천상의 논리를 고집한다면 그것은 고집에 빠진 것이요, '시중'의 상황논리에 어긋나고 말 것이다. 그러나 역사 속에서는 문천상이 처하고 있는 위기의 상황이 언제나 반복되어 돌아오기 마련이다. 바로 이러한 시기에는 문천상의 이 시가 그 시대정신을 가장 잘 표출해주는 본보기로 소중히 여겨지지 않겠는가? 어쩌면 지금 우리 자신이 바로 이러한 시대상황 속에 살고 있는 것인지도 모르겠다.

명(明) 〈양명 왕수인陽明 王守仁(1472-1528)〉

20

물 흐르고 마음 함께 한가로워라

시냇가 흐르는 물 곁에 앉으니
물 흐르고 마음 함께 한가로워라
산 위로 달 솟은 것도 몰랐는데
솔 그림자 내 옷에 얼룩 지우네.

溪邊坐流水　水流心共閒
계 변 좌 유 수　수 류 심 공 한

不知山月上　松影落衣斑
부 지 산 월 상　송 영 락 의 반

<山中示諸生 5首(5)>

산 속에서 한가롭게 지내는 생활모습의 한 단락을 편안하게 읊은 시이니, 어디에도 심각하게 '도'를 따져 볼 여지가 없는 것 같다. 우선 깊은 산 속에서 홀로 한가롭게 지내고 있다는 사실 하나 만으로도 그 생활이나 생각 속에 아무 복잡하게 얽힌 것이 없이 단순하고 고요히 가라앉아 있는 상태라는 것이 짐작된다. 바로 이렇게 한가하고 고요한 상태에 있다는 것이 사물도 감정도 있는 그대로 드러날 수 있는 기회임을 유의해 보고 싶다.

　왕양명(陽明 王守仁)은 남송의 육상산(象山 陸九淵)이 '마음이 곧 이치'(心卽理)라 주장하는 유심론적 학풍을 계승하여 객관적 실재를 중시하는 주자학의 '성품이 곧 이치'(性卽理)라 주장하는 입장과 대립하면서 명나라의 학풍에 큰 충격을 주고 광범한 영향을 미쳤던 인물이다. 복잡한 이론을 다 젖혀두고, 그의 핵심적 입장을 짚어본다면, "마음 바깥에는 이치가 없고, 마음 바깥에는 사물이 없다"(無心外之理, 無心外之物)고 주장함으로써, 철저히 마음을 본체요 근원이요 주재로 삼는 유심론의 입장을 밝혔던 인물임을 알 수 있다.

　이 시의 첫째 구절은 산 속에서도 시냇가에 앉아 있는 주인공의 모습이 보인다. 산은 특히 물과 잘 어울린다. 산은 움직임이 없고 소리도 없이 고요히 지키고 서 있으며, 물은 쉬지 않고 물소리를 내며 흘러가고 있다. 정지와 움직임, 고요함과 소리, 위로 우뚝 솟아오름과 아래로 흘러내려감의 온갖 대응구조가 산과 물 사이에 다 보인다. 그러니 동양화에서는 언제나 산과 물이 어울려야 그림의 구도에 안정과 조화를 얻을 수 있는 게 아니랴.

공자도 산과 물을 함께 좋아했던가 보다. "지혜로운 자는 물을 좋아하고 어진 자는 산을 좋아한다"(知者樂水, 仁者樂山. <『논어』, 雍也>)고 하여, 산과 물을 어진 덕과 지혜로운 덕이라는 사람의 기본 덕목에 상응시키고 있음을 보여준다. 이 주인공도 분명 어질고 지혜로운 자일 것이다. 그래서 산 속에 와서도 일부러 물이 흐르고 있는 냇가를 찾아와 흐르는 물 곁에 앉았나 보다.

둘째 구절에서는 먼저 가까이 있는 냇물을 바라보며 생각하고 있음을 보여준다. 물이 흘러가고 있다. 흘러가는 냇물을 바라보면서 주인공은 물도 한가롭고 마음도 한가롭다고 느끼고 있다. 흘러가는 물에 마음이 있다면 그 마음이 지금 바쁜지 한가로운지 어떻게 안단 말인가? 물론 경사가 급한 돌 틈을 흐를 때는 물소리도 요란하고 급하게 흐르는 것으로 보일 것이고, 완만하게 흘러 갈 때에는 물소리도 잠잠해지고 한가롭게 흐르는 것으로 보일 수 있다. 그래서 흘러가는 냇물이 한가롭다고 말하는 것일까?

아마 노자老子가 이 냇가에서 흘러가는 냇물을 바라보고 있었다면, "한가롭구나"라고 말하지 않고 "겸허하구나"라고 감탄하여 말했을 것이다. 노자는 물이 낮은 데로 흘러 내려가는 광경을 보면서 자신을 낮추는 겸허한 덕을 발견하고 이를 소중하게 여겼기 때문에 그렇게 말하는 것이리라. 그런데 공자가 또 이 냇가에서 흘러가는 냇물을 바라보고 있었다면, "한가롭구나"라고 말하지도, "겸허하구나"라고 말하지도 않았을 게 분명하다. 공자는 "밤낮으로 그치지 않고 흐르는구나"라고 감탄하여 말했을 것이다. 공자는 냇물이 잠시도 쉬지 않고 흘러가는 광경을 보면서 인간이 자기의 목표를 향해 쉬지 않고 나아가는 근면한 노력의 자세를 읽어내고 있었으리라.

그렇다면 왕양명은 이 냇가에서 흐르는 물을 바라보며 "내 마음도 저 물과 함께 한가롭구나"라고 말하였던 것은, 지금 냇물이 급하게 흐르는가 완만하게 흐르는가의 객관적 사실을 설명하려는 것이 아니라, 내 마음이 한가롭고, 그래서 내 마음이 바라보는 저 냇물도 한가롭게 보인다는 사실을 말해주고 있는 것이 아니겠는가. 폭포 앞에 서서 폭포가 시원하게 떨어지니 내 마음이 시원한 것인지, 내 마음이 시원하니 폭포가 시원하게 떨어진다고 내가 생각하는 것인지 한 번 생각해 보게 한다.

셋째 구절에서는 조금 멀리 눈을 들어 산 위로 떠오른 달을 보는 광경이 보인다. 주인공은 저녁을 먹고서 냇가에 나와 앉았다고 해도 오랫동안 흐르는 냇물을 바라보며 생각에 잠겨 있었던가 보다. 문득 고개를 들어보니 그동안 모르고 있었는데 벌써 달이 산 위로 솟아올라 있는 것이 아닌가? 내 관심 내 의식이 이르지 않으면 사물이 있어도 없는 것과 다름없는 무지의 상태에 있게 되는 것임을 말하고 있는가 보다. 그는 마음이 있어야 비로소 사물도 떠오르는 것임을 말하려는 게 아마 틀림없을 것 같다. 달이 아무리 환하게 중천에 떠 있어도 관심이 없으면 과연 달이 떴네 안 떴네, 아름답네 슬프네 라고 말할 수도 없지 않은가 말해주고 있다.

마지막 구절에서는 이에 내 관심의 눈길이 냇물에서 하늘에 뜬 달을 바라보며 높이 솟아올랐다가 한 바퀴 돌아 다시 내 주변으로 눈길이 내려오고 있는 장면이다. 그동안 마음속에 비치지도 않고 지각 속에도 떠오르지 않았던 달빛이다. 그러나 이제는 내 의식이 달빛을 더듬고 있으니 새삼스럽게 달빛이 내 주위에서 일으키는 광경들을 내 의식이 살피기 시작하고 있음을 보여준다. 그래서 달빛을 받은 솔그림자가 내 흰 옷에 드리워 그림을 그려놓고 있는 장면도 내 의식이 붙잡아 올려놓고 있음을 말하고 있다. 밝은 달빛과 아름다운 솔그림자도 내 의식이 닿지 않으면 아무 의미가 없다는 자신의 철학을 드러내 보여주고 있는 것이 아닌가?

세상에서는 잠시 명성을 얻었다가 뒷사람들의 조롱과 비웃음을 사게 되는 인간도 많다. 그러나 한 시대에 명성은커녕 죄인으로 고난을 겪었더라도 뒷세상에 두고두고 존경과 칭송을 받는 사람도 있다. 바로 그 인격의 실상이 있느냐 없느냐가 그 명성의 진실함과 허망함을 결정해주는 것이라 말해주는 것이 아니겠는가?

<이규보의 '이름 낚아서 무슨 이익 있는가'에서>

제2부

한국 한시의 세계

시경詩境

한시漢詩와 도道

만족할 줄 알면 그치기 바라노라

신통한 책략은 천문을 구명했고
오묘한 계산은 지리를 궁진했네
승전하여 공적 이미 높았으니
만족할 줄 알면 그치기 바라노라.

神策究天文　妙算窮地理
신 책 구 천 문　묘 산 궁 지 리

戰勝功旣高　知足願云止
전 승 공 기 고　지 족 원 운 지

<贈隋右翊衛大將軍于仲文>

『삼국사기』三國史記 열전列傳의 을지문덕에 관한 짤막한 기록에 실려 전해오는 이 시는 읽을 때마다 隋나라 대군을 물리치고 나라를 지켜낸 장군의 공적과 더불어 가슴을 통쾌하게 해주는 데 상승효과가 엄청나게 크다. 수나라 양제煬帝가 고구려를 치게 하였는데, 우문술宇文述과 우중문于仲文이 거느린 대군이 압록강을 건너 밀려왔다. 패퇴를 거듭하여 평양성 30리 밖까지 후퇴하고 나서 을지문덕은 수나라 장수 우중문에게 이 시를 보내주었다고 한다.

여기서 수나라 장수는 여러 가지 상황이 불리한 줄을 깨닫고 회군을 하기 시작했다. 이때부터 을지문덕은 맹렬하게 공격을 퍼부어 하루 밤과 낮 동안 쉬지도 먹지도 자지도 못하고 450리를 달아나고 추격하는 대격전을 치루었다. 수나라 장수는 요동에 돌아가 군사를 점검해 보니 올 때 305,000명의 군사였는데 겨우 2,700명만 살아 돌아갔다는 이야기다. 이 시는 바로 이 역사적 대격전의 전쟁을 극적으로 반전시키는 계기가 되었으며, 그것은 마치 밤하늘을 가로지르며 날아 올라가는 눈부신 섬광의 신호탄 같은 것이었다.

대군이 밀려와 군사들의 함성이 천지를 진동하는 소란함과 죽고 죽이며 피비린내 나는 살상의 참혹함으로 뒤덮인 전쟁터요, 나라가 망하느냐 살아남느냐가 걸려 있는 국가존망의 위기 앞에서, 고구려의 장수 을지문덕은 마지막 순간에 20글자의 시 한 수를 지어 적장에게 보냈다. 이 사실만으로도 모르긴 하지만 전쟁사에 잊혀 질 수 없는 극적인 장면을 보여주는 것이 아니겠는가? 연전연승을 하고 있는 수나라 장수로서 항복문서를 받는 것이 아니라, 수나라 대군을 달래는 듯 희롱하는 듯한 이 시를 받아 본 수나라 장수는 을지문덕의 그 자신만만한 배포와 하늘을 찌를 듯한 기개에 뒤통수를 호되게 맞아 먼저 정신이 아뜩해지고 기가 한풀 꺾였을 것이다.

이 시의 첫째 구절과 둘째 구절은 적장의 역량을 칭찬하는 말이다. 칭찬의 내용은 뒤로 미루고 이렇게 존망의 위기에서 침략군인 적장을 칭찬할 수 있다는 사실 그것만으로도 을지문덕은 파격적 발상을 하고 있다고 해야겠다. 적장을 칭찬하면서도 그 전술적 역량을 칭찬해준다. '신통한 책략'(神策)과 '오묘한 계산'(妙算)이 장수가 전장에서 군사를 운용하기 위한 가장 중요한 능력이다. 을지문덕은 적장의 책략과 계산이 하늘의 변화 이치인 '천문'天文을 환하게 통달하였고, 땅의 지형적 조건인 '지리'地理도 다 파악하고 있다고 칭찬하니 극진한 칭찬이다.

이러한 극진한 칭찬 속에는 적장에 대한 적대감이란 미세한 흔적도 보이지 않고, 이 시를 읽는 적장으로서는 그를 알아주는 지기知己의 친구처럼 대하고 있는 것으로 보일지도 모르겠다. 그렇지 않다면 혹시 적장으로서 그의 전술과 책략은 다 자기 손바닥 들여다보듯이 환히 들여다보고 한 수 위에 있는 것이나 아닌지 의심이 들게 할지도 모르겠다. 어떻던 극진한 칭찬을 하여 침략자의 강퍅한 마음을 상당히 누그러뜨리는 효과를 거두었을 것 같기도 하다.

셋째 구절에서는 적장의 전투 성과를 칭찬하는 말이다. 전투마다 승리하여 그 공적이 이미 매우 높다고 칭찬하는 것이다. 이 칭찬도 사실과 일치하는 것이니 듣기에 기분 나쁘지는 않을 것이다. 그 때까지만 해도 수나라 장수는 연전연승을 해왔기 때문이다. 그러나 칭찬하는 말 속에 승전한 공적이 '이미'(旣) 높았다고 하였으니, '이

미'라는 한 마디 말은 과거형으로 말하는 것임을 느낄 수 있다. '이
미'는 벌써 끝났다는 말이 되기도 한다. 이제부터는 아니라는 의미
가 있다. 계속 더 가면 지나치게 되고, 좋은 일도 지나치면 재앙이
될 수 있다는 말을 암시하고 있는 말이다.

넷째 구절은 바로 그 앞에서 '이미'라고 언급한 말의 뜻을 분명
히 결론으로 밝혀주고 있다. "만족할 줄 알면 그치기 바란다" 라는
한 마디는 어른이 젊은이를 앞에 앉혀놓고 아낌없이 칭찬을 해주
고 나서, 끝에 가서 젊은이의 뒤통수를 부드럽게 어루만지며 점잖
게 한마디 충고의 말을 덧붙여 주는 격이다.

분명 적장은 이 대목에 와서 정신이 번쩍 들어 잠시 칭찬의 말에
우쭐했던 기분이 싹 가라앉는 느낌에 빠질 것 같다. 그리고 자신의
전략과 전승의 공적에 한계가 무엇인지 다시 돌아보게 될 것이고,
저 건너편에서 연패를 거듭한 패장인줄 알았던 을지문덕이라는 인
물의 정체가 과연 무엇인지 그 속에 얼마나 깊은 생각과 예측할 수
없는 전략이 숨겨져 있는지 헤아리느라 심각하게 고민하기 시작하
였을 것으로 보인다.

"만족할 줄 알면 그치라"는 말은 을지문덕이 처음한 말이 아니
다. 바로 병법을 공부하는 장수로서도 반드시 읽어두어야 할 고전
인 『노자老子』(道德經) 44장에서는 "만족할 줄 알면 욕되지 않을 것
이요, 그칠 줄 알면 위태롭지 않을 것이다"(知足不辱, 知止不殆)라고
하였으니, 이 말은 인생에서도 절제를 가르치는 소중한 교훈이지
만, 병법兵法에서도 반드시 가슴에 새겨두어야 할 중요한 격언이
다. 『노자』의 46장에서는 다시 강조하여, "재앙은 만족할 줄 모르는
것보다 더 큰 것이 없다"(禍莫大於不知足)라고 하였다.

분명 수나라 장수는 병법을 배울 때부터 익숙하게 읽었던 격언

이니, 이 말을 듣는 순간 가슴이 서늘해졌을 것이다. 더 이상 욕심을 부리다가 무슨 재앙을 입을지 모르고, 바로 그 가능성을 상대편 장수인 을지문덕이 꿰뚫고 있다는 사실에 등골에서 땀이 났을 것에 틀림없다. 그래서 이것이 수나라 장수에게는 전멸당하는 대패배의 재앙으로 현실화되었던 것이다. 아마도 수나라 장수는 고향에 돌아가서도 밤마다 이 시를 떠올리며 잠을 못 이루었을 것 같기도 하다. "펜이 칼보다 무섭다"는 말이 있지만, 이 경우 "을지문덕의 시 한 수는 30만 대군보다 무섭다"로 고쳐 쓸 수 있지 않을까?

마음의 때는 물로 씻기 어렵다네

몸이 영화로우면 티끌에 물들기 쉽고
마음의 때는 물로 씻기 어렵다네
담박한 맛을 누구와 의논하랴
세상 사람들 단술을 즐기는구나.

身榮塵易染　心垢非難洗
신 영 진 이 염　심 구 비 난 세
澹泊與誰論　世路嗜甘醴
담 박 여 수 론　세 로 기 감 례

〈寓興〉

이 시는 최치원(孤雲 崔致遠)의 「우흥寓興」 8구 가운데 뒷부분 4구이다. 세상 사람들이 이익을 추구하는 데 급급하여 자기 목숨조차 가벼이 여기거나, 쾌락을 추구하는 데 빠져 자신을 더럽히고 마는 세속의 풍조를 벗어나 순수한 본래의 마음을 지키려는 뜻을 읊고 있는 것으로 보인다. 세상과 자신을 둘로 나누어 보고, 세상으로부터 자신을 격리시키려는 고고한 은둔자의 기풍을 엿볼 수 있게 하는 시이다.

　첫째 구절에서는 일신이 높은 지위와 재물과 명성으로 영화를 누리게 되면 세속의 혼탁한 허물에 빠지기 쉬움을 지적하고 있다. 벌써 일신의 영화로움을 경계하고, 속진俗塵에 물들기를 거부하는 탈속적 입장을 분명히 밝히고 있는 것이다. 문제는 세상을 티끌세상이라 인식되고, 자기 한 몸의 영화는 이 티끌세상과 쉽게 결합하는 것으로 지적되고 있다는 사실이다.

　인간이 살아가고 있는 세상이야 말할 것도 없이 티끌의 혼탁함이 있기 마련이다. 그럼에도 불구하고 이 세상을 맑게 이끌어가야 할 대상으로 인식하는 견해나 세상의 혼탁함을 안타까워하는 시각도 가능하다. 그러나 최치원은 세상의 긍정적 가능성에 대해서는 관심을 보이지 않고 부정적 대상으로만 보려고 하는 비관적 시각을 보여준다. 이미 그의 시대가 쇠퇴의 수렁으로 빠져 들어가는 말기적 사회로 접어들고 있음을 의미하는 것이 아닐까? 자기의 일신이 영화로움은 세속적 성공을 말하는 것인데, 그 세속적 성공도 부정적 대상으로 비쳐지고 있음을 보여준다. 그렇다면 어떻게 하겠다는 것인가? 세속의 영화를 버리고 세상을 등지는 길을 가지 않을 수 없는 처신의 방향이 이미 드러나고 있는 것으로 보인다.

최치원 자신은 18세 때 당나라에 유학하여 그곳에서 과거에 급제하고 관직을 받았으며, 황소黃巢의 반란을 토벌하는 군대의 종사관從事官으로 출정하여 지었던 「토황소격討黃巢檄」은 중국에서도 문장으로 명성을 날리게 하였다. 그는 29세에 귀국하여 신라에 돌아와 벼슬하면서 문란한 정치를 개혁하기 위해 깊이 고심하고, 구체적 개혁의 방책을 제시하였다. 그러나 이미 신라의 귀족체제는 부패에 젖어 있어서 변혁의 의지를 상실한 상태였다. 그래서 그는 깊은 좌절감에 빠지게 되었으며, 40여 세의 나이에 벼슬을 버리고 사방을 떠돌며 은둔생활을 하였다고 한다.

둘째 구절에서는 '마음에 묻은 때'(心垢)를 언급하니, 바로 세속의 티끌이 마음에 때가 되고 있음을 말한다. '마음의 때'는 물로 씻어내기 어렵다고 한다. 마음에 세속의 때가 한 번 묻으면 좀처럼 씻어낼 수가 없다는 말이다. 그러면 어떻게 하겠다는 것인가? 마음에서 세상의 일을 멀리하여, 세상의 티끌과 때가 마음에 물들지 않게 하여야 한다는 말이다. 마음에서 세상 일을 깨끗이 지워냄으로써 마음을 청정하게 지키겠다는 것이니, 세속을 이탈한 탈속脫俗이요 출세간出世間의 뜻을 보이고 있는 것이다. 물로도 씻어내기 어려운 때를 지우기 위해서는 얼마나 철저히 세상에서 벗어나려 하고 있는지 넉넉히 짐작할 수 있을 것 같다.

셋째 구절은 이렇게 세상을 버리고 세상을 지워서 얻어지는 마음의 담박함 내지 청정함을 아무와도 함께 할 수 없는 자신만의 세계임을 말하고 있다. 그는 신라 말기의 혼란한 시대를 인식하면서 현실사회를 떠나는 은둔생활을 선택하였지만, 결코 현실사회를 떠나서도 좌절감에 사로잡혀 있었던 것은 아님을 보여준다.

세상에 뜻을 펼 기회를 잃고 좌절하게 되면 자포자기에 빠져서 자신을 방탕의 구렁텅이에 빠뜨리는 지식인들이 많다. 혼란한 세상을 뚫고 과감하게 헤쳐 나갈 기개와 용기를 지니지 못한 많은 사람들은 그 세파의 탁류에 떠내려가는 모습을 보여주고 있는 것이 현실이다. 그러나 최치원은 부패와 타락의 현실에서 이탈하면서 마음의 평정을 찾았던 것으로 보인다. 그가 찾아 낸 마음의 담박함 곧 마음의 평정이란 '도'의 세계를 체득함으로써, '도'의 세계 안에서 안심입명安心立命의 경지를 확보하고 있음을 말한다. 누구와도 의논할 수 없는 자신만의 독자적 세계란 깊은 정신적 깨우침의 경지를 말해주고 있는 것이 아니겠는가? 이처럼 그는 고고한 정신세계를 확보한 선비의 면모를 잃지 않았다고 하겠다.

넷째 구절은 마음의 평정을 이룬 자신의 독자적 정신세계에서 세상을 다시 내다보았을 때 보이는 세상의 모습을 말하고 있다. 세상 사람들은 단술甘醴의 감미로움에 빠져 있듯이, 감각적 향락에 도취하여 걱정 근심을 잊고 있는 것이다. 밤마다 거리의 주점에 넘치는 인간들의 술에 취한 삶이란 이미 세상을 개선해 가려는 이상이나 자신을 향상시켜 가려는 꿈을 포기하고, 고통과 번민을 잠시 망각하기 위해 도취의 단맛을 찾고 있는 것이 아니랴.

분명 최치원은 자신이 현실세상을 벗어난 다음에도 세상을 걱정하고 세상 사람들에 대해 안타까워하는 마음을 지니고 있음을 보여준다. 그러나 그는 여전히 혼탁한 세상에서 몸을 빼어 벗어나 자신의 한 몸을 결백하게 지키는 '독선기신'獨善其身의 은둔자이지, 세상을 바로잡기 위해 자신의 한 몸을 던져 희생하는 '겸선천하'兼善天下의 개혁가의 모습은 아니라 하겠다. 🔳

고려 〈성재 최충惺齋 崔沖(984-1068)〉

또 솔거문고 있어 악보 없는 곡조를 타노니

뜰에 가득한 달빛은 연기 없는 촛불이요
자리에 드는 산빛은 청하지 않은 손님일세
또 솔거문고 있어 악보 없는 곡조를 타노니
보배로 간직하고 남들에게 전하지 말아야지.

滿庭月色無煙燭　入座山光不速賓
만 정 월 색 무 연 촉　입 좌 산 광 불 속 빈
更有松絃彈譜外　只堪珍重未傳人
갱 유 송 현 탄 보 외　지 감 진 중 미 전 인

〈絶句〉

최충崔冲은 고려 문종 때 문하시중門下侍中의 높은 벼슬을 지내고, 벼슬에서 물러난 다음에 사학私學을 열어 학풍을 크게 일으키니 그의 문하인 문헌공도文憲公徒를 비롯하여 12공도公徒의 사학이 융성하게 일어났다. 당시 사람들은 그의 학덕을 높여서 '해동공자'海東孔子라 일컫기도 하였다고 한다.

　이 시는 한 사람의 학자로서 최충이 전원생활에서 누리는 정갈하면서도 도도한 흥취를 담담하게 서술한 것으로 보인다. 첫째 구절에서는 하늘이 맑고 달이 밝은 밤의 풍광을 보여준다. 아마 서재에서 촛불을 켜놓고 책을 읽다가 피로하여 잠시 방문 바깥을 내다보니 달빛이 뜨락에 가득 하얗게 내려앉았나 보다. 이제 읽고 있던 책장을 덮고서 방문을 활짝 열었다. 켜놓았던 촛불도 꺼버렸다. 촛불의 그을음도 없는데 달빛은 촛불을 켜 놓은 것처럼 방안까지 환하게 비쳐준다.

　책 속에서 만나던 성현의 말씀과 책장을 덮고 창밖에 펼쳐진 달 밝은 밤의 풍광은 저절로 대조가 된다. 말씀의 세계와 자연의 세계가 어쩌면 판연히 다른 것 같기도 하고, 또 서로 통하는 것 같기도 하다. 책 속에서 아득한 옛날로 돌아가 성현을 마주하여 문답을 하다가 한 순간에 현재로 돌아와 나를 둘러싸고 있는 자연의 말이 없는 세계와 만났으니, 어찌 다르지 않을 수 있겠는가? 그런데도 옛 성현이 말씀하신 도리와 이 자연이 말없이 드러내주는 이치가 어떻게 다를 수 있겠는가? 서로 넘나들 수 있을 때, 성현의 말씀에서 자연의 이치를 확인하고 자연의 풍광에서 성현의 도리를 짚어보면 그 묘미가 상승하면서 시야가 탁 트이는 경험을 할 수 있을 것 같기도 하다.

둘째 구절에서는 멀리 달빛아래 파르스름하게 피어오르는 산빛이 더욱 가까이 다가오는 느낌을 일으켜 준다. 방문을 활짝 열어놓고 바깥을 내다보니 달빛만 방안으로 밀려들어오는 것이 아니라, 달빛어린 앞산도 방안으로 다가오는 것 같다. 마치 청하지도 않았지만 반가운 손님이 찾아온 듯하다. 낮에는 저만큼 멀리 바라보기만 했던 산인데, 밤이 되니 거리감이 없어져 방문 앞에 다가온 것 같고, 방안까지 들어온 것 같이 가깝게 느껴진다.

이미 방안에 혼자 앉아 있는 것이 아니다. 달빛이 방에 가득 들어와 앉았고, 또 앞산까지 방안으로 들어와 대좌하고 있으니, 방에 가득 반가운 벗들로 만당滿堂하고 있지 않은가? 이렇게 반가운 벗들이 부르지도 않았는데 스스로 찾아와 한 자리에 모였으니 그만하면 저절로 흥이 일어나 가슴이 뛰지 않으랴. 이렇게 달빛과 산빛을 반기고 즐거워할 수 있는 것은 이미 그 주인의 활달하고 넉넉한 마음이 있기에 가능하지 않겠는가?

셋째 구절에서는 앞에서 모인 달빛과 산빛의 시각적 빛에 더하여 솔바람 소리의 청각적 소리까지 받아들이고 있음을 보여준다. '솔거문고'(松絃)는 솔바람 소리가 거문고를 뜯는 음악소리로 들린다는 말이다. 원元나라 오고吳皐는 "맑은 바람이 나를 위해 솔거문고를 연주해주네"(淸風爲我奏松絃)라고 읊은 시의 구절이 있다. 어쩌면 계절이 가을인지 모르겠다. 가을 밤에 달은 밝고 달밤의 산빛도 고운데 눈만 황홀하게 하는 것이 아니라 귀도 황홀하게 해주는 솔바람 소리를 듣는 것이 아니겠는가?

솔바람 소리가 거문고를 연주하는 음악으로 들린다고 하여, 이 자연의 음악이 인간이 만든 악보에 들어있을 리 없다. 하기야 명明 나라 엄징嚴澂은 『송현관금보松絃館琴譜』라는 악보집을 내었는데, 악보집을 만들면서 자신의 호를 '송현'松絃으로 쓰고 있으니 흥미로운 일이다. 그렇다면 인간이 만든 온갖 악보도 자연의 악보를 넘어설 수 없다는 말이 아니겠는가? 솔바람 소리에서 듣는, 악보에 없는 음악의 신묘한 세계를 즐기는 것, 그것은 바로 인간의 사유세계를 넘어선 근원의 세계를 경험하는 '도'의 깨우침을 의미하는 것으로 이해될 수 있을 것 같다.

그는 이 솔바람의 악보에 없는 악곡, 악보를 초월한 악곡을 자신만이 깨우친 자득自得한 세계로 홀로 간직하고 싶어 한다. 그래서 마지막 구절에서는 보배처럼 자신의 가슴속에 깊이 잘 간직하고 남들에게 알리지 말아야겠다고 다짐한다. 정말 자기만 아는 신묘한 '도'를 발견하였다면, 이 '도'를 자기만 즐기고 남들에게 알리지 않으려 할 것인가? 오히려 역설적으로 이 '도'를 알리고 싶은 마음이 너무 간절하여, 이렇게 남들에게 전하지 않겠다고 표현한 것이 아닐까?

진리를 깨우친 사람도 그 진리를 가볍게 제시하였다가 사람들의 조롱거리가 되고 그 진리조차 천대당하는 아픔을 얼마든지 경험할 수 있다. 그래서 자신이 깨우친 '도'가 함부로 모욕당하지 않도록 지키려는 마음에서 그 '도'를 귀 있는 사람에게만 들려주지 아무에게나 들려주지 않으려 하는 것이리라. 솔바람 소리 속에 듣는 자연의 음악, 장자가 말하는 '하늘의 음악'(天籟)은 바로 '도'와 통할 수 있는 근원적 진실성의 경험을 가장 쉽게 형상화해주고 있는 것으로 보인다. 🌸

취하여 꽃동산에 누워 강남을 꿈꾸네

복사꽃 붉은 비에 새들이 지저귀니
집을 둘러싼 청산에 푸른 기운 아른거리네
이마에 비스듬한 오사모 게으른 탓이어니
취하여 꽃동산에 누워 강남을 꿈꾸네.

桃花紅雨鳥喃喃　繞屋靑山閒翠嵐
도 화 홍 우 조 남 남　　요 옥 청 산 한 취 람
一頂烏紗慵不整　醉眠花塢夢江南
일 정 오 사 용 불 정　　취 면 화 오 몽 강 남

〈醉後〉

고려시대 대표적 시인의 한 사람인 정지상鄭知常이 봄날의 흥취를 읊은 시이다. 첫째 구절에서는 봄도 이미 깊어가고 있음을 보여준다. 복사꽃이 화려하게 피었다가 이제 붉은 꽃비로 흩날리는 봄날이다. 복사꽃이 한창 피었을 때는 요염한 아름다움이 극치를 이루었는데, 이제 꽃비로 흩날려 뜰에 가득 쌓여 있으니, 여전히 아름답지만 아무리 아름다움도 세월이 가면 사라질 수밖에 없는 아쉬움과 안타까움이 젖어 있는 아름다움이다.

   그렇게도 화사하던 꽃이 속절없이 지고 있다. 아름다운 꽃이 지고 있어서 마음이 아픈 것인지, 지는 꽃이 아름다워서 마음이 설레는 것인지 잘 모르겠다. 꽃가지 사이에서 새들이 지저귀고 있다. 그 새들의 지저귐이 슬퍼서 우는 소리인지 기뻐서 노래하는 소리인지 잘 모르겠다. 기쁨과 슬픔이 뒤섞인 감정, 감탄과 탄식이 뒤섞인 감정이 어쩐지 마음을 걷잡지 못하게 하고 있는 것이 아닐까?

   둘째 구절에서는 집 바깥을 둘러보니 신록이 푸르른 산들이 멀고 가깝게 둘러싸고 있는 광경이 보인다. 이 산들이 깊어가는 봄에 무슨 감정이 있겠는가마는 산마루에는 푸르스름한 기운 '이내'翠嵐가 피어올라 아른거리고 있다. 산도 봄날 저녁의 한가롭고 여유로움을 말없이 즐거워하고 있는 것이 아닐까? 꽃은 눈앞에서 화사하게 피어 바람결에 가볍게 하늘거리다가 또 바람따라 가볍게 흩날려 땅에 떨어지고 있지만, 산은 육중하게 둘러서서 나를 편안하게 지켜주고 있다.

산이 말이 없다하지만, 산을 바라보고 있자면 가슴속에서 자꾸 말이 나온다. 귀를 기울이면 산이 무슨 말을 하고 있는 것이 들릴 듯도 하다. 깊은 산 중에 오래 살다보면 산이 우는 소리도 들리고, 산이 숨 쉬는 소리도 들린다고 한다. 어찌 산이 말하는 소리인들 못 듣겠는가? 아득하게 툭 터진 들판을 바라보면 시원한 마음이 생기겠지만, 산에 둘러싸여 있을 때 푸근하고 편안한 느낌을 잊을 수가 없다. 어머니 품속처럼 너무 편안하여 아무런 긴장도 끼어들지 않는다.

셋째 구절에서는 시인 자신의 편안한 모습을 보여준다. 옷깃을 가다듬고 갓을 반듯하게 쓰는 '의관정제'衣冠整齊한 엄숙하고 긴장된 모습을 벗어던지고 있다. 머리에 오사모를 삐딱하게 쓰고 있으니, 옷매무새도 흐트러져 옷고름도 풀려 있을 것이 뻔하다. 옷차림은 일차적으로 남 앞에 나서서 자신을 보여주는 조건이다. 단정한 옷차림의 사람을 보면 그 사람의 품격도 반듯하다고 짐작할 수 있다. 그래서 옷을 날개라 하고 누구든지 옷을 잘 차려 입어서 남들에게 품위있게 보이려고 애쓰지 않는가?

'도'를 닦으며 수양하는 사람은 남들이 보지 않는 자리에서도 항상 단정한 자세를 지키고 있다. 단정한 자세를 지켜야 마음가짐도 단정하게 바로잡을 수 있을 것은 당연한 일이다. 그런데 이런 격식을 다 깨뜨리고 풀어헤친 모습을 보이는 것은 벌써 남들의 눈을 의식하지 않을 뿐만 아니라, 자기 자신을 단속할 의사도 없음을 말한다. 그야말로 나태하고 무절제한 모습이다.

시인은 왜 이 화창한 봄날 저녁에 이렇게 자신을 풀어놓는 것인가? 이 아름다운 자연, 이 아름다운 계절에 자신을 통째로 맡기고 안심하는 모습이 아닐까? 이 천지 사이에 자신을 우뚝하게 세워 자립하는 것이 인간적 품격이지만, 그 품격을 던져두고 이 계절의 자

연 속에 자신을 맡겨 자연 속에 함께 스며들고자 하는 것이라 보인
다. 구원은 능동적으로 엄격한 수도생활을 통해 그 수행과정의 끝
에서 얻어질 수도 있지만, 이렇게 피동적으로 자신을 던져 맡김으
로써 해방감과 해탈감을 얻을 수도 있을 것이다.

　넷째 구절에서는 자신을 이 자연 속에 던져둔 모습을 보여준다.
깨어 있을 때의 모든 자의식과 책임의식을 다 잊어버리고 술에 취
해 꽃동산 속에 쓰러져 잠이 들고 말았다. 이미 꽃은 바라보는 대상
으로 피어있는지 지고 있는지 상관할 것이 없다. 떨어진 꽃잎이 사
방에 널려 쌓여있는 꽃동산에 누워 꽃 속에 들어가 버린 것이다. 바
닥에 꽃잎이요 얼굴과 몸에 꽃잎이 계속 떨어져 쌓이고 있으며, 머
리 위에는 또 남은 꽃잎이 여전히 하늘거리고 있다. 그야말로 꽃을
밖에서 보다가 꽃 속으로 들어간 것이다.

　꽃 속에 들어가 잠이 들었다. 아무 걱정도 근심도 없고 아무 책
임도 의무도 없이 술에 취하고 꽃에 취해서 잠이 들었으니, 얼마나
행복한 상태일까? 이 꽃동산에서 잠들어 강남을 꿈꾼다니 강남은
어떤 곳인가? 아마 강남은 겨울에 제비도 추위를 피해서 가는 곳이
니, 언제나 봄으로 이어지는 상춘常春의 고장일 것이다. 언제나 화
창한 봄날이 이어지며 꽃이 만발하고 모든 것이 풍족한 이상향 무
릉도원武陵桃源이 아닐까?

　시인은 화사한 복사꽃이 만발한 봄날, 복사꽃 꽃비가 바람에 흩
날리는 광경을 바라보다가 그 꽃 속으로 들어가서 꽃동산 속에서
이상향을 찾아낸 것으로 보인다. 꿈에도 그리는 이상향은 아득한
과거에 있는 것도 아니요, 아득한 미래에 있는 것도 아니요, 아득히
면 알 수 없는 곳에 있는 것도 아니요, 바로 이 봄날 꽃비 내리는 꽃
동산 바로 그 자리에 있는 것임을 보여주고 있는 것이 아닐까?

이름 낚아서 무슨 이익 있는가

물고기 낚으면 살코기 이익 있지만
이름 낚아서 무슨 이익 있는가
이름이란 실상의 손님이거니
주인 있으면 손님은 스스로 오네.

釣魚利其肉　釣名何所利
조 어 리 기 육　조 명 하 소 리
名乃實之賓　有主賓自至
명 내 실 지 빈　유 주 빈 자 지

<釣名諷>

이 시는 고려시대를 대표하는 시인 이규보李奎報가 명성을 낚으려는 것에 대해 풍자하는 시「조명풍釣名諷」20행 가운데 첫머리 4행을 인용한 것이다. 세상 사람들이 욕심을 내어 추구하는 일이야 여러 가지이지만 그 가운데서도 가장 대표적인 것은 재물과 지위와 명성이라 할 수 있다. 더 많은 재물을 차지하기 위해 남을 속이는 일도 많고, 더 높은 지위를 차지하기 위해 남을 모략하는 일도 흔하다. 그러나 재물이 물질적 소유욕을 충족시켜주고 지위가 사회 속에서 권력욕을 충족시켜주는 것이라면, 이와 달리 명성은 인간의 본성 속에 자리잡은 또 하나의 욕망인 명예욕을 충족시켜주는 것이라 할 수 있다.

　재물과 지위를 지닌 사람이 여기에 더하여 명예욕을 충족시키기 위해 명성을 낚으려 드는 일도 있고, 재물이나 지위는 누릴 처지가 못 되어도 명성을 누리려고 낚시질을 하는 경우가 흔히 있는 것이 사실이다. 그런데 왜 명성은 낚시질하여 얻는다고 하는가? 재물이나 지위야 남이 주려고 하지 않더라도 내가 노력과 재주를 다하여 거둬들일 수 있다. 그런데 명성은 남이 주지 않으면 얻을 길이 없다는 점에서 특징적인 것이다.

　재물을 많이 쌓아 가진 사람 가운데는 남들이 무슨 말을 하던지 자기가 소유한 재물을 자기 뜻대로 쓰면서 즐기려는 사람이 있다. 이런 사람은 명성에 관심이 없는 사람이다. 높은 지위에 올라가서 남들의 비난이 들끓어도 관심이 없이 자신의 이익만을 위해 권력

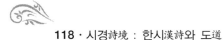

을 휘두르는 사람도 있다. 이런 사람도 명성에는 관심이 없는 사람이다. 이기적 탐욕에 빠졌다고 비난과 질책을 받더라도, 자신이 지닌 재물과 권력의 힘을 향유하는 것으로 만족하는 인간형이다.

그러나 명성을 얻으려면 남의 마음을 얻어야 한다. 그러기 위해서는 자신이 많은 재물을 가졌지만 자기만을 위해서 쓰는 것이 아니라 남들에게도 베풀 줄 안다는 인상을 주어야 한다. 그러니 이기심을 감추고 이타심이 있는 것처럼 보이기 위해 애써야 한다. 자신이 높은 지위를 가졌지만 자신만을 위해 남을 억압하지 않고 남들을 위해 그 권력으로 봉사한다는 인상을 주어야 한다. 그러니 권위적이고 독선적인 태도를 감추고 남들에게 겸손하고 포용적인 태도를 지닌 것처럼 보이기 위해 애써야 한다. 바로 이렇게 자신의 속셈을 감추고 남들이 원하는 모습으로 가장하는 것은 마치 낚시꾼이 물고기를 잡으려는 의도를 감추고 낚시에 미끼를 끼워 던져주는 모습과 너무 흡사하다. 그래서 "명성(이름)을 낚는다"라고 말하는가 보다.

첫째 구절과 둘째 구절은 물고기를 낚는 것과 명성을 낚는 것의 차이를 밝히려고 한다. 물고기를 낚으면 그 물고기의 살을 얻어서 매운탕을 하거나 회를 쳐서 먹을 수 있는 이익이 분명히 있다. 이에 비해 명성을 낚아서 무엇을 얻는 이익이 있는지 반문한다. 사실 명성을 얻는다는 것이 어떤 물질적 이익을 얻는 것은 아니다. 많은 사람들로부터 칭송과 좋은 평판을 받아 자신의 마음에 기쁨을 얻는 것이니, 정신적 만족감을 얻는 것이요 물질적 만족감을 얻는 것과는 다르다.

자신도 모르는 사이에 사람들이 아름다운 이름으로 칭송한다면 그야말로 더 바랄 것이 없을 것이다. 그러나 문제는 남들로부터 칭송을 받기 위해 낚시질 하듯이 의도적으로 칭송을 받기를 추구한다면, 그 행위에 아름답게 꾸밈과 그럴듯하게 속임이 끼어들게 마련이라는 점이다. 이렇게 겉만 꾸미고 눈만 속인다면 그 칭송이 언제 돌변하여 비난으로 바뀔지 알 수 없는 불안하기 짝이 없는 명성일 뿐이라 하지 않을 수 없다.

셋째 구절과 넷째 구절은 명성과 실상을 대조시켜 그 사이에 바람직한 관계를 이루는 방법을 제시한다. 곧 명성은 손님이요, 실상은 주인이라는 것이다. 실상은 자신의 실지 상태를 말하는 것이니, 자신에게 실지의 덕행이 있고 실지의 공적이 있고, 실지의 재능이 있다면, 명성은 저절로 따라오는 것임을 강조하는 말이다. 실지의 덕행이나 공적이나 재능이 없다면, 명성이란 아무리 낚시질 하듯 낚아보았자 잠시 떠올랐다가 꺼지는 물거품처럼 허망한 것이 되고 말 것이다.

자신에게 진실로 안으로 덕성이 갖추어져 있고 밖으로 이루어놓은 공적이 있다면 명성은 손님이 주인을 찾아오듯이 제 발로 찾아들겠지만, 자신에게 실지의 덕행도 공적도 없으면 잘못알고 찾아왔던 손님도 더럽게 여기고 발길을 돌려 다시 오려하지 않을 것임은 당연하다. 여기서 이규보는 실상이 없는 헛된 명성이란 자신에게 허물이 될 뿐임을 경계한다. 한 때 요행으로 명성을 낚았더라도 마치 추악한 여자가 화장을 하여 잠시 예쁘게 보였더라도 화장이 지워지는 순간 사람들이 더욱 심하게 더럽게 여기고 기피할 것이라 지적한다.

한마디로 군자가 살아가는 태도는 오직 자신의 인격과 덕행을 닦고 세상을 위해 헌신하는 일에 힘쓸 뿐이요, 오직 소인만이 실상도 없이 명성을 낚시질하려드는 것임을 보여준다. 세상에서는 잠시 명성을 얻었다가 뒷사람들의 조롱과 비웃음을 사게 되는 인간도 많다. 그러나 한 시대에 명성은커녕 죄인으로 고난을 겪었더라도 뒷세상에 두고두고 존경과 칭송을 받는 사람도 있다. 바로 그 인격의 실상이 있느냐 없느냐가 그 명성의 진실함과 허망함을 결정해주는 것이라 말해주는 것이 아니겠는가?

가을 풀만 뜰에 가득 적적하여 인적 없네

향 피우고 등 밝힌 곳마다 모두 부처에 빌고

피리 불고 북치는 집마다 다투어 굿을 하네

오직 몇 칸 안 되는 공자사당에는

가을 풀만 뜰에 가득 적적하여 인적 없네.

香燈處處皆祈佛　　簫鼓家家競賽神
향 등 처 처 개 기 불　　소 고 가 가 경 새 신

獨有數間夫子廟　　滿庭秋草寂無人
독 유 수 간 부 자 묘　　만 정 추 초 적 무 인

〈學宮〉

이 시는 고려후기 안향安珦이 당시의 국학國學인 국자감國子監(뒤
에 성균관으로 개명)의 공자사당인 문묘文廟가 황폐한 현실을 통탄하
여 지었던 것으로 학궁學宮에 써 붙였다고 하는데, 이 시의 제목은
전하지 않는다. 당시 고려사회에 불교와 무속신앙이 극도로 융성한
반면에 유교가 얼마나 심하게 붕괴되었는지 현실을 절실하게 보여
주고 있다. 이에 따라 그는 유교 재건을 위해 발 벗고 나섰다. 그리
고 충렬왕忠烈王때 연경燕京에 가서 주자의 저술을 베껴 오면서 주
자학을 처음 고려에 수입했으며, 공자의 초상을 모사해 가져왔다.
또한 유교 진흥을 위해 장학기금으로 양현고養賢庫를 설치하는 등
심혈을 기울였다. 그 노력의 결실로 국자감에 학생들이 많이 모여
들어 학풍을 일으키기 시작했다.

　첫째 구절은 불교신앙의 융성한 모습을 보여준다. 사방에 널려
있는 절마다 향을 피우고 등불을 밝히며 사람들이 모여들어 부처
에게 빌고 있다는 것이다. 고려시대에 불교신앙이 융성하였다는 것
은 역사적 사실로 잘 알려져 있다. 이와 더불어 둘째 구절에서는 무
속신앙이 왕성함을 보여준다. 집집마다 무당을 불러다 피리 불고
북치며 굿판을 벌이고 있다는 것이다. 무속신앙이야 우리 민족의
뿌리깊은 민간신앙이니 그 시대에서는 당연한 광경이다. 그래서 무
엇이 잘못되었다는 것인가? 문제는 불교와 무속이 이렇게 왕성한
데 비하여, 유교가 너무 황폐해졌다는 사실이다.

　셋째 구절과 넷째 구절은 바로 당시 유교의 실상을 말해준다. 고

려의 서울 송도松都 안에도 절이야 수없이 있고, 무당들도 사방에서 굿판을 벌이고 있지만, 유교에서 공자를 제사하는 사당은 오직 한 곳뿐이다. 그나마 공자사당은 몇 칸 안 되는 건물 한 채가 있을 뿐이다. 그런데 사정은 어떤가? 공자사당의 뜰에는 이미 사람의 발길이 끊어져 적적하고 잡초만 무성하게 뜰에 가득 덮여 있다. 폐가廢家는 아니지만 폐가나 다름없는 지경이다.

안향의 이 시를 읽다보면 그의 심경이 얼마나 참담하였을지 절절하게 느껴진다. 이와 더불어 그 시대 유교가 얼마나 황폐한 상황이었는지 눈에 선하게 들어온다. 그런데 유교를 전공하는 필자의 눈에는 오늘날 유교의 상황이 안향이 살았던 시대의 모습과 너무나 꼭 같다는데 충격을 받지 않을 수 없다. 안향 한 사람이 분발하여 유교를 다시 일으켜 세우려는 운동을 벌였던 것이 계기가 되어 조선시대 5백년간을 유교가 지배하는 사회로 전개되었으니, 안향 한 사람의 공이 유교를 위해서 얼마나 컸던 것인지도 놀랍다. 그러나 우리 시대에는 안향 같은 인물이 아직 눈에 띄지 않는 것이 유교를 위해서 진실로 안타까운 일이다.

그런데 돌아보면 어쩌다가 유교가 이렇게도 무너졌던 것인지 궁금하다. 고려는 불교가 주도하던 사회이지만 국가의 통치 질서는 유교이념이 주도하였던 것이 사실인데도 유교는 대중으로부터 버림받았을 뿐만 아니라 지식인들로부터도 외면당하였던 것이다. 고려시대의 국학은 조선시대의 경우와 마찬가지로 유교경전을 교육의 중심으로 하는 유일한 국립대학인데, 어쩌다가 사람의 발길마저 끊어져 잡초더미에 파묻힐 지경이 되고 말았던 것인가?

하나의 종교적 신념이나 사상체계는 그 시대를 이끌어가는 기능을 상실하면 사람들로부터 버림을 받게 된다. 비록 한 때는 융성하여 모든 사람들이 숭상하고 따르다가도 시대변화에 적응하지 못하고 낡은 관습과 타성에 젖어 있으면 버림받지 않을 수 없다. 제 아무리 유교인들이 유교가 가장 품격높은 진리라고 주장하더라도 사람들의 가슴에 아무런 울림이 없고 사람들의 삶에 아무런 지침을 제공해주지 못하면 여지없이 버려지고 만다.

어찌보면 사회는 참으로 냉혹한 것인지도 모르겠다. 조선시대에 모든 지식인이 유교교육을 통해 배출되었고, 서민 대중에까지 사람답게 사는 도리가 유교규범을 지키는 것이라는 신념을 심어주었지만, 시대가 한번 변하면서 유교는 낡은 시대의 굴레로 벗어던지고 부셔버려야 할 것으로 규정되고 말았던 것이 사실이다. 그렇다면 한 시대에 온 사회를 장악하며 왕성한 교세를 자랑하던 종교도 다음 시대에 얼마든지 버려질 수 있다는 사실을 확인할 수 있겠다. 멀리 볼 것 없이 유럽에서 교회가 오늘날 텅비어 공동화空洞化되어가는 현상도 마찬가지이다.

불교가 고려시대에 그렇게 왕성하였지만 조선시대에 유교체제의 정부에 의해 혹독하게 억압되었던 경험이 있고, 집집마다 굿판을 벌이던 무속신앙도 오늘날 풀이 많이 죽고 말았다. 세상에는 변하지 않는 것이 없다. 독선과 고집에 빠지고, 배타적 폐쇄성에 젖어 있고, 이기적 탐욕으로 비대화만 해가면 그것은 바로 멸망으로 가는 길이 아니랴. 겸허하게 자신을 성찰하는 태도를 유지하며, 개방적이고 포용하는 자세를 지키며, 희생과 헌신으로 봉사하는 실천을 해간다면 그 신념이나 종교는 시대의 변화를 넘어서 강건하게 살아남고 활발하게 활동해갈 수 있을 것이다.

한 사람이나 한 종교적 신념 집단이나 건강한 생명력을 발휘할 것인지, 병들어 거대한 몸집을 주체하지 못하게 될 것인지를 결정

하는 것은 바로 배타적 독선과 개방적 포용의 어느 쪽을 선택하는
지에 달려있는 것이 아닐까? 그리고 안향의 처절한 탄식 뒤에는 분
명 뼈아픈 성찰과 새로운 시대정신의 포용과 대중 속으로 파고들어
함께 숨쉬기 위한 노력이 있었을 것이 분명하다는 생각이 든다.

마음은 차가워져 재가 되려 하네

때를 근심하니 기杞나라 사람 마음 알겠고
내가 시작하라니 연燕나라 대臺 있음이네
모두 다 잊어버리는 지경에 이르니
마음은 차가워져 재가 되려 하네.

憂時知杞國　請始有燕臺
우 시 지 기 국　청 시 유 연 대

恰到俱忘處　心原冷欲灰
흡 도 구 망 처　심 원 냉 욕 회

〈夜吟〉

이 시는 고려 말기 대표적 유학자의 한 사람인 이색(牧隱 李穡)이 50세 무렵에 읊은 시 「야음夜吟」 8행에서 뒷부분 4행을 인용한 것이다. 한 나라가 멸망으로 치달아가는 붕괴의 위기에 놓여 있을 때에 그 사회의 명망 높은 학자요 관료의 한 사람으로서 어떻게 처신해야 할지 심각하게 고뇌하고 있는 사정을 절실하게 그려내고 있다.

첫째 구절은 스스로 시대를 염려하는 모습을 보여준다. 그 시대의 불안한 시국을 걱정하며 밤잠도 제대로 이루지 못하고 있다. 그렇지만 자신이 아무리 걱정한다고 한들 이 위급한 시국을 바꾸고 바로잡는데 아무런 역할도 할 수 없다는 자신의 무기력함과 역량의 한계를 스스로 잘 알고 있다는 사실이다. 마치 그 옛날 기杞나라 사람이 만약 하늘이 무너지면 어쩌나 하고 근심하였다는 '기우'杞憂처럼, 자신이 아무 소용없는 근심에 빠져 있음을 깨닫게 된다는 것이다.

한 나라 정치의 대세가 이미 그릇되어 돌이킬 수 없이 붕괴과정에 빠졌고, 역사의 수레바퀴는 파국을 향해 비정하게 치달리고 있는데, 이 시대의 명망높은 지식인으로서 답답하고 안타까운 심정이 오죽했을 것인가? 나라는 망해도 자신의 이익을 챙기고 권세를 놓치지 않으려는 무리들이 더욱 기승을 부리고 있는 현실을 지켜보면서, 속수무책 아무런 역할을 할 자리를 찾지 못하고 그저 아무 도움도 되지 못하는 쓸데없는 걱정 근심에 빠져 있으니, 그 절망감은 오죽했을 것인가? 자신의 나라와 시대를 근심하는 것이 '기우'처럼 아무 소용없는 근심이라 토로하는 안타까운 심정이 생생하게 가슴에 와 닿는 것 같다.

둘째 구절은 주위에서 동지들로부터 자신에게 앞장서서 나서보라는 권유를 받고 있는 장면을 보여준다. 당시 이색은 고려 사회에서 명망도 높았고 지위도 높았다. 그래서 주위의 가까운 사람들이 그래도 영향력이 있지 않겠느냐고 격려하면서, 그에게 나서기를 요구했던 것이다. 이런 요구를 어떻게 거절할 수 있겠는가? 그러나 자신이 나서 본들 이 시대의 대세가 흘러가는 조류를 막아내고 방향을 틀어볼 힘이 자신에게 없다는 사실을 누구보다 자기 자신이 가장 잘 알고 있다는 것이 현실이다. 그런데도 자신의 친우와 동료들은 왜 자신에게 나서기를 강요하고 있는 것인가?

주위에서 그에게 나서라고 권유하는 사정을 그는 연燕나라 소왕昭王이 어진 선비를 구하자, 곽외郭隗라는 신하가 소왕에게 말씀드렸던 우화寓話를 생각하였다. 그 우화는 이런 것이다. 옛날에 한 임금이 천금千金을 주고 천리마千里馬를 구해오게 했는데, 심부름을 나간 사람이 오백금五百金을 주고 죽은 천리마 뼈다귀를 사왔다는 것이다. 임금이 꾸짖자, 그 사람은 죽은 천리마 뼈다귀도 오백금을 주고 샀다는 소문이 퍼지면 살아있는 천리마가 저절로 찾아 올 것이라 대답하였다는 것이다. 이 말을 듣고 깨달은 바가 있어서 연나라 소왕은 대臺를 쌓고 곽외를 먼저 스승으로 삼아 융숭하게 대접했더니 천하에서 어진 인재들이 모여들었다는 이야기다.

이처럼 이색은 자신이 나서라는 요구는 죽은 천리마 뼈다귀의 역할이라도 하라는 의미로 받아들이고 있다. 그의 고민은 과연 이 죽은 뼈다귀 밖에 안되는 자신의 역할이 파국으로 치달아가는 도도한 시대의 물결을 막아내고 물길을 돌리는데 무슨 역할이 있을지 회의에 빠졌다. 자신이 앞장서면 사방에서 살아있는 천리마가 모여들듯이 자신에 동조하는 사람들이 모여들 것인지 돌아보니, 몇 사람의 동지들 밖에는 모두가 자기 실속을 챙기는 데만 급급할 뿐 사회개혁에 나서다가 받을지 모르는 온갖 불이익과 위험을 감당하려 들지 않을 것이라는 실정이 눈에 환하게 보이는데 어떻게 해야 좋을지 난감할 뿐이라는 것이다.

셋째 구절과 넷째 구절은 결국 포기하지 않을 수 없는 좌절감을 보여준다. 자신이 시대를 걱정해보아도 아무 소용이 없고, 남들이 나서라고 권유하지만 나서본들 별다른 효과가 없을 것이 뻔하니, 아예 나라 걱정을 마음에서 지워버리고 자신을 희생하더라도 앞장서 나서볼 생각도 접어버리며, 모두 다 잊어버리고 싶다는 생각을 토로한다. 이렇게 마음에서 나라와 시대를 모두 잊어버리려고 애쓰자니 마음이 싸늘하게 식어서 불 꺼진 재처럼 되고 있는 아픔을 토로하고 있는 것이다.

여름동안 나무마다 푸른 잎이 무성하여 생기가 넘치지만, 가을을 지나 겨울이 오면 대부분 나무들의 잎은 다 져서 떨어지고 오직 소나무 잣나무 등만이 겨울의 차가운 눈보라 속에도 푸른 잎을 지키고 있다. 그래서 공자도 "겨울이 온 다음에라야 소나무 잣나무가 시들지 않음을 알 수 있다"(歲寒然後, 知松柏之後彫<『논어』, 子罕>)고 말하지 않았던가? 나라가 멸망의 위기에 놓였을 때, 지식인의 책임감과 불굴의 희생정신이 얼마나 고귀한 것인 줄을 보여준다.

이색은 자신의 시대에 대한 책임감은 투철하게 인식하고 있었지만, 어쩌면 그 시대를 위해 자기 한 몸을 내던져 희생하려는 용기와 신념을 가졌던 것은 아닌지 모르겠다. 그 책임감으로 괴로워하는 지식인의 고뇌, 잊어버리고 도피하려해도 여전히 괴로움을 떨쳐버릴 수 없는 지식인으로서의 양심을 보여주면서, 한 쪽으로는 지식인의 나약함도 솔직하게 드러내었던 것으로 보인다.

고려 〈포은 정몽주圃隱 鄭夢周(1337-1392)〉

성인은 오히려 음陰을 억제하누나

조화造化에는 치우친 기氣가 없지만
성인은 오히려 음陰을 억제하누나
한 가닥 양陽이 처음 움직이는 곳에서
내 마음을 증험할 수 있겠네.

造化無偏氣　聖人猶抑陰
조 화 무 편 기　성 인 유 억 음

一陽初動處　可以驗吾心
일 양 초 동 처　가 이 험 오 심

〈「冬至吟」〉

고려 말 주자학이 뿌리를 내리기 시작할 때 정몽주는 성균관成均館의 교수로서 주자학의 경전주석으로 학생들을 지도하여 큰 영향을 미쳤다. 당시 성균관 최고책임자인 대사성大司成 이색(牧隱 李穡)은 정몽주의 명석한 성리학적 경전해석에 대해, "정몽주가 이치를 논함은 횡(橫: 현상)으로 말하거나 종(縱·竪: 근원)으로 말하거나 이치에 합당하지 않음이 없으니, 우리나라 이학理學의 시조로 추대할 만하다"(夢周論理, 橫說竪說, 無非當理, 推爲東方理學之祖)라고 극찬하였던 일이 있다. 이처럼 정몽주는 고려 말 성리학의 중심에 서서 주도하던 인물이었던 것이 사실이다.

　정몽주의 저술은 대부분 소멸되었지만, 얼마 남지 않은 단편적 글에서 그의 성리학적 이해를 엿볼 수 있는 경우로 동짓날에 읊은 이 시가 있다. 이 시는 문학작품이라는 의미가 있다기보다는 그대로 자신의 성리학적 견해를 시의 형식을 빌어서 서술하고 있는 것이라 할 수 있다. 도학자들이란 매우 엄격한 규범을 생활하면서 행동의 법도가 엄격할 뿐만 아니라, 시를 읊은 것도 이렇게 딱딱하게 직설적으로 표현하는 경우도 많이 있는가 보다.

　첫째 구절은 우주의 생성변화로서 '조화'造化에는 '음'陰과 '양'陽의 두 가지 '기'氣가 동시에 작용한다는 자연의 생성원리를 제시하고 있다. '음'은 그늘을 의미하고 '양'은 햇볕을 의미하니, 볕이 비치는 곳에는 언제나 그늘이 따라오기 마련이다. '음'과 '양'은 그늘과 햇볕만이 아니라, 움직임과 정지, 더위와 추위, 밝음과 어두움, 열

림과 닫힘, 선과 악, 태어남과 죽음…등등, 모든 두 가지 양극적 대립
형식을 일컫는 말이다. 세상은 이 양극적 두 가지 요소의 상호작용
속에서 이루어지는 것임을 말한다. 그래서 자연현상에는 '양'과 '음'
의 어느 한 쪽에 치우치는 일이 없다는 사실을 확인하고 있다.

둘째 구절에서는 '음'과 '양'이 서로 의존하고 병행하는 자연 질
서와 달리 성인이 제시하는 가르침에서는 '음'이 억제되고 '양'이
높여진다는 사실을 지적하였다. 자연의 생성질서와 인간의 가치질
서가 다르다는 매우 중요한 판단을 제시하고 있다. 인간의 삶은 천
지를 본받고 천지와 조화를 이루는 것을 이상으로 삼는다. 그래서
『예기禮記』(禮運)에서도 "예법이란 반드시 하늘에 근본하고, 땅을
본받는다"고 하지 않았던가? 그런데도 어찌 자연변화의 질서와 인
간규범의 질서는 다른 것이라 하는가? 이 점이 바로 도학적 세계관
의 중요한 전환점이라 할 수 있는 대목이라 하겠다.

인간은 자연과 다르다는 선언이다. 『주역周易』(繫辭上)에서도 "한
번 '음'이 되고, 한 번 '양'이 되는 것이 '도'이다. 이를 계승하는 것
이 선善이요, 이를 이루는 것이 성性이다"라고 하여, '음'과 '양'의
상호작용 속에서 '도'를 확인하고, 또 이 '도'가 도덕적 가치근거임
을 확인하고 있다. 그런데도 어찌 자연의 질서와 인간규범이 다른
것이라 하는가? 그렇다면 자연과 인간 사이에는 두 가지 연관질서
가 있음을 말해준다. 그 하나는 상응구조로서 인간이 자연을 본받
아 일치하기를 추구하는 것이요, 다른 하나는 상충구조로서 인간이
자연 질서를 이탈하여 독자성을 형성한다는 것이다.

물론 인간도 자연에 순응하여 '음·양'의 순환 질서를 벗어나지
않고 따라야 하는 존재이다. 그러나 인간에게는 자연에 머물지 않
고 자연을 넘어서는 독자적 가치질서를 갖는다는 통찰이 있다. 인

간과 사물의 차이를 가장 먼저 분명하게 밝혀준 인물이 순자荀子가 아닐까 한다. 송대 성리학자들은 맹자를 정통으로 삼으면서 순자를 정통에서 배제시켜버렸지만, 그 내용에서는 순자의 영향을 상당히 깊이 받고 있었던 것으로 보인다. 순자는 자연의 사물은 형기氣만 있고, 초목은 생명生이 있고, 짐승은 지각知이 있고, 인간은 형기·생명·지각에 더하여 의리義가 있어서 가장 고귀한 존재라 지적하였다.(「王制」편) 따라서 인간은 자연적 사물(무생물·식물·동물)의 차원을 넘어서 '의리'라는 가치를 지닌 고유한 존재로 확인하고 있음을 보여준다. 조선 후기 성리학자들도 인간과 자연이 동일한 성품을 가졌다는 견해와 동시에 인간과 자연은 다른 성품을 지닌 것으로 인식하는 견해의 두 가지 입장(人物性同異論)에 따라 논쟁을 벌이기도 하였던 것이 사실이다.

정몽주는 바로 이러한 자연질서와 인간규범의 차이를 『주역』에서 찾아내어, 자연질서에서 '음·양'이 상호보완적으로 작용하는 현상과는 뚜렷한 차이를 드러내는 인간적 가치질서로서 성인의 가르침이 '음'을 억제하고 '양'을 높이는 '억음존양'抑陰尊陽으로 제시됨으로써, 자연 질서와의 차이를 확인하고 있다. 이처럼 '음'과 '양'이 평등하게 작용하여 수평적 상호의존질서를 이루는 자연의 생성작용과는 대조적으로, '양'을 높이고 '음'을 낮추는 수직적 가치질서를 추구하는 인간 삶의 특성을 제시하였다. 그만큼 '음·양'의 '기'가 실현되는 양상이 자연과 인간 사이에 뚜렷한 차이가 있음을 지적하고 있는 것이다.

셋째 구절에서 '동지'날 태양이 가장 짧아졌다가 다시 길어지기 시작하는 전환의 시기를 한 가닥 '양'이 처음 움직이는 자연의 변화질서를 확인하고, 이어서 넷째 구절에서는 '양'이 다시 살아나는 자연질서의 전환계기를 인간규범으로 재해석하여, 인간의 마음속에서 '욕망'이 억제되고 '천리'天理가 회복되는 도덕적 의미를 제기한다. 곧 단순한 '음·양'의 순환과정에서 나타나는 한 단계가 아니라, '동지'의 형상을 지닌 『주역』 '복'復괘에서 만물을 살려내는 하늘의 마음(天心)을 읽어내고, 인간의 가치질서 속에서 선을 지향하는 도덕성의 근원을 내 마음(吾心)에서 확인할 수 있음을 밝히고 있다. 🔲

고려 〈도은 이숭인陶隱 李崇仁(1349-1392)〉

09

단풍잎 갈대꽃 눈에 시름 가득 하구나

하늬바람에 먼 나그네 홀로 누대에 오르니
단풍잎 갈대꽃 눈에 시름 가득 하구나
어딘가 뉘 집에서 옥피리 비껴들어
한 소리 불어서 온 강의 가을을 끊는가.

西風遠客獨登樓　楓葉蘆花滿眼愁
서 풍 원 객 독 등 루　풍 엽 로 화 만 안 수

何處人家橫玉笛　一聲吹斷一江秋
하 처 인 가 횡 옥 적　일 성 취 단 일 강 추

〈登樓〉

이 시는 고려 말기의 대표적 학자의 한 사람인 이숭인(陶隱 李崇仁)이 어느 강변에 있는 누대樓臺에 올라 가을 경치를 바라보며 밀려오는 감정을 읊은 것으로 이해된다. 똑같은 경치를 보더라도 보는 사람의 마음에 따라 제각기 다르게 비쳐지는 것이 사실인가보다. 똑같은 달을 같은 시각 같은 장소에 나란히 서서 바라보더라도 사랑하는 사람을 생각하며 그리움에 잠길 수도 있고, 세상 떠나간 사람 생각하며 슬픔에 빠질 수도 있고, 지난 세월 자신의 허물을 생각하며 회한에 젖을 수도 있으니 말이다.

첫째 구절은 길을 가다가 길가에 정자로 세워져 있는 누대에 올라가는 모습을 보여준다. 하늬바람西風이 불어오니 날씨가 선선한 줄을 알겠고, 멀리서 온 나그네라 하니 무슨 일로 지나가는지 모르지만, 벌써 여러 날 동안 오래 걸어서 다리도 많이 아플 것이다. 이숭인의 경우 사신의 명을 받아 중국으로 가는 길인지, 정국에서 밀려 유배 길에 나선 것인지 모르지만, 우선 멀리서 온 나그네라는 사실이 그 고달픔을 넉넉히 엿볼 수 있게 한다.

길가에 세워진 정자는 언제나 그 일대에서 풍광이 가장 좋은 곳에 있기 마련이다. 그래서 나그네가 다리를 쉴 수도 있고, 또 아름다운 풍광을 즐길 수 있어서 좋다. 누대라 했으니, 정자로서도 규모가 크고 번듯한 건물로 평지보다 다소 높은 언덕 위에 세워져 있기 십상이다. 이런 풍광 좋은 누대에는 시인묵객들이 경치를 읊은 시들이 들보 아래 여러 개 걸려있을 터이니, 경치를 더욱 풍취있게 감상할 수 있는 분위기를 이루어주고 있다.

둘째 구절에서는 누대에 올라 가을 경치를 바라보는 광경과 심경을 보여주고 있다. 사방으로 툭 터져 전망이 시원한 누대에서 보이는 가을풍경은 여러 가지가 있겠지만, 단풍잎과 갈대꽃을 들고 있다. 단풍잎을 말하면 벌써 산이 보이고, 갈대꽃을 말하면 물가에 나와 있는 줄을 짐작할 수 있다. 그러나 단풍잎이 산을 붉게 물들었는지 아닌지, 갈대꽃이 아득히 펼쳐져 바람에 물결치고 있는지 아닌지 언급이 없다. 단풍잎과 갈대꽃을 들기만 하여 계절이 가을임을 보여줄 뿐이다.

여기에 시인은 단풍잎과 갈대꽃이 눈에 가득 들어오는 광경을 시름이 눈에 가득하다고 감회를 밝히고 있다. 단풍이 꽃보다 찬란하게 온 산을 물들이기도 하는데, 갈대꽃이 아득히 펼쳐져 출렁거리면 가슴에 쌓였던 온갖 시름도 다 씻겨나갈 만도 한데, 어찌하여 이 아름다운 가을 경치를 바라보면서 눈에 시름만 가득하다고 말하는 것일까? 가슴에 맺힌 걱정 근심이 얼마나 깊이 쌓였으면 이 아름다운 경치도 모두 시름으로만 비쳐지는 것인지 짐작이 갈 것 같기도 하다.

분명 그의 시름은 단지 자신의 일상에 관련된 문제에 대한 시름만은 아닐 것이다. 일신상의 걱정거리라면 이 화려한 가을 풍광 속에 잠시 잊어 볼만도 한데, 오히려 아름다운 가을경치가 그 시름을 더욱 절박하게 되살려주는 것인지도 모르겠다. 한 나라가 무너져가는 파국의 시대를 살면서 벼슬하는 관료로서 또 자신의 신념을 지켜 가야하는 지식인으로서 눈앞에 떠오르는 모든 것은 답답하고 안타까운 심경의 시름뿐이었나 보다.

셋째 구절과 넷째 구절은 어디서 들려오는 피리소리를 듣고 있는 모습을 보여준다. 누대에 올라 단풍이 물든 산과 갈대꽃이 아득히 펼쳐진 물가의 풍광을 바라보며, 시각적 관조를 하였다면, 여기에 어느 집에서 들려오는 피리소리는 청각적 감상을 결합시켜주고 있다. 어느 집에서 들려오는지 모르지만 그 집은 강 건너에 있나보다. 이제서야 갈대꽃이 강가에 피어 있는 줄도 알겠다. 강 건너 마을 어느 집의 풍류를 아는 사람이 이 가을날 한가로운 산천 속에서 그 고요함을 깨며 피리를 불고 있는 것이다.

한 가닥 끊어질 듯 이어가는 피리소리는 가을 강물을 가로질러 이 누대에 이른다. 그것은 종縱으로 길게 뻗어있는 가을 강물을 한 줄기 피리소리가 횡橫으로 끊으며 들려오는 것이라 할 수 있을 것이다. 피리소리가 그 맑고 푸른 가을 강물 물 위로 미끄러지며 건너오는 것으로 들을 수도 있는데, 어찌 가을 강물을 끊으며 들려오는 것으로 듣는 것인가? 사실 애절한 피리소리가 가을 강물을 끊으며 들려오는 것이 아니라, 시인의 애간장을 끊으며 들리는 것이 아니냐.

한 가닥 피리소리가 시인의 애간장을 끊어놓고 있으니, 그 피리소리가 어찌 하늘이 그대로 거울에 비치듯 파랗게 비치는 가을 강물을 끊지 못할 것이며, 어찌 빨갛게 물든 가을 산을 끊지 못할 법이 있겠는가? 아마도 시인은 단풍으로 물든 산을 바라보고 바람에 일렁거리는 갈대꽃을 바라보면서 시름에 젖어 있다가, 이제 가을 강물을 끊으며 바람결에 실려오는 피리소리를 듣게 되자, 가슴속에서 쌓였던 시름과 설움이 북받쳐 올라 소리없이 통곡하고 있는 것이지도 모르겠다.

한 나라가 멸망의 길에 접어들어 정국이 파탄에 빠졌을 때, 책임감과 사명감을 지닌 지식인으로 그 시대를 살아가면서, 아무리 찬란한 봄날의 꽃동산을 바라본들, 아무리 화려한 가을날의 단풍에 물든 산을 바라본들 그것이 아름다움으로 다가오기는 어려울 것이다. 보는 것마다 슬픔이 밀려오고, 듣는 것마다 눈물이 쏟아지는 것이 바로 망국의 시대를 사는 지식인의 처지요, 운명이 아닐까?

대숲으로 평상 옮겨 누워서 책 보네

시냇가 띠풀집에 한가로이 홀로 사니

달 밝고 바람 맑아 흥취가 여유롭네

손은 오지 않고 산새만 지저귀니

대숲으로 평상 옮겨 누워서 책 보네.

臨溪茅屋獨閑居　月白風淸興有餘
임 계 모 옥 독 한 거　월 백 풍 청 흥 유 여

外客不來山鳥語　移床竹塢臥看書
외 객 불 래 산 조 어　이 상 죽 오 와 간 서

<述志>

길재(冶隱 吉再)는 40세 때 자신이 벼슬하며 섬기던 고려 왕실이 무너졌다. 조선 왕조가 세워진 다음에 그는 고려 왕조에 충절을 지키기 위해 목숨을 버린 것도 아니고, 그렇다고 태조(太祖 李成桂)의 부름을 받았지만 조선 왕조에 벼슬할 생각도 없었다. 그 자신은 조선 왕조에 대한 저항감이 거의 없었던 것으로 보이며, 다만 '두 왕조의 임금을 섬기지 않는다'는 '불사이군'不事二君의 의리를 지키기 위해 조선 왕조에서 벼슬을 하지 않았을 뿐이다. 그래서 나라가 망하고도 초야에 파묻혀 27년을 더 살다가 67세로 생애를 마쳤다.

길재는 멸망한 나라의 백성인 '망국유민'亡國遺民으로 생애를 마친 셈이다. 그래서 그 충절이 높이 숭상되어, 세종 때 편찬된 온 국민을 위한 윤리 교과서라 할 만한 『삼강행실도三綱行實圖』에 고려의 충신으로 정몽주와 더불어 그가 받들어졌다. 사실 조선 시대에 유교이념을 지켜가는 중심세력이라 할 수 있는 사림파士林派의 도통道統은 길재→김숙자金淑滋→김종직金宗直→김굉필金宏弼→조광조趙光祖로 이어져 가는 것이라 하였으니, 그는 '불사이군'의 의리를 지킴으로써 가장 아름다운 이름을 얻은 성공적 삶을 살았던 경우이다.

조선 왕조에 들어온 이후 그가 은거생활을 하는 동안에 그의 문하에 와서 배우는 제자들이야 몇 사람 있었지만, 그 자신 벼슬에 나갈 일도 없고, 나서서 사람들과 왕래할 일도 없었다. 그러니 그의 만년은 자신의 의지로 은거했다기보다는 자신의 처지가 은거하지 않을 수 없는 상황이었다고 하겠다. 사실 그는 이 '은거'를 무척 즐겼던 것 같다. 어떻든 이 시를 통해 '망국유민'으로 살아가는 이 시대 대표적 지식인의 한 사람이 생활하는 모습을 엿볼 수 있을 것이다.

첫째 구절에서 주인공이 사는 집과 사는 정황을 보여준다. 시냇가의 띠풀집이다. 마을에서 어느 정도 떨어진 산기슭의 시냇가에 자리 잡으면 딱 어울릴 것이다. 바깥 출입을 할 일도 별로 없으니 큰 길가에서 상당히 떨어져 있어도 아무 지장이 없을 게다. 남들에게 보일 의사가 없으니 솟을대문 기와집이 아니라 사립문에 띠풀 지붕이라도 부족할 게 무엇이랴. 홀로 한가로이 지낸다는 것은 사람들과 떨어져 살고, 세상과 떨어져 사는 방법일 터인데, 사람이 그립고 세상이 그리운 경우가 아니라면 별로 아쉬울 것도 없어 보인다.

둘째 구절에서는 밝은 달과 맑은 바람을 즐기는 자신만이 향유하는 세계를 보여준다. 인간세상과 멀어지면 모든 것을 다 잃고 벼랑에 떨어지는 것처럼 두려워하는 사람들이 있지만, 인간세상과 멀어지는 만큼 자연세계와 더 친밀하게 어울리는 길이 있다는 것이다. 밤마다 밝은 달이 찾아오고, 사방에서 바람이 불어오니, 홀로 버려져 있는 것이 아니다. 달과 바람과 어울릴 줄만 알면 또 다른 흥겨운 세상이 열린다는 말이다.

셋째 구절도 자연과 어울려 사는 흥취를 말하고 있다. 바깥에서 찾아오는 손님이 없다는 말은 자신이 손님오기를 기다린다는 말이 아니다. 손님이 왔다면 손님에 신경을 쓰느라 들리지 않는 새소리가 손님이 오지 않기 때문에 유난히 잘 들린다는 말이다. '산새가 지저귄다'(山鳥語)고 하였는데, 새소리를 들으며 새의 말을 알아듣고 새와 말을 나눈다는 느낌이 살아난다. 인간세상의 풍파에 놀라거나 상처를 받았던 사람이라면 바로 이런 밝은 달과 맑은 바람과 지저귀는 산새 등 자연세계는 우리의 심신을 평안하게 해주고 쉬게 해주며 새로운 생명력을 기를 수 있게 해주기도 한다. 외롭다고 한탄하는 것이 아니라 한가롭고 편안한 마음으로 자연과 어울리는 생활모습을 보여주는 것이다.

마지막 구절에서 그는 자신의 전원생활 모습을 매우 솔직하게 드러내 보여준다. 평상은 뜰에 두어 집안에 왕래하는 사람들이 누구나 쉴 수 있는 곳이다. 그런데 바깥에서 찾아오는 손님이 없을 뿐만 아니라 집안에서 왕래하는 사람도 없으니 혼자 차지하고 있는 평상을 아예 자기가 가장 좋아하는 장소로 옮겨놓겠다는 것이다. 대숲에는 댓바람이 더욱 시원하고 그늘이 서늘하여 뜰에서는 좀 떨어져 있지만 무슨 상관이랴.

이 대숲에 옮겨놓은 평상에 올라간 주인공은 아예 드러누워 버렸다. 원래 선비의 생활은 끊임없이 자신을 단속하는 수양의 생활이라 의관을 갖추고 단정하게 앉았거나(端坐), 무릎을 꿇고 앉아(危坐) 모습이 흐트러짐이 없게 하는 것이다. 그런데 벌써 관은 벗어버리고 도포도 벗어버린 채 드러누웠다. 자신에 대한 규제와 단속도 풀어준다는 말이다. 누워서 책을 읽는다고 하였는데, 그러다 언제 잠이 들어도 그만이다. 무슨 책을 보는가? 분명 역사서나 경전은 아닐 것이다. 역사는 읽으면서 간교한 자들이 득세하고 의로운 사람들이 고통받는 사실들에 울분이 치솟아 누워서 읽으려 해도 누워서 읽을 수가 없다. 경전은 성인의 말씀이니 애초에 누워서 읽는 책이 아니다. 흥미로운 문학작품이나 누워서 볼만 할 것이다.

길재는 조선 시대 사림파의 시조가 되는 위치에 있고 도학의 학맥을 그에게서 찾고 있지만, 이미 그의 생활은 초야에 은거하면서도 '도'를 연마하여 세상에 쓰일 때를 대비하는 도학자의 기풍이 아니라 자연 속에 어울려 살아가는 은사隱士의 자유분방한 모습만 보일 뿐이다. 🔲

조선 〈삼봉 정도전三峯 鄭道傳(1342-1398)〉

11

높이 올라도 최고봉엔 오르지 말아야지

고향으로 돌아가는 길 아득하여 끝이 없어
물 굽이돌고 산 감돌기 다시 몇 겹이던가
멀리 바라보려 할 때 시름 더욱 멀어지고
높이 올라도 최고봉엔 오르지 말아야지.

故園歸路渺無窮　水繞山回復幾重
고 원 귀 로 묘 무 궁　수 요 산 회 부 기 중

望欲遠時愁更遠　登高莫上最高峯
망 욕 원 시 수 갱 원　등 고 막 상 최 고 봉

<重九>

이 시의 작자 정도전鄭道傳은 이색(牧隱 李穡)의 문인으로 고려 왕조에서 정몽주·이숭인 등과 성균관의 학관學官을 지냈으며, 성균관 대사성大司成에 까지 올랐다. 1388년 이성계(李成桂: 조선 太祖)의 위화도威化島 회군 이후 이성계의 참모로 고려 왕조를 무너뜨리고 조선 왕조를 건국하는 혁명파의 선봉장이 되었으며, 1392년 조선 왕조 건국에 성공한 후 조선 왕조의 체제를 정비하는 사업에서 중추적 임무를 수행하였다. 그러나 제1차 왕자난王子亂에서 이방원(李芳遠: 조선 太宗)에 의해 죽임을 당하고 말았다.

이 시는 고향으로 돌아가는 길의 험난함을 서술하고 있지만, 여기서 말하는 고향이란 정도전이 혁명파의 선봉장으로서 고려 왕조를 붕괴시키고 조선 왕조를 건국하는 혁명의 과정을 표상한 것으로 이해하고 싶다. 고향이란 누구에게나 돌아가야 할 정신적 종착점이라면, 혁명도 혁명파에게는 실현해야 할 정치적 종착점이기 때문이다.

정도전은 이성계를 등에 업고 혁명을 추진하였으니, 조선 왕조의 건국은 이성계가 정도전을 끌어들여 완수한 혁명일 수도 있고, 정도전이 이성계를 받들고 추진한 혁명의 성과일 수도 있다. 이성계와 정도전의 관계는 마치 유방(劉邦: 漢 高祖)과 그 참모인 장량張良의 관계와 매우 유사하다. 가장 중요한 차이는 장량이 혁명에 성공하여 한漢나라를 세운 다음 은둔하여 자신의 천수天壽를 누렸다면, 정도전은 혁명 후 왕조의 기반을 확고하게 정착시키기 위해 계속 정권을 쥐고 있다가 비명횡사하고 말았다는 점이라 하겠다.

첫째 구절에서는 고향으로 돌아가는 길이 아득히 멀어 끝이 보이지 않는다는 탄식을 하고 있다. 고려 왕조(918-1392)는 475년 간 지속되어 왔으니 대략 500년을 이어온 왕조인데, 이 오래된 고목을 넘어뜨리는 일이 결코 쉽지만은 않았을 것이다. 이성계의 책사策士요 오른 팔로서 온갖 계책을 세워 한편으로 은밀하게 다른 한편으로 공개적으로 혁명을 위한 작업을 추진해가자니, 장애물도 많고 복병도 어디에서 튀어나올지 모르니, 그 길이 어찌 아득히 멀어 끝이 보이지 않는다고 탄식하지 않을 수 있겠는가?

둘째 구절은 바로 이 길의 험난함을 생생하게 보여준다. 물 굽이를 돌고 또 돌아가며, 굽이굽이 산 고개 길을 오르고 내리며, 산 자락을 돌고 또 돌아가도 길은 끝없이 이어진다. 어느 날 아침에 갑자기 함성이 오르며 혁명이 이루어지는 것이 아니다. 혁명을 준비하는 사람들로서는 혁명을 성공시킬 수 있는 여건을 무르익게 조성해가고 기초를 다지는 정지작업을 수행해야 한다. 그렇게 하기 위해서는 온갖 정보와 상황파악과 대책수립을 해야 하며, 끝없이 사람을 포섭하고 상황을 유리하게 바꾸어 나가기 위해 밤낮없이 애를 쓰지 않을 수 없을 것이다. 끝없이 물굽이 산굽이를 돌아가고 또 돌아가듯이 앞이 분명하게 보이지 않는 길을 더듬어 가야하지 않을 수 없다.

셋째 구절에서는 길을 가면서 멀리 고향을 바라볼 때 시름이 큼을 말하고 있다. 사실 고향 가는 길이라면 길이 멀어도 한발 한발 다가간다는 생각만 해도 즐거울 수 있을 것 같다. 그러나 한 나라를 뒤엎고 새 나라를 세우려는 혁명을 도모하는 사람에게는 가는 길이 멀면 걱정도 태산처럼 무겁지 않을 수 없다. 산굽이 물굽이에 막혀 앞이 보이지 않아, 이 길이 언제 끝날지, 가는 도중에 어떤 예기

치 못한 변고가 생기지나 않을지 생각하면 그 근심이 얼마나 크겠는가?

잘되면 혁명이지만 잘못되면 그 길로 반역의 구렁텅이에 빠져들어가는 천길 벼랑 위를 곡예 하듯 헤치고 나가야 하는데 어찌 멀리 바라보면 시름이 아득하게 일어나지 않을 수 없으랴. 어느 사회에서나 그 사회가 불안정해지면 그 체제를 뒤엎고 혁명을 도모하려하는 인물과 집단이 무수히 있었지만, 열에 아홉은 실패로 끝나 역적의 죄명으로 일신만이 아니라 일가가 패망하는 일이 허다하게 많았다. 역사를 돌아봐도 어려운 일이고, 앞을 내다 봐도 첩첩 산길보다 더 어려운 일이 아닐 수 없다.

넷째 구절은 산마루로 올라가더라도 꼭대기까지 올라가지 말아야 한다고 말하고 있다. 이 구절에서 이미 고향길을 말하면서도 실제로 고향길이 아니라는 속사정을 드러내 준다. 고향으로 가는 길이라면 산꼭대기로 올라갈 이유가 없다. 그런데 왜 마지막 구절에와서 산꼭대기로 올라가지 말아야지 하고 스스로 경계하고 있는 것일까? 그것은 고향가는 길처럼 멀고 험난하지만 고향가는 길이아니라 다른 목표를 향한 길, 곧 혁명으로 가는 길임을 말해주는 것이 아니랴.

혁명은 정치적 이상을 추구하는 행동이지만, 동시에 권력을 장악하는 길이기도 하다. 혁명의 과정에 참여하는 사람들은 새로운 권력을 차지하면서 기존 수구세력과 적대할 뿐만 아니라, 혁명세력내부에서도 치열한 권력투쟁을 벌이기 마련이다. 혁명에 성공하였다고 판단되는 순간부터는 치열하고 냉혹한 권력투쟁이 시작되는것이다. 정도전은 역사적 사실에 대해 충분한 성찰이 있는 인물이다. 그러니 이 내부적 권력투쟁의 위험을 십분 인식하였던 것 같다.

　등산을 한다면 최고봉의 정상에 올라가야 할 것이요, '도'를 닦으면 최상의 진리를 깨우쳐야 할 것이지만, 권력투쟁의 대열에서는 정상을 차지하려는 것은 바로 모든 사람의 적이 되는 것이다. 어찌 살아남기를 기약할 수 있겠는가? "지나치면 못 미친 것과 같다"(過猶不及)고 경계하는 말도 있고, 『주역』(乾卦)에서도 "끝까지 올라간 용은 후회가 있다"(亢龍有悔)라 하지 않았던가? 정도전 자신도 익히 알고 있었는데, 어쩌다가 혁명에 성공한 뒤에도 7년간이나 권력의 정점에 있다가 결국 하루 아침에 목숨을 잃고 말았던 것인가? 잘 알고 있으면서도 손 안에 쥐고 있는 권력의 마력을 놓을 수 없었던 인간적 한계를 보여주는 것인지도 모르겠다. ▨

한가로이 취해서 온갖 시름 잊어야지

대낮에 틈을 내어 잠의 세상에 들어가니
한단침邯鄲枕의 세상 일 또다시 바쁘구나
차라리 꽃 아래서 봄에 익은 술 기울이며
한가로이 취해서 온갖 시름 잊어야지.

白日偸閑入睡鄕　　邯鄲世事又奔忙
백 일 투 한 입 수 향　　한 단 세 사 우 분 망

不如花下傾春酒　　醉裏悠然萬慮忘
불 여 화 하 경 춘 주　　취 리 유 연 만 려 망

〈睡起〉

이 시의 저자 권근(陽村 權近)은 이색(牧隱 李穡)의 문인으로 고려 말기에 명나라에 대한 외교문제에 깊이 관여하였으며, 유배를 당해 있는 도중에 조선 왕조가 개국되자 풀려나 조선 왕조에서 다시 벼슬하였다. 그는 조선 초기 명나라에 대한 외교를 수행한 공이 클 뿐만 아니라, 학문적으로도 성리학의 이론적 정립에 가장 큰 업적을 남긴 인물이다.

　그러나 그의 선후배와 동료들 사이에 고려 왕조를 지키다 희생되거나 조선 왕조에 벼슬하기를 거부했던 인물도 많았는데, 그는 고려 왕조와 조선 왕조의 양쪽에서 벼슬을 했던 일은 이른바 두 왕조의 임금을 섬기지 않는다는 '불사이군'不事二君의 의리에 어긋났다는 무거운 짐을 안게 되었다. 심지어 그의 제자인 길재(冶隱 吉再)는 조선 왕조에 벼슬하기를 거부하여 고려 왕조에 충절을 지킨 충신으로 높여지고, 조선 시대 도학파에서 도통道統의 시원으로 높여졌다. 그래서 조선 시대 유학자들은 길재를 권근의 문인에서 빼어내어 정몽주의 문인으로 삼기도 하였다.

　이처럼 권근은 왕조가 바뀌는 변동기를 살았던 지식인으로서 겪게 되는 불운한 상황 속의 인물이다. 그러다보니 그의 주위에는 그의 권세와 명성에 의지해서 덕을 보려는 사람도 많았겠지만, 그의 처신을 비난하는 비판의 목소리도 높았을 것이다. 이런 처지에서 권근의 심경도 결코 즐겁기만 할 수는 없었던 것이요, 마음속으로는 끊임없이 시달림을 받았을 것으로 보인다.

이 시는 권근이 낮잠을 자다가 일어나 지었다고 한다. 첫째 구절과 둘째 구절에서는 낮잠을 자면서도 꿈자리가 편안하지 않았음을 말하고 있다. 한낮에 모처럼 틈이 나서 좀 쉬어 보려고 낮잠을 잤는데, '한단침'(邯鄲枕: 黃粱夢)의 옛 이야기처럼 꿈속에서도 또 한바탕의 복잡한 세상 일에 바쁘게 얽혀들고 말았다고 탄식한다.

'한단침'의 이야기는 당唐나라 때 노생盧生이란 사람이 한단의 객사에서 도사道士를 만나 자신의 신세 한탄을 하니, 도사가 베개 하나를 주기에 노생이 이 베개를 베고 잠이 들었다. 노생은 꿈속에서 미인을 만나 장가들어 여러 자녀를 낳았고 과거에 급제하여 벼슬이 재상에까지 올랐다가 80세가 넘어서 죽었다. 그 꿈을 꾸는 동안은 객사 주인이 기장黃粱(벼과에 속하는 메조, 찰기가 없는 조, 곡물)을 찌기 시작해서 아직 익지도 않은 잠깐 사이라는 것이다.

온갖 시비가 뒤섞여 소란한 일상의 일에 지쳐 잠이 들었는데도 꿈길조차 편안하지 못하여 다시 일상의 번잡한 일들에 시달리게 되니, 자신의 마음을 풀어놓을 수 있는 자리를 찾을 수 없다는 것이다. 그는 조선 왕조에 들어와 정치적 외교적으로도 중요한 역할을 담당하였고, 학문적으로도 조선 시대 성리학의 체계를 정립하여 이 시대를 대표하는 학자로서 많은 제자들을 길러내기도 하였다. 그러나 그는 벼슬에 나갈 것인지 물러나 초야에 은둔해야 할 것인지 출처出處의 의리로 시비의 표적이 되어 얼마나 깊은 번민 속에 괴로워했는지를 이 시의 짧은 몇 구절에서 생생하게 보여주고 있다.

셋째 구절과 넷째 구절은 번민으로부터 도피하는 길을 술에서 찾고 있다. 이 봄날 화사하게 핀 꽃그늘에서 이제 지난 가을 담았다가 이 봄에 익은 술(春酒)을 가져다 혼자 잔을 기울이며 마시고 취하려 하였다. 술에 취해 세상만사와 모든 근심을 잊고 한가로이 봄날을 즐겨보자는 것이다. 과연 술에 취해서 온갖 시름을 잊어본들 얼마나 오래 갈 것인지 궁금하다. 낮잠을 자도 시름을 잊고 편히 쉬지를 못하니, 술에 취해 시름을 잊어보자는 것이다. 낮잠 보다 술에 취하는 것이 낫다고는 하지만, 어느 쪽도 근본적인 해결이 아니다.

한 시대를 살아가는 지식인으로서 그 사회에 적극적 참여를 하면서도 자신의 머릿속에 있는 가치관이 자신의 처신을 정당화시켜 주지 못할 때 가슴속에서 들끓는 번민과 갈등이 얼마나 괴로운 것인지 절절하게 느껴진다. 이른바 한 왕조를 위해 충절을 지키다가 자신의 목숨을 바치는 것이 천명을 따르는 것이라는 강상론綱常論과 시대변화에 맞추어 천명에 따라 왕조도 바꿀 수 있다는 혁명론革命論은 둘 다 '천명'을 근거로 하는 정당성을 내세우고 있다.

그러나 처음부터 혁명론자도 아니면서 지조를 지켜 강상론을 내세우지도 못하고 혁명체제에 참여하여 중심에 들어가 크게 기여한 지식인이 자신의 처신을 정당화시킬 수 있는 논리를 어디서 발견할 수 있을 것인가? 그래도 혁명체제의 정당성을 정면으로 내세우면서 뻔뻔하게 자신을 정당화시키려고 들지 못하고, 좌우를 돌아보며 번민하고 부끄러워 할 줄 아는 한 지식인의 모습을 보면서 그 지적 정직성에 깊은 연민의 정을 느낄 수 있을 것 같다.

변동하는 시대를 살아가는 지식인들 사이에는 권세에 영합하여 끝없이 세력을 쫓아가고 양지쪽을 따라다니면서도 전혀 부끄러워할 줄 모르는 군상들을 너무나 많이 보아왔던 우리의 눈에는 이렇게 번민하는 모습을 보면서 오히려 너무나 나약하고 마음이 여린 인물로 비칠 수도 있다. 그러나 옛 체제를 위해 지조를 지키는 것만이 정당한 것이 아니요, 새로운 체제에서 세력을 잡고 있는 쪽이 언제나 불의한 것도 아니다. 어느 시대에나 그 시대를 위해 자신의 역량을 다 발휘하는 이윤伊尹처럼 책임을 다하는 성인(聖之任者)도 있지 않은가? 감히 권근에게 낮잠이나 술로 도피하려 하지 말고 당당히 나서라고 격려하고 싶어진다.

밝은 달 불러 외롭고 쓸쓸함 달래네

홀로 한가롭게 살아가니 오가는 사람 없고
다만 밝은 달 불러 외롭고 쓸쓸함 달래네
그대는 내 생애 일일랑 묻지를 마오
만이랑 안개 낀 물결과 첩첩한 산이라오.

處獨居閒絶往還　　只呼明月照孤寒
처 독 거 한 절 왕 환　　지 호 명 월 조 고 한

憑君莫問生涯事　　萬頃煙波數疊山
빙 군 막 문 생 애 사　　만 경 연 파 수 첩 산

〈書懷〉

이 시의 작자 김굉필(寒暄堂 金宏弼)은 김종직(佔畢齋 金宗直)의 제 자요, 조광조(靜菴 趙光祖)의 스승이다. 조선 초기 사림파의 도통道統 을 이어준 인물로서, 소학小學의 실천규범을 엄격하게 지켜 선비상 像의 모범을 보여주었다. 그는 연산군 때 무오사화戊午士禍에 김종 직의 일파로 지목되어 평안도 희천熙川에 유배되었고, 이어서 갑자 사화甲子士禍에 죽임을 당했으니, 조선 사회에서 선비가 죄 없이 탄 압당하는 사화士禍에 희생된 인물이다.

첫째 구절은 유배지의 쓸쓸하고 외로운 생활모습을 보여주는 것 같다. 고향인 경상도 성주星州 땅에서 멀리 평안도 희천에 죄인의 몸으로 유배되어 있으니 아무도 찾아오는 사람 없이 외롭고 적적 한 나날을 보내고 있는 자신의 처지를 말하고 있는 것이다. 수평적 으로 보면 텅 빈 공간에 홀로 던져져 있는 하나의 점과 같은 처지 라 할 수 있다. 실제로 그는 이곳에서 조광조라는 조선 시대 도학사 에서 불멸의 인물을 제자로 맞아 가르치고 있었지만, 세상에 나갈 길도 없고 사람들의 관심에도 멀어진 고립감이 얼마나 심한지 넉 넉히 짐작해 볼 수 있을 것 같다.

둘째 구절에서는 밤이면 찾아오는 달을 만나는 광경을 보여준다. 수평적 공간에서는 아무도 찾아오는 사람이 없지만 수직적 공간에 서는 밤마다 달을 만나 서로 부르며 대화를 하는 사실을 말하고 있 다. 말하자만 달이 자신의 유일한 벗으로 받아들여지고 있음을 의 미한다. 따지고 보면 낮에 해가 뜨고, 밤에 별도 뜨지만, 해는 너무 밝고 뜨거워 만물이 공유하는 것이니 자신만의 친구로 삼을 수 없고, 별은 너무 멀고 희미하여 대화를 할 수 있는 친구가 못되는 것인지 모르겠다. 오직 자기만을 찾아와 마주하는 친구요 서로 마음을 열고 대화를 할 수 있는 친구는 달 뿐이라는 것이다.

밝은 달이 떠오르면 반갑게 불러보며, 자신의 속마음을 다 드러내고 이야기를 나누다 보면 자신의 외롭고 쓸쓸한 신세가 넉넉히 위로를 받을 수 있음을 말해주고 있다. 어쩌면 하늘에 떠 있는 달과 내 가슴속의 마음이 얼마나 잘 어울리고 얼마나 서로 닮았는지를 보여주고 있는 것인지도 모르겠다. 달은 자기 마음의 거울일 수도 있다. 자신을 있는 그대로 비쳐 볼 수 있는 거울이라면, 달에 비친 자신과 대화를 하는 것이 된다.

달을 바라보면서 자신의 가장 아름다운 모습을 비쳐보며 나르시즘에 빠져볼 수도 있을 것이다. 아니면 달에서 자신이 지향해야 할 가장 온전한 모습인 천리를 확인하고 한 점 허물도 없는 자신을 찾아 성찰할 수도 있지 않겠는가? 밝은 달과 마주 하여 밤이 이슥하도록 무궁무진한 대화를 하다보면 자신의 불우한 처지를 깨끗이 잊어버리고 순수한 본래의 자신만을 되찾아 잠시 행복에 젖을 수 있을 것 같기도 하다. 그러나 김굉필은 달과 마주하여 자신의 외롭고 쓸쓸함에 위로를 받을 뿐, 자신과 달을 일치시키지는 못하고 있는 것이나 아닌지.

셋째 구절과 넷째 구절에서는 달을 보고 대화하면서 하늘로 향하던 시선을 돌려 다시 수평선 너머에 있는 옛 친구를 생각하는 것 같다. 멀리서 그래도 잊지 못하고 자신에게 안부를 묻는 친구에게 자신이 살아가는 이야기를 아예 묻지도 말라고 당부한다. 현실에 돌아와 자신의 처지를 돌아보면 너무 막막하다는 것이다. 마치 물결이 겹겹이 밀려오고 있는 강에 안개가 가득 끼어 앞도 잘 보이지 않는 암담함이요, 고개를 들어보면 산줄기가 첩첩이 겹쳐 끝이 보이지 않는 불안함을 토로하고 있다.

하기야 당시의 정국은 집권한 간신배들이 지조있는 선비들을 낫으로 풀베듯이 베어버리고 있으니, 생사가 갈라지는 위기가 너무 급박하게 다가오고 있었던 것이 현실이었다. 그러니 앞이 캄캄한 강과 첩첩이 쌓인 험한 산 속에 갇힌 두렵고 불안한 심경을 외면하기야 정말로 어려운 일이었을 것이다. 그러나 바로 이런 절망적 위기에서 선비의 확고한 사생관이 더욱 뚜렷하게 드러나는 법이 아니랴.

죽음을 앞에 두고도 고향에 돌아가듯 편안한 마음을 잃지 않는 것이 선비의 모습이다. 오직 "생명을 버리고서라도 의리를 붙잡겠다"(捨生取義)는 것이 선비의 신념이다. 그러니 언제 죽음이 닥쳐올지도 모르는 처지에 놓인 상황에서, 이 시대 선비의 모범인 김굉필의 자세는 어떡해야 할지 생각해 보지 않을 수 없다. 그야말로 하늘을 우러러 한 점 부끄럼 없는 신념을 가진 선비로서의 당당한 모습을 어디서 찾을 수 있을 것인가? 쉽게 보이지 않아 안타깝기도 하다.

그러나 다시 뒤집어 생각하게 되었다. 선비의 올곧은 신념과 확고한 사생관도 최후의 순간에 분명한 결단으로 드러나는 것이지, 선비라고 하여 한 인간으로서 두려움과 불안감이 전혀 없는 철인鐵人은 아니지 않은가 하는 생각이다. 오히려 죽음이 닥쳐오는 것을 내다보면서 쉽게 떨쳐버려지지 않는 자신의 인간적 고뇌를 진솔하게 토로하고 있는 것이 아닐까? 이런 인간적 고뇌가 있기에 그 단호한 결단의 사생관이 더욱 매력적이고 숭고한 것이 아닐까? 선비의 강인한 의리정신을 너무 초인적 인격으로 이해하기 보다는 오히려 인간적 번민을 거치면서 그 위에서 제시되는 결단으로 이해하고 싶어진다. 🔲

풀과 사람이 어찌 다르다 하랴

사람의 삶이란 본래 스스로 고요하니
맑고 단정함이 그 참됨 이라네
안온하게 기르면 향기의 덕 풍겨나니
풀과 사람이 어찌 다르다 하랴.

人生本自靜　清整乃其眞
인 생 본 자 정　청 정 내 기 진
穩毓馨香德　何殊草與人
온 육 형 향 덕　하 수 초 여 인

〈題姜淸老隱蘭竹屛 8首(1)〉

이 시는 조광조(靜菴 趙光祖)가 강은姜灝의 난초와 대를 그린 여덟
폭 병풍 '난죽병'蘭竹屛에 화제畵題로 지은 여덟 수의 시 가운데 첫
째 시이다.(여덟 수 가운데 한 수는 유실됨) 아마 난초가 그려진 화폭
에 써 준 것이 아닌가 짐작이 된다. 매화 · 난초 · 국화 · 대(梅 · 蘭 ·
菊 · 竹)는 그 덕을 높이 칭송하여 '사군자'四君子로 일컬어졌으며,
선비의 벗으로 삼아 사랑해 왔다. 소나무(松) · 잣나무(柏)를 절개가
높다고 하여 선비들이 그 덕을 본받으려 하였던 것처럼, '사군자'는
초목이지만 그 품격을 '군자'라 하여 높이 평가해 왔던 것이다.

　첫째 구절과 둘째 구절에서는 난초를 보면서 벌써 인간이 지닌
덕을 생각하고 있음을 보여준다. 사람의 삶이 비록 감정의 파도가
끊임없이 일어나 소용돌이치고, 온갖 사무가 번잡하게 휘감고 있지
만, 그 본래의 모습은 스스로 고요하다고 하였다. 마치 지초(芝)와
난초(蘭)가 바위틈이나 숲 속에 피어나도 그 모습이 고요한 것처럼
감정의 파도가 일어나는 그 바닥에는 고요한 성품이 중심을 잡고
있음을 말한다. 마치 바다에 파도가 아무리 거세게 일어나도 그 파
도의 아래 깊은 바다 속에는 고요한 물이 버티고 있다는 것이다.

　여기서 그는 동요하는 감정과 고요한 성품을 대조시키면서 그
고요한 성품을 무심히 피어있는 난초의 고요한 모습에서 발견하고
있는 것으로 보인다. 그래서 난초의 청초하고 단아한 모습에서 바
로 인간 심성의 맑고 단정한 참된 자아로서의 성품을 확인하고 있
는 것이다. 그것은 난초라는 자연의 한 사물에서 인간이 지닌 두 가

지 모습 가운데 하나인 맑고 고요한 성품의 실상을 읽고 싶었던 것
이라 하겠다.

인간의 삶은 복잡한 현실생활 속에서 끊임없이 일어나는 감정의
격동과 사유의 분열로 갈등을 겪다보면, 자신의 본래 모습 곧 참된
실상을 잊기가 쉽다. 그래서 이 본래의 모습을 찾기 위해 자연의 사
물 가운데서 그 형상을 찾게 되는 것인가 보다. 사방으로 뻗어가면
서 어지럽게 뒤얽힌 넝쿨식물이나 무수한 가지들이 총생하는 떨기
식물과 달리, 난초는 단순하고 단정하기 때문에 또한 고요한 모습
으로 비쳐지는 것이 아니겠는가?

셋째 구절에서는 난초가 순조롭게 잘 자라면 향기가 풍겨나오는
사실을 말하고 있다. 여기서도 난초와 인간을 겹쳐서 보고 있는 시
각을 드러낸다. 난초가 뿌리에서 곁가지 치지 않고 곧바로 잎이 돋
아나는 그 모습이 바로 인간에서 고요한 성품이 순조롭게 발동하
는 모습으로 보고 있는 것이라 생각된다. 인간은 외부의 자극이 사
방에서 침투하면서 성품이 발동하는 것이 아니라, 감정이 외부의
자극에 휘둘려 격렬하게 파도를 치는 데 문제가 발생하는 것이라
할 수 있다. 감정이 외부의 자극에 휘둘려 격동하면 고요한 성품의
본래 모습은 파묻혀 은폐되고 말게 되는 위험에 놓이게 된다는 것
이다.

난초는 뿌리에서 곧바로 잎이 돋아나 손상받지 않고 잘 자라나
면 꽃대가 솟아나 향기로운 꽃이 피게 된다. 이처럼 인간도 성품이
순조롭게 발동하여 안정되게 잘 배양되면 향기로운 덕을 풍기는
인격이 실현된다는 말이다. 이제 가장 중요한 과제는 본래의 바탕
이 안온하고 순조롭게 배양되어야 한다는 것이다. 난초도 짐승들의
발에 밟히거나 꺾어버리면 그 꽃을 피울 수 없는 것처럼, 인간도 욕

심과 감정의 격동에 휘둘리면 성품이 순조롭게 배양될 수 없다는 사실이다. 그렇다면 인간은 외부의 자극에 따라 욕심과 감정이 멋대로 방출되는 것을 절제해야 한다. 마치 난초를 다른 동물이 함부로 짓밟지 못하게 하듯이, 인간도 욕심과 감정이 격동하지 못하게 함으로써 성품이 순조롭게 자라도록 해주어야 한다는 것이다.

이렇게 순조롭게 잘 배양하면 그 결과로 지초나 난초는 숲 속에서 홀로 꽃이 피어 아름다운 향기를 풍기게 될 것이요, 사람도 그 성품이 순조롭게 배양되면 아름답고 기품있는 덕을 지닌 인격을 확립할 수 있게 될 것이다. 난초의 향기를 닮은 인간의 인격을 실현하고자 하는 것이 난초를 보며 난초에서 발견하는 가르침이다.

마지막 구절에서는 결론으로 풀과 사람이 다르지 않다고 선언한다. 하기야 풀에도 지초나 난초처럼 향기로운 풀이 있고, 향기는커녕 악취만 나는 풀도 있다. 그 점에서도 사람과 마찬가지일 것이다. 우아한 덕을 지닌 인간과 야수처럼 비열한 인간도 있으니 말이다. 그러나 인간은 풀과 달리 자신을 향기로운 덕이 있는 인격으로 실현할 수도 있고 악취를 풍기는 사악한 인간으로 만들어 놓을 수도 있지 않은가?

그래서 인간은 자연의 사물에서 배우려는 것이지 사물과 일체가 되려는 것이 아니다. 바로 풀과 인간이 다르지 않다는 것은 난초처럼 향기로운 풀의 덕을 인간이 배워 실현할 수 있는 것이요, 대나무처럼 줄기의 곧은 덕을 인간이 배워 실현할 수 있다는 것이다. 이렇게 인간은 자신의 덕을 기르는 방법을 난초나 대나무 같은 초목에 투영하여 찾아내는 것이니, 풀에서도 배우고 짐승에서도 배우고, 산이나 물에서도 배울 수 있다. 둘러보면 천지의 만물은 모두 인간이 스승으로 삼고 배워야 할 대상 아닌 것이 어디 있겠는가?

조선 〈화담 서경덕花潭 徐敬德(1489-1546)〉

15

그대에게 묻노라 처음 어디서 왔는가

만물은 오고 또 와도 다 오지 못해
다 왔나 싶으면 또 따라 오네
오고 또 옴은 본래 시작없는 데서 오니
그대에게 묻노라 처음 어디서 왔는가.

有物來來不盡來　來纔盡處又從來
유물래래부진래　래재진처우종래

來來本自來無始　爲問君初何所來
래래본자래무시　위문군초하소래

<有物>

이 시는 16세기 전반기 조선의 성리학자로서 기철학氣哲學을 대표하는 서경덕(花潭 徐敬德)이 사물을 읊은 「유물有物」이라는 시 2수首 가운데 첫째 수이다. 둘째 수는 '온다'(來)는 말 대신에 '돌아간다'(歸)는 말로 바꾸어 놓았을 뿐 똑같은 내용으로 "만물은 돌아가고 또 돌아가도 다 돌아가지 못함"(有物歸歸不盡歸)을 읊고 있다. 오는 것을 분명히 알면 가는 것도 분명히 알 수 있으며, 삶(生)의 의미를 확실히 알면 죽음(死)의 의미도 확실히 알 수 있음을 말해 준다.

성리학에서는 만물이 생성하고 소멸되는 현상세계를 해명하면서 '음'과 '양'의 두 기운이 활동함(動)과 고요함(靜)의 작용으로 이루어지고 있다고 본다. 여기서 성리학의 기본적 입장은 '음'과 '양'이란 시작이 없고(陰陽無始), 활동함과 고요함이란 단초가 없다(動靜無端)고 확인하고 있다. 곧 이 세계는 무한히 순환하고 반복되는 연속된 세계로서 시작과 끝을 말할 수가 없다는 것이다. 이런 성리학의 관점은 원운동을 하는 순환적 세계이니, 일정한 시기에 창조되어 시작이 있고 일정한 시기에 종말이 일어나 끝이 있다는 기독교의 직선적 세계관과 대조를 이루고 있다.

시작도 끝도 없이 자연의 질서에 따라 생성·변화·소멸을 반복한다는 순환적 세계관에서는 이 생성·변화·소멸을 관장하는 주재자는 있지만 창조자는 필요하지 않다. 여기서는 창조자라 해봐야 이미 있는 어떤 것으로 새로운 다른 것을 만들어내고 있는 존재일 뿐이다. 마치 조각가가 새로운 작품을 창작했다고 해도 그 재료인 돌이나 금속은 이미 있었으며, 어떤 작곡가가 새 악곡을 창작했다

하더라도 음계와 음률은 이미 있었던 것이며, 시인이 새로운 시를 창작했더라도 이미 있는 언어를 쓰고 있는 것과 같다고 하겠다.

이에 비해 시작이 있고 끝이 있다는 직선적 세계관에서는 만물의 생성을 시작하고 끝맺는 존재가 만물 바깥에 별도로 있어야 한다. 이 존재가 바로 절대적 존재인 신으로 어느 날 아무 것도 없는 무無에서 만물을 창조해야 하며, 어느 날엔가 아무 것도 없는 공空으로 만물을 소멸시켜야 한다.

시작이 있고 끝이 있다는 직선적 세계관은 사냥감을 쫓고 있는 사냥꾼처럼 매우 팽팽한 긴장감이 감도는 의지적 세계관이라 할 수 있다. 이에 비해 시작도 없고 끝도 없이 영구히 반복하고 있다는 순환적 세계관은 땅이나 파고 씨나 뿌리며 결실을 기다리는 농사꾼처럼 매우 한가롭고 여유로운 자연적 세계관이라 할 수 있다. 사실 어느 쪽이 옳은지 결정하려드는 것은 독단적 판단에 빠지는 것으로 보인다. 그렇다면 사냥을 하여 먹고 살던지 농사를 지어 먹고 살던지 본인의 취향대로 선택하도록 맡겨두는 것이 좋을 것 같다.

어떻든 서경덕이 말하고자 하는 현상세계는 생성과 소멸이 반복되는 순환적 세계관에서 보는 세계이니, 그 첫마디에서 무슨 입장인지만 판단되면 그 다음에 무슨 말을 할 것인지는 들을 필요도 없이 뻔한 이야기라고 할 수도 있을 것이다. 서경덕 자신도 결코 스스로 새로운 이야기를 하려는 것이 아닌 줄을 잘 알고 있었을 게 틀림없다. 단지 누구나 다 아는 이야기 이지만 한 번 되풀이 하여 같이 반추해 보자는 뜻이리라 짐작된다. 한 때에 유행하는 유행가는 누구나 귀에 못이 박히도록 되풀이 들어서 다 아는 노래이지만 또한 번 불러서 음미해 보자는 것과 크게 다를 바 없다고 생각된다.

무한궤도를 도는 영겁순회의 장치 안에서는 오는 쪽을 바라보면 영원히 반복하여 올 것이고, 가는 쪽으로 바라보면 영원히 반복하여 돌아가고 있을 것이다. 만약에 단 한 번이라도 덜컥 오는 것이 중단되면 그 세계의 질서 자체가 무너지고 만다. 도도히 흐르는 강물이 언제 흐름을 중단한 일이 있으며, 영구히 파도가 치고 조수가 드나드는 바다가 단 한 번이라도 밀려오기를 중단한 일이 있을 수 있겠는가? 태양은 날마다 동쪽에서 떠서 서쪽으로 지고 있는데, 그 반복이 중단된 일이 있을 수 있는가? 우리의 상상력으로는 생각할 수가 없다. 그러니 오고 또 와도 다 못 오고 또 오는 것이 아니냐.

이렇게 오고 또 오기를 영구히 반복하고 있는 사실에 대한 경험, 물론 영구함을 유한한 인간이 경험할 수야 없지만, 경험과 유추를 다 동원해 보아도 오지 않는 때가 없으니 영구히 반복되는 것을 경험했다고 치면, 이런 경험은 바로 시작이 없다는 사실을 입증해준다는 것이다. 어디 끝나는 곳이 있어야 시작되는 곳이 있을 터인데, 원주圓周 위를 아무리 달려도 시작하는 점이 없으니, 시작이 없다는 믿음을 선언한다. 그래서 자신만만하게 확신에 찬 목소리로 묻는다. "너는 처음 어디서 왔느냐?"

그런데 무한 순환의 세계관을 설명하고 있으며 너무나 뻔한 소리를 한다고 생각했는데, 끝에 와서 갑자기 "너는 처음 어디서 왔느냐?"고 질문을 받는 순간, 머리를 핑 돌게 하는 충격이 온다. 세계가 순환운동을 하던 직선운동을 하던 그것은 어차피 내 경험으로 확인할 수가 없는 세계관의 문제일 터이니 방관할 수 있는데, 내가 어디서 왔는지 물음을 받으니 바깥에 있는 세계의 문제가 한 순간에 나 자신의 실존적 문제가 되고 있는 것이 아닌가? 나도 이 자연의 순환과정에 어느 작은 고리 하나가 되고 있는 것인지, 그 순환 속에 나를 맡기고 안심할 수 있는지, 그 순환과정에서 내가 해야 할 역할은 무엇인지, 갑자기 주위를 다시 돌아보게 되고 나 자신을 생각하게 된다. ▣

16

조선 〈퇴계 이황退溪 李滉(1501-1570)〉

내 마음 오롯이 불잡아 태허를 보네

숲 속 오두막 만권 서적을 홀로 좋아해
십년 남짓 한 가지 마음을 지켜왔노라.
요즘 들어 근원자리를 만난 듯한데
내 마음 오롯이 불잡아 태허를 보네.

獨愛林廬萬卷書　一般心事十年餘
독 애 임 려 만 권 서　일 반 심 사 십 년 여

邇來似與源頭會　都把吾心看太虛
이 래 사 여 원 두 회　도 파 오 심 간 태 허

〈詠懷〉

퇴계가 19세 때(1519) 자신의 회포를 읊은(詠懷) 시이다. 불교로 말하면 '오도송'悟道頌이라 할 수 있는 것으로, 자신의 학문세계가 툭 터져 열리는 순간을 서술하고 있다. 아직 젊은 주자학도이지만 한 사람의 유학자로서 '도'를 체득하는 과정과 실상을 담담하면서도 단호하게 보여주고 있는 것이라 하겠다.

　첫째 구절과 둘째 구절은 '도'를 체득하는 과정과 환경을 서술한 것으로 이해해 볼 수 있을 것이다. 첫째 구절에서는 먼저 숲 속의 오두막이라는 공간이 보이고, 첩첩이 쌓여 있는 만권 서적이 보인다. '도'는 없는 곳이 없으니, 장사꾼들이 소리치고 있는 도시의 저잣거리라고 닦을 수 없는 것이 아니고, 조정의 관리가 앉아 있는 번잡한 사무실이라고 찾을 수 없는 것도 아니다. 그런데 왜 하필 숲 속을 찾고 있단 말인가?

　멀리 시끄럽고 어지러운 일상의 인간사에서 벗어나 고요한 숲 속 솔바람과 계곡 물소리를 벗삼고, 그 속에 한 몸을 누일 수 있는 작은 오두막이면 족하다는 것이다. 이것은 바로 퇴계가 찾아가는 '구도'求道의 길이 어디를 지향하는 것인지 보여주는 서곡이 아니겠는가? 퇴계 자신도 모두 이 길로 가야 한다고 주장하는 것은 아니다. 자신이 홀로 좋아하는(獨愛) 외로운 길임을 애초에 밝히고 있다. 숲 속으로 뻗어 있는 길, 그 길은 분명 도시로 사람들 속으로 뻗어 있는 길과 차이가 있음을 유의할 필요가 있을 것이다.

　겨우 자기 한 몸이나 누일 수 있는 숲 속의 오두막집에 어울리지

않게 만권 서적이 또 하나의 환경적 조건으로 제시되어 있다. 우선
만 권의 서적을 어디에 둔단 말인지 그것부터 궁금하다. 작은 오두
막에 만권 서적을 넣어둔다면 책만 방에 가득 차서 넘치고 사람이
들어갈 공간이 전혀 없을 것이라, 완전히 투박하고 무의미한 그림
이 되고 말 것이다. 아마 가족도 모여 살고 책도 보관되어 있는 살
림집인 본가本家가 언덕 넘어 멀지 않은 곳에 있는 것이 아닐까? 가
끔 필요한 책만 몇 권씩 가져다 깊이 사색하며 읽고 있는 모습을
그려보는 것이 더 쉽다.

어떻든 '숲'과 '책', 이 두 가지는 전혀 이질적이지만 잘 어울릴
수 있는 조건들이다. 퇴계는 '구도'의 길에서 '숲'과 '책', 이 두 가
지를 두 날개로 삼고 있는 듯이 보인다. '숲'은 인간존재를 감싸고
있는 대상으로서 자연의 세계요, '책'은 인간정신이 만들어 낸 문명
의 세계이다. 이 둘은 결코 저절로 연결되지 않는다. 오직 구도자로
서 사람이라는 한 몸에 두 날개처럼 붙어서 서로 보완하고 서로 어
울릴 수 있는 것이라 보인다.

구도자인 한 인간에게 '숲'은 공간으로 다가오고 '책'은 시간으
로 다가올 수 있다. 이 구도자에게 숲은 물고기에게 물처럼 그 속에
서 숨 쉬고 살아갈 수 있는 공간이요, 책은 시대마다 흘러나온 성현
들의 지혜가 출렁거리고 역사의 경험들이 파도치고 있는 시간이라
할 수 있다. 또한 구도자에게는 당연히 한 인간으로서 육신과 영혼
이 있을 터이니, '숲'은 육신의 젖줄이 되고, '책'은 영혼의 젖줄이
되고 있는 것이 아닐까? 그러나 숲 속에서 영혼이 살찌기도 하고
책 속에서 육신이 평안할 수도 있으니, 어쩌면 한 인격을 매개로
'숲'과 '책'은 육신과 영혼이라는 경계를 짓기조차 애매하게 서로
연결되고 소통되는 것인지도 모르겠다.

둘째 구절에서 구도자가 등장한다. 이 구도자가 가장 강조하고 싶어 하는 것은 '마음'과 '세월'이다. 그 마음은 한결같이 변함없는 마음이었고, 두세 가지로 갈라지고, 이렇게 했다 저렇게 했다 뒤집히는 마음이 아니다. 그리고 이 일관된 '마음'을 십년이 넘는 세월 동안 지켜갔다는 것이다. 곧 마음의 집중과 지속을 '구도'의 길에서 인격적 주체가 갖추어야 할 기본 조건으로 확인하고 있는 것이다. 이렇게 '숲'과 '책'을 바깥의 환경적 조건으로 삼고, '마음'과 '세월' 곧 '집중'과 '지속'을 안의 주체적 조건으로 삼았을 때, 마침내 어느 순간에 마른하늘에서 벼락이 떨어지고 마른 가지에 불이 붙는 깨달음의 순간이 온다는 것이다.

　불교에서는 이 깨달음을 '오'悟 혹은 '각'覺이라 한다면 유교에서는 이 깨달음을 '득'得 혹은 '통'通이라 하는 것 같다. 내 마음에서 궁극적 해답을 찾으니 그 깨달음은 '오'나 '각'이라 할 수 있는 것이지만, 대상과 내 마음의 소통에서 궁극적 해답을 찾고 있으니 '득'이나 '통'이라 하지 않을 수 없을 것이다. 곧 세계를 내 마음속에 모두 끌어들여 해소시키는 것이 불교적 입장이라면 세계와 내 마음의 긴장된 조화를 추구하는 것이 유교적 입장이 아닐까 생각된다.

　셋째 구절과 넷째 구절은 바로 '도'를 터득하는 실상을 그려낸다. 그것은 언제나 주체로서의 내 '마음'이 객체로서의 '근원자리'(源頭處)와 '만남'(會)이 확인되는 것이요, 내 '마음'을 확고하게 정립하여 '태허'를 꿰뚫어 '봄'(看)이 강조되는 것이라 하겠다. '근원자리'이거나 '태허'는 궁극적 세계를 가리키는 것이라면, '만남'의 체험이나 '봄'의 인식은 내 마음과 궁극적 세계가 서로 소통하고 일체를 이루는 방법이라 할 수 있을 것이다. '봄'의 인식은 지적인 접근이라면 '만남'의 체험은 경험적 접근이라 할 수 있다. 인식이 투철해지면 해질수록 체험이 깊어지고, 체험이 절실해지면 해질수록 인식이 깊어지는 것일 터이니, 사실 체험과 인식은 함께 가고 있는 것이다.

이렇게 내 마음이 궁극세계를 만나고 보기를 심화시켜 가면서, '도'를 체득(得)하고 '도'에 통달(通)하는 '구도'의 길도 더욱 심화시켜갈 수 있는 것이라 보인다. 🔳

하늘이 울려도 울리지 않을 수 있을까

천 섬들이 큰 종을 보게나

크게 치지 않으면 소리 나지 않네

어찌하면 두류산처럼

하늘이 울려도 울리지 않을 수 있을까.

請看千石鍾　非大扣無聲
청 간 천 석 종　비 대 구 무 성

爭似頭流山　天鳴猶不鳴
쟁 사 두 류 산　천 명 유 불 명

<題德山溪亭柱>

조식(南冥 曺植)은 61세 때 지리산頭流山 천왕봉天王峯이 바라보이는 산청山靑땅에 산천재山天齋를 짓고 제자들을 모아 강학을 하였다. 이 시는 그가 산천재의 기둥에 주련柱聯으로 써 붙였던 시이다. 그는 만년에 지리산 천왕봉을 바라보면서 자신이 평생의 학문을 통해 이루고자 하는 인격의 무게를 생각했던 것이 아닌가 짐작된다.

　꽃잎은 부드러운 봄바람에도 가볍게 흩날린다. 그는 가냘프고 여린 정감의 시인이 아니라 천섬들이 큰 종이나 지리산처럼 거대한 산의 무게를 지닌 인격을 추구하는 도학자였다. 가벼운 것이 나쁘기만 하고 무거운 것이 좋기만 한 것은 아니다. 변동이 심한 시대를 살아가면서 가볍고 신속하게 적응하는 것이 중요하다. 무거워 시대 변화에 적응을 못하면 낙오하고 말 것은 당연하다. 그러나 바람 부는 대로 물결치는 대로 자기 중심을 지키지 못하고 가볍게 따라가 영합하는 모습을 보면 비루하고 천박하다는 생각을 하지 않을 수 없다.

　바로 이 점에서 조식은 자신의 중심으로 확고하게 지조를 지켰던 인물이다. 명종 초기 문정왕후文定王后 윤씨의 비호아래 윤원형尹元衡 일당이 권력을 농단할 때, 그에게 단성丹城(현 산청군 단성면) 현감벼슬을 내려주었다. 이때 그는 이 벼슬을 거절하는 상소를 올리면서 당시 집권세력의 타락상을 지적하여, "궁궐 안의 신하는 후원하는 세력을 심기위해 용이 못에서 끌어들이는 듯하고, 궁궐 밖의 신하는 백성 벗겨먹기를 이리가 들판에서 날뛰듯 합니다"라고 직격탄을 날려 비판하였다. 또한 그는 당시의 정치현실을 진단하면서, "전하의 나라 일이 이미 그릇되어서, 나라의 근본이 이미 망했고, 하늘의 뜻은 가버렸으며, 인심도 이미 떠났습니다"라고 질타하여, 국가가 멸망할 위기에 놓여 있음을 강조하였다. 더구나 그는 당시 실권을 장악한 문정왕후와 임금의 위치를 가리켜, "자전(慈殿, 문정왕후)은 생각이 깊지만 깊은 궁궐 속의 한 과부에 불과하고, 전하는 어려서 다만 선왕을 이은 한 자식일 뿐이니, 온갖 하늘의 재난과 억만 갈래의 인심을 어떻게 감당하며 어떻게 수습할 것입니까"라고 물어, 기세등등한 문정왕후와 임금의 권위에 전혀 아랑곳하지 않고 거침없이 힐책하였다.

조식은 바로 이렇게 왕권의 위엄에도 털끝만큼의 두려움도 없이 직설적 비판을 쏟아부었던 인물이었으니, 그 심지가 얼마나 깊고 튼튼하며, 그 자신감이 얼마나 육중하였던 지를 넉넉히 짐작할 수 있게 한다. 이런 시대에 이렇게 바른 말을 할 수 있는 사람이라면, 결코 가볍게 영합하거나 조심스럽게 사방을 살피고 있지는 않을 것이다. 태산처럼 육중하게 자신을 지킬 수 있는 사람이라야 두려움 없이 이처럼 과감하게 바른 말을 할 수 있을 것이다.

천섬들이 거대한 종은 남명 자신을 비유한 것으로 볼 수 있을 것 같다. 가벼운 바람에도 예민하게 소리를 내는 풍경처럼 작은 종이 아니다. 엄청나게 큰 종채로 힘을 다해 쳐야 천지를 울리는 깊고 웅장한 소리를 낼 것이라는 자신감을 표현한 것으로 보인다. 이 천섬들이 큰 종의 무게감을 느낄 수 있다면 격동하는 시대 속에서 한 선비가 얼마나 확고하게 자기 중심을 지킬 수 있는지 이해할 수 있을 것 같다. 그러나 조식의 자신감은 천섬들이 큰 종보다 더 큰 무게를 지향하고 있는 것으로 보인다.

바로 조식이 산천재에서 매일 바라보는 두류산(지리산)은 그가 지향하는 인격의 이상을 비쳐본 것이라 할 수 있을 것 같다. 하늘이 노하여 천둥 벼락이 내리쳐도 꿈쩍도 않고 울리지 않는 웅장한 산에 선비로서 이루고자 하는 인격의 이상을 투영하고 있는 것이다. 자신의 가슴속에 당당한 의리에 대한 확고한 신념이 정립되어 있다면, 무소불위無所不爲의 왕대비나 임금의 노여움 정도는 말할 것도 없고, 하늘의 노여움이라도 눈 한번 깜빡거릴 만큼 두려워할 것도 없다는 자신감을 말한다.

하늘이 울려도 울리지 않을 수 있다는 것은 하늘과 맞서겠다는 것이 아니다. 이미 하늘의 이치(天理)를 내 안에 지니고 있으니, 하늘의 변화에 따라 동요를 일으킬 필요가 없게 된다는 뜻이다. 천섬들이 거대한 종(千石鍾)의 무게를 넘어서 하늘에 닿을 듯 높이 솟은 웅장한 산(頭流山)의 무게를 말하고 있지만, 그 무게를 지닌 존재는 6척尺도 안 되는 인간의 육신을 지닌 한 사람의 선비이다. 이 선비는 가슴속에 '천리'天理로서 '의리'義理를 간직하고 있으니, 그 무게가 지리산처럼 무거울 수 있다는 것이다.

세상에는 이해관계에 밝아 이해를 따라 제비처럼 민첩하게 날아다니고 물고기처럼 유연하게 헤엄쳐 다니는 인간군이 많다. 권력이나 재물이나 명성을 찾아 몰려다니는 인간군은 무거우면 따라갈 수가 없다. 언제나 깃털처럼 가볍고 민감하게 움직여야 한다. 그런데 재물이나 지위나 무엇으로 유혹해도 동요하지 않고, 손해와 고통과 죽음으로 위협해도 흔들릴 줄을 모르는 요지부동搖之不動의 존재는 무거워야 하고 중심이 확고하게 서야 한다. 무겁다는 것은 쉽게 소리 나고 쉽게 흔들리지 않는다는 말이요, 중심이 확고하게 섰다는 것은 신념의 근거가 분명하다는 것이다. 바로 그 중심이란 하늘로 통하는 자리요, 하늘이 내려와 있는 자리로 볼 수 있지 않을까? 🔲

성품이 감정됨을 묵묵히 체험하게나

물은 모나거나 둥근 그릇을 따라가고
공기는 작거나 큰 병을 따라가네
그대여 두 갈래에 미혹되지 말고
성품이 감정됨을 묵묵히 체험하게나.

水逐方圓器　空隨小大瓶
수 축 방 원 기　공 수 소 대 병
二岐君莫惑　默驗性爲情
이 기 군 막 혹　묵 험 성 위 정

〈理氣詠〉

이 시는 율곡(栗谷 李珥)이 친우 성혼(牛溪 成渾)과 성리학의 이기론理氣論에 관한 토론을 벌이다가 자신의 이기론적 입장을 시로 읊어 성혼에게 제시한 「이기영理氣詠」 8구절 가운데 뒷부분 4구절이다. 한참 정밀한 개념논쟁을 벌이다가 왜 느닷없이 시를 지어서 보냈는지 흥미롭다. 또 이 시를 이해한다면 바로 율곡의 이기론에 관한 입장을 이해하는 길이 되니 시적인 정취야 없어도 율곡사상의 핵심을 담고 있는 시임에는 틀림없다.

　성리학에서 '이기'개념에 관한 토론은 우주와 인간의 기본구조를 인식하는 근원적 문제이니, 그 입장에 따라 우주론과 인간관이 달라지는 중대한 쟁점이 아닐 수 없다. 그러니 합리적 이론과 정밀한 논리를 동원하여 치열하게 따지고 분석하기 마련이다. 그런데 이러한 논쟁에서는 논리적 분석으로 접근하는데 한계가 드러나기 마련이다. 서로 논리적 근거가 달라지면 아무리 논쟁을 거듭하더라도 평행선을 달리며 일치를 찾기가 어렵다.

　이러한 상황에서는 차라리 실낱까지 쪼개며 따져가는 현미경적 개념분석에 빠져 있는 시선을 돌려볼 필요가 있다. 그래서 멀리 산마루를 바라보며 한바탕 노래를 부르는 방법이 서로 대치하여 논쟁하는 분위기를 바꾸어 서로 감정적 소통을 시도해보는 새로운 길을 찾는 것이 될 수 있을 것이다. 율곡이 이 시를 지어서 보낸 것도 세밀한 논쟁에 몰입되어 있는 한 가운데서 갑자기 국면을 전환하여 전체를 뭉뚱그려 보는 눈을 열어보여 주려는 시도가 아닐까 짐작해 본다.

이 시의 앞머리 4구는 다음과 같다. "원기元氣는 어디서 비롯하는 가/ 무형함은 유형한 것 속에 있다네/ 근원을 찾으면 ('이'와 '기'가) 본래 합쳐져 있음을 알겠고/ 물줄기 거슬러 오르면 (음양·오행의) 온갖 정밀함을 보겠네"(元氣何端始, 無形在有形, 窮源知本合, 沿派見群 精)라고 하여, 근원의 무형한 본체와 파생된 유형한 현상이 같은 물 줄기 위에 있는 것이요, 서로 연결되어 있으니 갈라서 별개의 것으 로 나누어 놓지 말라고 말하고 있다. 위에서 인용한 시는 바로 이 4구절에 이어서 현상과 근원이 서로 분리되지 않는다는 일원론적 관점을 좀더 구체적으로 읊고 있는 것이다.

첫째 구절과 둘째 구절에서는 물이나 공기가 그릇이나 병에 따 라 형태가 바뀌는 사실을 비유로 들어 '이'와 '기' 내지 '본체'와 '현상'이 별도로 나누어지는 것이 아님을 말하고 있다. 곧 물은 네 모진 그릇에 담으면 네모진 물이 되고, 둥근 그릇에 담으면 둥근 물 이 되지 둥근 물과 네모진 물이 원래부터 다른 것이 아님을 말한다. 마찬가지로 작은 병에는 공기가 작게 들어 있고 큰 병에는 공기가 크게 들어 있는 것이지, 큰 공기와 작은 공기가 원래부터 다른 것이 아님을 제시한다.

물이나 공기를 '이'에 비유한다면, 그릇이 둥글고 네모지거나 크 고 작은 데 따라 형태가 바뀌듯이, '이'는 '기'에 따라 온갖 형태로 바뀌는 차이가 생기더라도 '이'자체는 아무런 변화가 없이 그대로 있다는 말이다. 율곡은 그릇과 병의 비유는 원래 불교에서 쓰고 있 는 비유이지만 유교에서도 본체와 현상 내지 '이'와 '기'는 동일한 사유구조를 보여주고 있는 것이라 밝히고 있다. 여기서 물이나 공 기는 언제나 다양한 형태의 그릇 속에 들어 있듯이, '이'도 언제나

‘기’ 속에서 드러나고 있는 것이다. 따라서 ‘기’를 떠나 ‘이’가 별도로 있는 것이 아님을 말해주고 있다.

셋째 구절과 넷째 구절은 바로 앞의 비유에 근거하여, 둘로 갈라 놓는 사유방법에 미혹되어 빠져들지 말 것을 경계한다. 나아가 인간의 성품도 감정 속에 드러나는 것이지 감정을 벗어나 별도로 존재하는 것이 아님을 체득해야 할 것을 강조하고 있다. 물과 그릇의 비유에서도 물은 물이고 그릇은 그릇으로 서로 다른 것이라는 관점도 가능하다. 그러나 이 둘로 갈라놓는 관점을 율곡은 미혹된 관점이라 거부하고 있다. 이 점이 율곡의 성리학이 지닌 근본입장이다.

또한 그는 이처럼 ‘이’와 ‘기’는 물과 그릇이 항상 함께 있듯이 분리될 수 없다는 일원론의 입장을 근거로 인간존재에 대한 인식에서도 인간의 성품은 감정을 통해서 드러나는 것이요, 감정을 떠나서 성품의 독립된 존재를 인정할 수 없다는 입장을 분명하게 밝혀주고 있다. 이 점은 바로 퇴계와 율곡의 성리학적 인식이 완전히 달라지는 대목이다. 그렇다면 퇴계는 왜 ‘이’와 ‘기’를 일치시켜 혼동하는 것을 경계하고 둘로 갈라 보려는 입장을 밝혔으며, 율곡은 왜 ‘이’와 ‘기’의 분별을 경계하고 일치시키기를 강조하였던 것일까?

‘이’와 ‘기’를 갈라놓고 ‘성품’과 ‘감정’을 갈라놓은 퇴계의 입장은 ‘이’와 ‘성품’의 순수하고 선한 근원적 상태를 보호하고 지켜야 한다는 입장이다. 그러기 위해서는 ‘기’나 ‘감정’과 뒤섞여 혼탁하게 되는 것으로부터 차단할 필요가 강하게 요구되지 않을 수 없었다. 그만큼 혼탁함에 휩쓸려가고 휘둘리는 상황에서 순수하게 선한 근원을 보호하자는 소극적 방어적 입장을 보여준다. 이에 비해 율곡은 ‘이’와 ‘성품’이란 언제나 ‘기’와 ‘감정’ 속에 드러난다는 현실을 전제로 그 현실을 ‘이’와 ‘성품’이 주도하는 질서로 바꾸어 보겠다는 적극적 공격적 입장을 보여주는 것이라 할 수 있다.

　분명 퇴계의 시대는 사화士禍의 시대로 사악한 권력이 횡행하던 시기로서 선한 세력을 악으로부터 분리시켜 방어와 보호를 추구하는 시대였다. 이에 비해, 율곡의 시대는 사림士林이 정치를 주도하는 시기로서 의욕적으로 포섭과 통합을 추구하는 시대였던 것이 사실이다. 그렇다면 그 철학이 그 시대가 요구하는 철학으로 제시되지 않을 수 없었던 것이 아니겠는가? 🔲

19

조선 〈지천 최명길遲川 崔鳴吉(1586-1647)〉

끓는 물도 얼음도 다 같은 물이요

고요함 속에서 온갖 움직임 본다면

진실로 원만한 귀결 이룰 수 있네

끓는 물도 얼음도 다 같은 물이요

털옷도 베옷도 옷 아닌 것 없느니

일이야 혹 때를 따라 달라질망정

마음이야 어찌 도리에 어긋나랴

그대 이 이치를 깨닫는다면

말하거나 침묵함이 각각 천기라네.

靜處觀群動　眞成爛熳歸　湯氷俱是水　裘葛莫非衣
정 처 관 군 동　진 성 란 만 귀　탕 빙 구 시 수　구 갈 막 비 의

事或隨時別　心寧與道違　君能悟其理　語默各天機
사 혹 수 시 별　심 녕 여 도 위　군 능 오 기 리　어 묵 각 천 기

〈用前韻講經權〉

최명길(遲川 崔鳴吉)의 이 시에는 우리 역사의 급박하고 쓰라린 배경이 있다. 1636년(丙子) 12월 청 태종의 대군이 압록강을 건넌지 불과 10일 만에 파죽지세破竹之勢로 서울에 몰려든 병자호란이다. 왕비와 왕자는 강화도로 피난하고, 임금과 세자의 피난행렬은 강화도로 가는 도중에 벌써 청나라 군대에 의해 길이 끊어져 다급하게 남한산성으로 피난하였다. 1637년 1월말에 청나라에 항복할 때까지 40여 일간 남한산성에 포위되어 버티고 있었다. 그동안 조정의 신하들의 의견은 대체로 두 갈래로 갈라졌다. 예조판서 김상헌(淸陰 金尙憲)을 비롯한 대부분의 신료들은 나라가 망하더라도 마지막까지 싸우다 임금과 함께 죽자는 주전파主戰派였고, 이조판서 최명길을 비롯한 소수는 나라와 임금을 지키기 위해 항복해서 화친을 맺어야 한다는 주화파主和派였다.

　더 버틸 수 없는 처지에 이르러 항복문서를 작성해놓자, 김상헌은 울분을 이기지 못해 항복문서를 갈기갈기 찢어놓았다고 한다. 이때 최명길은 김상헌이 찢어놓은 항복문서를 주워서 다시 맞추어 붙이면서 "이 문서를 찢는 사람도 없어서는 안 되지만, 붙이는 사람도 있어야 하지 않겠는가"(裂之者。固不可無。補之者。亦不當有邪)라고 말했다는 유명한 이야기가 전해진다. 항복에 의분을 참지 못하는 입장도 옳고, 항복하지 않을 수 없다는 현실적 판단도 옳다는 말이다.

　병자호란이 끝나자 김상헌과 이른바 척화삼학사斥和三學士 등 주

전론자들은 청나라 심양瀋陽으로 붙잡혀 갔고, 조선 정부가 명나라와 내통했다는 혐의로 당시 영의정이었던 최명길도 1642년 심양의 감옥에 투옥되었다. 이듬해(1643) 최명길과 김상헌은 감옥의 이웃방에 갇혀 있게 되었다 한다. 이 감옥에서 최명길과 김상헌은 그동안 견해 차이에 따라 서로 오해했던 것을 모두 풀고 시를 주고받으며 서로의 흉금을 털어놓았다. 이때 최명길이 김상헌에게 주었던 시에서 "그대 마음이야 돌 같아 끝내 굴리기 어렵고/ 나의 도는 둥근 고리 같아 따르는 바에 합치하네"(君心如石終難轉, 吾道如環信所隨)라고 하여, 원칙을 지키며 변하지 않는 자세와 상황에 따라 적응하는 자세의 차이를 잘 대조시켜 보여주기도 하였다.

최명길과 김상헌의 차이는 결국 현실문제에 대처하는 판단기준으로서 상황론과 원칙론의 차이를 가장 극명하게 드러내 보여주는 경우라 할 수 있다. 이 상황론은 유교전통에서 '권도'權道(權變)라 하고, 원칙론은 '상도'常道(經常)라 한다. 심양의 감옥에 있을 때 최명길이 '권도'의 입장에서 '상도'와 '권도'의 문제를 논하여 한 수의 시로 읊어 김상헌에게 주었다.

이 시의 첫째, 둘째 구절에서 "고요함 속에서 온갖 움직임 볼 것"을 요구하고 있다. 고요함(靜)과 움직임(動)은 본체와 현상, 원리와 현실을 표상하는 것이다. 원리와 현실은 서로 떨어져 있는 것이 아닌 만큼 원리로 현실을 결정하려 들거나 현실로 원리를 만들어가려 하지 말고, 양쪽이 일치하고 조화하는 세계를 볼 수 있어야 무슨 일이나 원만하게 처리할 수 있다는 것이다.

셋째, 넷째 구절에서는 이러한 원리와 현실이 서로 떠날 수 없는 관계를 물과 옷의 구체적 사물로 비유하였다. 끓는 물이나 차가운 얼음이 아무리 다르게 느껴져도 그 바탕에서는 같은 물이요, 겨울에 입는 털옷과 여름에 입는 베옷이 아무리 다르게 느껴져도 같은 옷의 종류인 것처럼 현실과 원리 사이에 어느 한 쪽을 고집하여 다른 것을 버릴 수 없다는 포용적 내지 통합적 인식을 강조하고 있는 것이다. 상황론은 언제나 원칙론이 쉽게 버리고 있는 현실을 중요하게 거두어들여야 한다는 입장을 강조한다.

다섯째, 여섯째 구절에서도 원리와 현실의 문제를 일과 마음의 문제로 대치시켜 양자의 일치를 확인하고 있다. 곧 일(事)이란 때(時)에 따라 변하는 현실의 조건이라면, 이 현실을 통제하는 마음(心)은 언제나 도리(道)를 벗어나지 않는 것임을 말한다. 인간의 마음이 일을 처리할 때, 항상 일은 시기라는 상황적 조건에 따라 변하지 않을 수 없지만, 마음은 불변의 기준인 도리를 지키면서 이 상황적 조건에 따라야 한다는 것이 상황론의 기본 입장임을 제시해주고 있다.

마지막의 일곱째, 여덟째 구절에서는 결론으로 상황론의 이치를 이해하기를 요구한다. 곧 상황론에 따르면 말하는 것(語)과 침묵하는 것(默)처럼 서로 전혀 상반된 조건에 놓여 있더라도 어느 한 쪽이 옳은 것이 아님을 주목하고 있다. 말해야 할 때는 말하고 침묵해야 할 때는 침묵하는 것이 옳은 도리를 실현하는 것이니, 각각에 하늘의 뜻으로 천기天機가 드러나는 것이지, 침묵하는 것이 언제나 더 좋은 것도 아니요, 말하는 것이 언제나 더 좋은 것도 아니라는 것이다.

최명길의 상황론은 단순히 시기와 상황에 적응하는 현실 영합적 태도가 아님을 분명하게 보여주고 있다. 어떤 현실에 적응하더라도 그 근거에는 항상 도리와 원칙이 기준으로 확립되고 주도적 역할을 해야 하는 것임을 밝히고 있는 것이다. 현실의 변동이 급박하게 요동치고 있는 상황에서 원리의 기준을 확고하게 지키며 대처할 수 있다면 그것이 바로 이상적 상황론이다.

　그러나 현실의 격동에 휘말려 들어 원리의 기준이 중심을 잃어 버리면 그것은 현실논리에 원리가 끌려다니고 표류하는 위험에 빠질 수밖에 없다는 사실을 경계하지 않을 수 없다. 최명길의 인격적 역량으로는 망국의 위기에서 국가를 구출하는 논리로서 상황론에 따라 항복을 주장할 수 있었다 하더라도, 그 주장의 정당성을 상황론 만으로 확보해 줄 수는 없다는 데 문제가 있다. 상황론에는 언제나 도리의 원칙이 확고하게 지켜지고 있다는 조건이 따라가야만 하는 것이 아니겠는가?

치마와 저고리를 거꾸로 입으랴

성공과 실패는 천운에 달려있으니
모름지기 의리를 살펴 돌아가야지
아침과 저녁을 바꿀 수 있을망정
치마와 저고리를 거꾸로 입으랴
권도는 현인도 그르칠 수 있으나
경상은 응당 누구도 어길 수 없네
이치에 밝은 선비에게 말하노니
급한 때도 저울질은 삼가야 하네.

成敗關天運　須看義與歸　雖然反夙暮　詎可倒裳衣
성 패 관 천 운　수 간 의 여 귀　수 연 반 숙 모　거 가 도 상 의

權或賢猶誤　經應衆莫違　寄言明理士　造次愼衡機
권 혹 현 유 오　경 응 중 막 위　기 언 명 리 사　조 차 신 형 기

〈次講經權有感韻〉

이 시는 앞 편에서 인용한 최명길(遲川 崔鳴吉)의 시 「용전운 강경권用前韻講經權」을 받고 김상헌(淸陰 金尙憲)이 화답한 시이다. 두 사람은 1643년 청나라 심양瀋陽의 감옥에 갇혀 있으면서 최명길이 '권도'權道(權變)를 강조하는 상황론을 밝히는 시를 보내오자, 김상헌은 '상도'常道(經常)를 강조하는 원칙론의 입장에서 화답하는 시를 보냈다. 심양의 옥중에서 두 사람이 주고받은 이 두 편의 시는 비록 한 번씩 주고받으면서 끝났지만, '상도'와 '권도'의 문제 곧 '경'經과 '권'權의 문제라는 의리론의 핵심적 쟁점에 대한 토론으로서 한국사상사에 매우 의미 깊은 사건으로 주목되어야 할 사실이다.

　첫째, 둘째 구절에서 김상헌은 '상도'의 입장을 밝혀, 성공과 실패는 개의하지 않고 오직 의리를 기준으로 판단해야 할 것을 강조하였다. 성공을 추구하고 실패를 피하는 것이 인간의 일상적 태도인데, 성공할지 실패할지는 하늘의 운수에 달려 있을 뿐이라 하여, 성공을 인간이 추구할 기준으로 삼을 수 없음을 분명히 밝히고 있다. 따라서 그는 인간이 행동하는 기준은 오직 의리(義)일 뿐이요, 의롭지 못하면 성공도 무의미한 것으로 보며, 의롭다면 실패도 떳떳하다는 것이다. 의롭지 못하게 사는 것은 의롭게 죽은 것만도 못하다는 인식을 밝히고 있다. 그렇다면 한 나라의 운명도 의롭게 싸우다가 멸망하는 것이 불의와 타협하면서 명맥을 유지하는 것보다 낫다는 입장을 보여주는 것이다.

　셋째, 넷째 구절은 오직 의리가 지켜야할 절대적 기준임을 비유를 들어 확인하고 있다.

아침과 저녁이 뒤바뀔 수 있다는 것은 천지가 뒤집히는 경우를 말하니, 천지가 뒤집히더라도 결코 바뀔 수 없는 원리란 치마를 위에 입고 저고리를 아래에 입을 수 없는 것과 같다는 것이다. 말하자면 하늘이 두 쪽이 나도 지켜야 할 원칙이 있고, 또 신념으로 지키는 원칙을 바꿀 수 없다는 말이다. 이러한 원리는 상황에 따라 적응하고 변통하는 태도를 결코 용납하지 않는 철저한 원칙주의자의 입장을 선언하고 있는 것이다.

다섯째, 여섯째 구절은 '권도'의 위험성을 지적하고 '상도'의 타당성을 제시하고 있다. 곧 '권도'는 그 자체가 잘못된 것이라 부정하는 입장이 아니라, '권도'를 행하다가는 현명한 사람도 과오에 빠지기가 쉬운데, 보통 사람이야 거의 다가 잘못 적용하기 마련이라는 위험성을 강조하는 것이다.

'권도'는 원리를 현실에 적응하여 적절히 바꾸어 간다는 것이니, 이상적으로는 공자가 말하는 때에 맞는 중용의 원리로서 '시중'時中을 의미한다. 그러나 때와 장소에 따라 원리를 바꿔가며 적용시키다가는 원리 자체를 왜곡시키는 일이 허다하게 일어난다는 사실을 심각하게 경계하는 입장이다. 따라서 불변적 원리로서 '경상'의 도리 곧 '상도'를 지킨다면 누구나 큰 과오에 빠지지 않을 수 있으니 이 '경상'의 도리를 따라야 한다는 원칙주의의 입장을 재확인하고 있는 것이다.

마지막 일곱째, 여덟째 구절에서는 결론적으로 '권도'를 내세우는 상황론 자인 최명길에게 충고를 하고 있다. 아무리 다급한 상황이라도 '저울질 하기' 곧 상황에 따라 판단하기를 삼가라는 말이다. 공자도 "군자는 밥 먹는 동안이라도 '인'仁을 떠남이 없다. 다급해도 반드시 '인'을 따르고 넘어지는 순간에도 반드시 '인'을 따라야 한다"(君子無終食之間違仁, 造次必於是, 顚沛必於是.<『논어』, 里仁>)고 하였으니, 어떤 상황에서도 변할 수 없는 원칙으로 '인'을 제시하고 있는 것이다.

분명 이렇게 철저히 원칙을 지키는 사람은 당당하고 굳건하여 우러러 볼만 하다. 그렇다고 현실과 상황의 변화를 외면하는 것이 항상 옳다고 말할 수는 없다. 바로 이 점에서 '권도'와 '상도' 곧 상황론과 원칙론은 상반된 입장이지만 서로를 돌아보고 서로를 포용하는 시야를 열어두어야 할 필요가 있는 것으로 보인다. 당시 이경여(白江 李敬輿)가 두 사람에게 지어 보냈던 시에서, "두 어른 경상과 권변은 각각 나라 위함이니/ 하늘을 떠받드는 큰 절개와 시대를 구제한 공적이라네"(二老經權各爲公, 擎天大節濟時功)라고 읊었던 것은 바로 김상헌의 절개와 최명길의 공적을 양쪽 모두를 인정하며 높이는 입장을 보여준다.

또한 같은 시대의 이식(澤堂 李植)은 김상헌의 절개가 최명길의 공적에 덕을 입고 있는 사실을 지적하여, "김상헌이 남한산성에서 나와 곧바로 고향으로 돌아간 일은 비록 지조가 높지만 최명길이 열어놓은 남한산성의 문으로 나왔다"고 말한 것도, 김상헌의 지조만 높이려드는 그 시대 선비들의 의식을 일깨워 주는 말이라 하겠다.

'권도'와 '상도', 상황론과 원칙론의 문제는 개인의 삶에서만이 아니라 시대변화에 대처하는 두 가지 기본 입장으로 중요한 의미가 있다. '권도'의 상황론 자에는 격변하는 시대에서 약삭빠르게 자신의 이익을 도모하는 얄미운 사람들이 많이 편승하고, '상도'의 원칙론 자에는 시대변화에 눈이 멀어 옛 가치관으로 고집만 부리는 답답한 보수골통의 인물들이 많이 편승하고 있다. 그러나 진정으로 '권도'를 추구하는 사람들과 진정으로 '상도'를 내세우는 사람들이라면, 그 사이에 중용 조화를 이루거나 절충점을 찾을 수는 없을까? 진리는 바로 상반된 두 입장 사이에 '반대의 일치'라는 실현되기 어려운 경계선 위에서 드러나는 것인지도 모르겠다. 🔲

영영 중이나 따라갔으면

어찌하여 오늘의 일은
일마다 문득 증오만 생기나
원컨대 인간사 버리고
영영 중이나 따라갔으면.

云胡今日事　事事却生憎
운 호 금 일 사　사 사 각 생 증

願棄人間事　長從粥飯僧
원 기 인 간 사　장 종 죽 반 승

<次栗谷韻, 示子孫>

이 시는 송시열이 율곡의 시(「題墳菴僧軸」)에서 운자韻字를 따서
자신의 처지를 읊어 자손에게 보여준 2수首의 시 가운데 둘째 수이
다. 그는 스스로 이 시에 서문을 붙였는데, 그 서문에서 율곡이 동
인東人들에게 미움을 받았을 때 어느 절을 지나다가 지은 시를 보
고 자신의 처지에 감회가 일어나 지었던 것이라 하였다. 여기서 율
곡은 동인들에게 미움을 받았을 뿐이지만 지금 그 자신은 온 세상
이 다 원수로 여기는 현실을 돌아보고 있다. 그는 윤휴(白湖 尹鑴)를
배척한 때문에 미움을 받는 것이라 보고, 자신이 언행을 삼가지 못
한 점을 반성하면서 자신을 엄격히 다스려야 할 것이라 다짐하였
다. 그러면서도 갑자기 옛 습관을 바꾸어 사람들이 좋아하는 데로
따르기도 어려움을 토로하고 있다.

  그는 서인西人의 영수領首로서 당쟁의 한 가운데서 살았으며, 그
의 독단으로 서인의 내부 분열이 일어나 노론老論과 소론少論으로
갈라졌다. 이제는 노론의 영수로서 권력의 중심에 서서 반대파를
비판하는데 가장 엄격했던 인물이다. 효종의 절대적 신임을 받으면
서 청나라를 치겠다는 북벌론北伐論을 제시하였으며, 멸망한 명나
라를 정통으로 높이고 청나라를 오랑캐로 배척하는 숭명배청崇明排
淸의 의리를 시대이념으로 정립하는데 선두에 서기도 했다. 또한
예송禮訟에서 자신의 예설禮說을 강경하게 내세워 한때는 반대당파
인 남인南人을 철저히 숙청하였으나, 끝에는 유배를 당하였다.

  그의 영향력이 너무 커서 83세의 노인이었는데도 사약死藥을 내

려 죽이지 않고서는 반대파도 마음을 놓을 수가 없었나 보다. 그가 죽은 뒤 백년이 지나서도 그의 영향력은 엄청났다. 18세기 말 정조 正祖는 권력의 중심에 있는 노론 세력을 달래기 위해 그를 받드는 대로사大老祠를 여주驪州에 세웠으며, 그의 문집에 '우암'이라는 호가 아니라 '송자'宋子라 극존칭을 붙여 『송자대전宋子大全』을 국가에서 간행하는 특별대접을 하기도 했다.

이 시의 첫째 구절과 둘째 구절은 자신과 연관되어 발생하는 일마다 자신에 대한 증오가 일어나고 있음을 돌아보고 있다. 이 시의 앞에 있는 첫째 수에서도 "사람들과 서로 미워하려 않았는데/ 어찌하여 자주 미워함을 받는가"(豈欲人相惡, 胡然見屢憎)라고 탄식하는 것도 같은 맥락이다. 그는 자신이 누구를 미워하겠다는 의도가 없는 데도 많은 사람들로부터 미움을 받고 있는 사실에 괴로움을 토로하고 있는 것이다.

권력의 중심에 나선 인물에게 사람들의 미움이 쏟아지는 경우는 크게 두 가지를 들어볼 수 있을 것 같다. 하나는 권력을 이용하여 이기적 탐욕을 부리는 경우이고, 다른 하나는 독단이 강해 다른 사람들을 포용하지 못하는 경우이다. 송시열은 당대의 대학자요 도학 정신이 확고하였으니, 탐욕스러운 인물의 경우에 해당되지는 않는다. 그렇다면 그는 자신의 신념에 대한 확신이 너무 강경하여 남의 의견을 수용하는 포용력을 보여주지 못했던 것으로 보인다. 정의감이 투철한 사람은 자신의 불의를 용납하지 않을 뿐만 아니라, 남의 불의도 용납하지 못한다. 문제는 남이 불의를 저지를 때 비판하는 것이 아니라, 자신과 의견이 다를 때 남의 견해를 불의하다고 확신하여 배척하는 데 있다.

세상에는 단 한 가지 주장에만 정당성이 존재하는 것은 아니다.

그래서 공자도 "세 사람이 가면 반드시 나의 스승이 있다"(三人行, 必有我師焉.<『논어』, 述而>)고 하여, 누구에게서나 작은 장점이라도 찾아내어 받아들이고, 단점이 보이면 성찰하여 자신의 허물을 고치는 스승으로 삼아야 할 것을 일깨워 주었다. 그러나 보통 사람들은 자신의 신념이 옳다고 믿는 순간부터 남들을 고치려 들거나 남들을 심판하고 비난하려 든다. 이러한 병통이 가장 심한 경우를 종교인들에서 쉽게 발견할 수 있다. 나의 믿음이 정당하다고 확신하는 순간부터 남들은 모두 사악한 악마로 보이고 고쳐놓거나 제거해야 한다고 믿는 일이 너무 흔하게 보인다.

송시열은 주자학자로서 그 시대에 가장 엄격한 주자학의 정통주의자였다. 그래서 주자의 견해와 한 글자라도 다른 해석을 한다면 유교를 어지럽히는 적으로 규정하여, 추호도 용서하지 않는 단호함을 보였다. 그래서 윤휴나 박세당(西溪 朴世堂)의 경전해석에서 주자의 견해를 비판하는 언급에 대해 가차없이 '사문난적'斯文亂賊으로 비판하였다. 이 점에서 그는 주자학통의 가장 충실한 수호자라 할 수 있다. 문제는 과연 주자정신의 가장 충실한 수호자라고 할 수 있는가 하는 점이다.

'정통'을 표방하는 신념체계에서는 자신과 다른 견해는 언제나 '이단'이라는 배척대상이 된다. 조선 후기 주자학 전통의 지식인들은 대부분 주자학 체제에 안주했지만 일부는 새로운 시대에 적응하여 새롭게 해석하기 위해 고민하고 있었다. 이 시기에 주자학의 전통에 어떤 변화도 용납할 수 없는 정통주의자로서 송시열은 지나친 교조주의적 신념에 빠져 있었던 것이 아닌지 모르겠다. 그 자신 주자학의 이념을 지키기 위해 가장 진지하고 가장 정직하게 혼신의 힘을 기울였지만, 주자학에서 벗어나려는 인물들은 말할 것도 없고, 주자학을 따르는 사람들 가운데서도 그 독단에 숨쉬기가 어려운 답답함을 느끼기도 했던 모양이다.

그는 자신의 신념이 진실하다는 확신에는 조금도 동요가 없었지만, 마음으로 공감하여 따르려는 사람은 드물고, 두려워하여 피하거나 비난하는 사람이 많은 것을 보면서 그 괴로움이 얼마나 컸을지 짐작이 될 것 같다. 그래서 셋째 구절과 넷째 구절에서는 인간세상의 일을 다 버리고 밥이나 축내고 사는 중(粥飯僧)이나 따라가 살고 싶다는 넋두리를 하고 있다. 그렇게도 강경한 신념의 도학자가 어찌 이렇게도 허망한 말씀을 하는지 어리둥절해진다. 바로 이 점에서 이 시대 정통이념을 수호하던 강경한 투사가 내면에서 겪던 인간적 번민을 훨씬 가까이서 생생하게 읽을 수 있게 해준다. 이처럼 한 시대에 신념을 지키기 위해 싸우는 인물들이 밖으로는 무척 강경한 듯 보여도 속으로는 얼마나 외롭고 괴로운지 짐작이 된다.

은하수 끌어다 이 마음 씻어내고 싶네

무단히 만 가지 얽매임 괴롭게 파고드니
은하수 끌어다 이 마음 씻어내고 싶네
허물을 되풀이 않는 안자가 있었으니
고아한 그 품격 천년토록 흠모하네.

無端萬累苦侵尋　欲挽天河洗此心
무단만루고침심　욕만천하세차심

有過不貳顔氏子　高風千載起人欽
유과불이안씨자　고풍천재기인흠

<自警>

이 시는 윤휴(白湖 尹鑴)가 병자호란 이후 벼슬에 나갈 뜻을 버리고 오직 독서와 저술에만 전념하였던 시기인 25세 때(1641) 자신을 경계하는 뜻을 읊은 시이다. 병자호란이 끝난 직후인 21세 때(1637) 윤휴는 보은(忠北 報恩)의 복천사福泉寺에서 그보다 10세 위인 송시열(尤庵 宋時烈)과 만나 학문을 토론했던 일이 있었다. 그후 송시열은 친우 송준길(同春 宋浚吉)에게 보낸 편지에서, "윤휴를 만나 3일 동안 학문을 논했는데, 우리들이 30년 동안 독서한 것은 참으로 가소로운 것이었다"라고 하였다 한다. 그만큼 윤휴는 일찍부터 학문에 깊은 조예와 예리한 통찰력을 드러내었던 인물임을 짐작할 수 있다. 그가 학문에 뜻을 세우고 노력해온 지도 벌써 10년은 되었을 터인데, 스스로 경계하고자 다짐하였던 것이 무엇이었던가?

　첫째 구절에서는 학문에 전념하고 있는 청년학자로서 윤휴가 가장 경계하였던 것은 마음속을 파고드는 온갖 얽매임이라 밝히고 있다. 학문을 연마하거나 인격을 수양하는 데 가장 좋은 조건은 아무 걸림이 없이 추구하는 목표를 향해 순풍에 돛단 듯이 순조롭게 나아가는 것이 아니랴. 그런데 어디서 오는지도 알 수 없고 무슨 까닭인지도 알 수 없으며 시작도 끝도 없는 온갖 종류의 걱정 근심과 욕망과 잡념들이 번갈아 파고들어 갈 길을 방해하는 얽매임이 되고 있다는 사실이다.

　먼저 이 얽매임의 정체가 무엇인지를 밝혀볼 필요가 있다. 물은 그 본성이야 고요한 것이지만 바람이 불면 천겹 만겹의 물결이 일

어나 쉬지 않고 동요하는 것처럼, 인간의 마음도 그 본성이야 고요
한 것이겠지만 감정과 욕망이 일어나면서 끝없이 근심과 상념이
일어나 물결치고 있는 것이라 할 수 있다.

　맹자는 "학문의 방법은 다른 것이 아니다. 흩어지는 마음을 찾아
들이는 것일 뿐이다"(學問之道無他, 求其放心而已矣.<『맹자』, 告子上>)라
고 하였다. 학문은 무엇을 할 것이냐에 앞서서 장애가 되는 무엇을
제거하거나 해결할 것인가의 문제로 제시할 수 있다. 맹자는 '흩어
져 달아나는 마음'(放心)을 장애요인이라 인식하고, 이 흩어지는 마
음을 찾아서 붙잡아 들임으로써 학문이 이루어질 수 있는 것이라
보았다. 그렇다면 윤휴는 '얽매임'(累)을 장애요인이라 인식하였으
니, 어떻게 해결해야 할 것인지가 문제다. 어쩌면 당연히 '얽매임'
을 풀어주고 제거해주는 것이라 할 수 있다.

　둘째 구절에서 그는 '얽매임'을 제거하기 위해 하늘에 있는 한량
없는 은하수를 끌어다 마음을 벅벅 문질러 이 마음에 달라붙은 '얽
매임'을 깨끗이 씻어내고 싶다고 하였다. '얽매임'이 만 가지라 하
였지만, 시작도 끝도 없이 밀려드는 것이니 얼마나 한량없는 '얽매
임'이기에 보통 물로는 안 되고 하늘에 있는 은하수를 끌어다 쓸
생각까지 하였던 것일까? 그 자신 학문과 수양의 과정에서 싸워야
했던 가장 큰 적은 바로 연고도 단서도 없는 끝없이 마음속으로 파
고드는 이 '얽매임'이었음을 절실하게 제시하고 있는 것이다. 이렇
게 마음에서 '얽매임'을 다 씻어내면 학문도 수양도 저절로 이루어
질 수 있음을 말하는 것이라 보인다.

　주렴계(濂溪 周敦頤)는 "성인은 하늘과 일치하기를 바라고, 현인은
성인이 되기를 바라고, 선비는 현인이 되기를 바란다"(聖希天, 賢希
聖, 士希賢.<『通書』, 志學>)고 하였으니, 한 사람의 선비로서 학문에

뜻을 세웠다는 것은 궁극적으로 성인이 되고자 하는 것이요, 하늘과 일치하고자 하는 것일 터인데, 이 '얽매임' 때문에 앞으로 나가기가 어려울 뿐 아니라, 자칫하면 뒤로 물러나서 욕심에 끌려다니는 소인小人으로 떨어질 위험도 크다 하겠다.

그렇다면 어떻게 하면 이 '얽매임'을 제거하고 성인을 이루기 위한 길로 달려 나갈 수 있다는 것인가? 주렴계의 말을 끌어들이면, 성인을 배워서 이루는 요령은 '하나됨'(一)이라 하였고, 그 '하나됨'이란 '욕심이 없음'(無欲)이라 하였다.(『通書』, 聖可學) 그것은 '얽매임'이 욕심에서 일어나는 것으로 본다면, 욕심을 없게 하는 것이 바로 '얽매임'을 씻어낼 뿐만 아니라 원천적으로 일어나지 않게 하는 것임을 말해준다. 그러나 윤휴가 말하는 '얽매임'이란 욕심에서 오는 마음의 파동만이 아니라 걱정 근심이나 잡념처럼 사유에서 오는 것까지 포함하는 좀더 폭넓은 것으로 이해될 수도 있을 것 같다. 하기야 '욕심'의 개념도 넓게 잡으면 욕망이나 사유를 일으키는 모든 작용의 원천으로 볼 수 있으니 굳이 나눌 필요는 없을지도 모르겠다.

그런데 왜 '얽매임'이 일어나는 원천으로서 '욕심'을 없게 할 것(無欲)을 주장하지 않고, '얽매임'을 씻어내겠다고만 했을까? 그것은 근본치료가 아닌 대중요법처럼 보이기도 한다. 이 점은 '욕심'을 제거한 '무욕'의 상태를 추구하는 방법이 인간의 현실적 조건을 거부하는 불교적 방법이라 비판하는 유학자들의 견해를 수용한 것으로 보인다. 인간존재는 욕심이 없을 수 없고, 욕심이 있는 한 '얽매임'이 없을 수 없으니, 욕심의 부정적 결과인 '얽매임'만 제거할 것이지 욕심까지 제거하여 말라버린 나무토막이나 불 꺼진 재 같은 생기를 잃어버린 인간이 되어서는 안 된다는 판단에 따른 것으로 짐작된다.

　셋째 구절과 넷째 구절은 학문과 수양에서 '얽매임'을 씻어내는 것과 더불어 또 하나의 방법으로서 '허물을 되풀이 하지 않는 것'(不貳過)을 제시하였다. 공자는 제자 안회顏回가 호학好學함을 칭찬하면서, "노여움을 옮기지 않고 허물을 되풀이하지 않았다"(不遷怒, 不貳過.<『논어』, 雍也>)고 언급한 일이 있다. 윤휴는 안회의 '허물을 되풀이 하지 않는 것'을 자신이 실천해가야 할 기준으로 삼고 있음을 보여준다. 허물이 없고자(無過)하는 것이 아니라 허물을 되풀이 하지 않겠다는 것이 그의 현실에서 실천 강령이라 한다면, 욕심이 없고자(無欲)하는 것이 아니라 욕심으로 생기는 '얽매임'을 씻어내고자 하는 것이 그의 학문과 수양의 근본방법이라 볼 수 있을 것 같다. 🦋

슬프다 우리 '도'는 이제 끝나버렸나

흙 속에 있는 물건도 매몰될 수 없으니
밝은 빛 쏘아 올라 긴 무지개 되는데
슬프다 우리 '도'는 이제 끝나버렸나
책을 덮고 말없이 근심 속에 잠기네.

土中有物埋未得　精光上射爲長虹
토 중 유 물 매 미 득　정 광 상 사 위 장 홍

嗚呼此道今已矣　掩卷不語憂心忡
오 호 차 도 금 이 의　엄 권 불 어 우 심 충

〈夜吟〉

위에 인용한 시는 18세기 전반기에 활동하던 실학자 이익(星湖 李瀷)이 밤중에 읊은 시 「야음夜吟」 16행 가운데 마지막 4행(13-16행)이다. 밤이 되면 사방이 고요해지고 마음도 차분하게 가라앉으니 책을 읽기 좋은 시간이고, 또 생각도 깊어지는 시간이다. 이런 고요한 밤중에 그는 경전을 읽다가 경전 속에서 성현이 말씀한 '도'와 자신이 살고 있는 시대의 현실을 생각하면서 이 성현의 '도'와 시대의 '현실'이 서로 어긋나 겉도는 것을 생각하며 깊은 고뇌에 빠져 있음을 보여준다.

이익은 가장 먼저 실학파로서 성호학파星湖學派를 열었으며, 실학자이면서 동시에 성리학자로서도 큰 비중을 지니고 있는 인물이다. 또한 그는 실학자 가운데 서양 과학과 천주교 신앙을 포함하는 서학西學의 문제를 본격적으로 논의했던 최초의 인물이요, 양명학에 대해서도 상당한 관심을 보여주었다. 이 점에서 이익은 조선 후기 사상에서 가장 큰 흐름인 주자학·양명학·실학·서학의 여러 물줄기들을 거둬들여 사상사의 새로운 물줄기를 열고자 시도했던 사상가라 할 수 있다. 그는 주자학의 경학·성리설·예설을 체계적으로 해석하는 저술을 비롯하여, 퇴계의 학문체계를 정리한 저술을 하였으며, 서학에 대해서도 서양 과학을 적극적으로 수용하는 입장을 밝히고, 서양 종교의 비합리적 신앙은 비판했지만 윤리사상은 긍정적으로 이해하는 열린 정신을 보여주었다.

위에서 인용한 시의 바로 앞부분인 9-10행에서는 "경전주석에 마음 둔지 십년이 되었건만/ 지금도 암중모색 동서를 분간 못하네"(箋 註留心十年久, 至今摘埴迷西東)라고 하여, 자신이 경전해석을 통해 새로운 길을 찾고 있지만 동서가 관통하는 길을 찾지 못하여 암중모 색한다고 말하고 있는 것은, 바로 동양의 유교전통과 서양의 새로운 학문이 소통할 수 있는 길을 찾아 헤매고 있음을 의미하는 것이라 하겠다. 또한 11-12행에서는 "하물며 천지는 바로 긴 밤중인데/ 의관을 찢고 미친바람을 따라 가누나"(況是乾坤正長夜, 冠裳毀裂隨顚風)라고 하여, 그 시대를 암흑의 시대로 지적하고 전통의 파괴가 일어나는 격변의 국면임을 제시해주고 있다. 대부분 이 시대 유학자들이 전통의 이념과 제도를 고수하고 권력의 쟁취에만 몰두하고 있는데, 그는 자신의 시대를 이미 말기적 혼돈의 상황에 빠져 있는 것으로 진단하였다.

첫째 구절과 둘째 구절에서는 삼국시대 오吳나라의 장화張華가 북두성과 견우성 사이에 보랏빛 기운이 감도는 곳을 보고 점성가占星家에게 물어서 보검寶劍의 빛임을 알고 땅 속에 묻혀있던 보검(龍泉劍과 太阿劍)을 찾았다는 옛 이야기를 끌어들이고 있다. 곧 땅 속에 묻힌 물건인 보검도 빛이 나서 드러나는 것임을 지적하여 뒤에 말하려는 '도'와 대조시키고 있다.

셋째 구절에서는 우리 '도'가 이제는 끝났다고 탄식한다. 아직도 유교를 통치이념으로 하는 조선 사회가 강경하게 버티고 있던 18세기 초반에 이익은 벌써 유교의 '도'가 끝났다고 선언하였던 것이다. 그것은 다음 시대를 내다보는 선지자의 혜안인지 한 시대에 좌절감에 빠진 유교 지식인의 푸념인지 심각하게 살펴볼 필요가 있다. 그는 흙 속에 묻혀 있는 한낱 물건에 지나지 않는 보검도 빛을 내어 세상에 드러났다는 데, 이 시대를 지배하는 유교의 '도'는 망해서 땅 속에 파묻히게 되었음을 통탄하고 있는 것이다.

이익이 왜 유교의 '도'가 망했다고 선언하고 있는 것인지 이해하려면, 그가 주자학(도학)과 실학 사이에서 새로운 사상의 방향을 탐색하고 있는 사상가였다는 사실을 돌아볼 필요가 있다. 주자학·도학의 유교이념은 당시의 조선 사회를 절대적 권위로 지배하고 있지만, 이 주자학의 '도'는 이미 새 시대로 방향을 이끌어갈 수 있는 기능과 이상과 생명력을 상실하고 죽어버렸으며, 단지 전 시대의 권위와 관습에 얹혀서 떠내려가고 있을 뿐이라 보고 있는 것이다.

그는 하나의 사상 내지 '도'가 얼마나 강력한 권위와 세력을 갖고 있는지의 문제와 얼마나 능동적인 생명력과 이상을 갖고 있는지 예리하게 분별하는 통찰력을 보여주고 있다. 이 점에서 대부분의 지식인들은 19세기 말이나 20세기 초에 와서 유교의 '도'는 죽었다고 판단했는데, 그는 이들보다 거의 2백 년 전에 이미 유교의 '도'가 죽었다는 것을 간파하고 있었던 것이다. 그만큼 이익이 시대를 내다보는 통찰력이 얼마나 앞서 갔던 것인지 분명하게 알 수 있다. 그는 제자 권철신(鹿菴 權哲身)에게 보낸 편지에서도 "나는 사람을 대하면서 일찍이 유교의 도리로 말하지를 않았다. 무익하기 때문이다"(吾對人未嘗以儒術爲辭, 無益故也)라고 말했는데, 여기서도 주자학 이념의 '도'가 그 시대의 현실 문제를 해결하는데 무기력하다는 사실을 직시하고 있었던 것임을 보여준다.

인간과 사회를 이끌어가는 길이 '도'이다. 그런데 당시의 유교이념인 '도학'은 '도'를 표방되면서도 한 사회가 지닌 모순을 해결하여 구제해 줄 능력이 없이 세력만 누리고 있거나, 대중들에게 희망과 이상을 심어주지 못하고 권위만 누리고 있거나, 시대의 방향을 제시해주지 못하고 관습적 타성에 젖어 있다. 그렇다면 그가 그

'도'의 생명이 이미 끝났다고 선언하는 것도 정당성이 있는 통찰이라 할 수 있을 것이다. 눈밝은 의사라면 우람한 체격에 기세등등한 사람이라도 그 맥이 쇠잔하고 그 호흡이 고르지 못하면 쉽게 이 사람이 죽음의 그늘 속에 빠져들었다고 진단할 수 있지 않겠는가?

　마지막 구절에서 보고 있던 책을 덮어놓고서 근심에 잠겨 있다고 말한 것은 그 자신으로서도 해결의 실마리가 보이지 않는 답답함을 토로하고 있는 것이다. 조선시대를 이끌어오던 주자학-도학의 '도'는 막강한 세력과 권위를 누리면서 너무 비대해져서 스스로 성찰하고 개혁하여 시대변화에 적응할 수 있는 체질개선의 기회를 잃고 말았다. 이것이 바로 '도'가 망하게 되는 원인이 아니었을까? 한 시대를 지배하는 '도'가 망하면서 결국 그 국가도 망국의 길로 가는 위험에 빠뜨렸던 것으로 보이기도 한다. 이처럼 '도' 곧 진리가 생명력을 발휘하기도 하지만 생명력을 잃어 죽기도 하는 사실은 유교만의 일이 아니라 모든 종교가 겪어야 하는 역사적 조건이 아니겠는가? 🏵

24 조선 〈담헌 홍대용湛軒 洪大容(1731-1783)〉

세상에서 버려짐은 하늘이 풀어주심이니

세상에서 버려짐은 하늘이 풀어주심이니
본래 마음이야 태연하지 않겠는가
근심과 즐거움 다할 때 없으니
사물의 본성이야 나와 같지 않으리오.

棄置固天放　素心或虛徐
기 치 고 천 방　소 심 혹 허 서

憂樂無了時　物性奈如予
우 락 무 료 시　물 성 내 여 여

〈乾坤一草亭主人〉

위에 인용한 시는 홍대용(湛軒 洪大容)이 지은 「건곤일초정주인乾坤一草亭主人」 20행 가운데서 마지막 4행이다.

홍대용은 18세기 후반 북학파北學派의 실학을 열었던 선구적 인물이다. 그는 당시 조선의 도학자들이 주장하던 '숭명배청론'崇明排淸論, 곧 이미 멸망한 명나라를 중화中華의 정통으로 높이고 당시 중국을 지배하는 청나라를 오랑캐로 배척하는 의리론을 깨뜨리고, 하늘에서 세상을 보면(以天視物) 중화니 오랑캐니 구별이 없이 제각기 중심을 이루는 것이라는 새로운 의리론을 열어주었다. 또한 그는 서양 과학을 받아들여 지구가 둥글고 태양의 주의를 돈다는 지구자전설地球自轉說까지 주장함으로써 유교 전통의 세계관을 깨뜨리고 새로운 세계관을 열어주는 혁신적 사상가였다.

그는 자신의 집을 '건곤일초정'乾坤一草亭이라 이름붙이고 이 시를 지었는데, 이 시에 붙인 서문에서,

"추호秋毫를 크다 하고 태산泰山을 작다함은 장주莊周의 과격한 말이다. 지금 내가 하늘과 땅(乾坤)을 한낱 초정草亭처럼 보니, 나도 장차 장주의 학문을 할 참인가? 30년 동안 성인의 글을 읽었던 내가 어찌 유교에서 도망하여 묵자墨子로 들어가겠는가? 말세에 살며 화란을 겪다보니, 눈의 현란함과 마음의 아픔이 극심하기 때문이다."

라고 하였다.

그는 도학이 주도하는 시대의 모순과 한계를 지적하면서 새로운

사회개혁의 방안을 제시하던 실학자였지만, 이미 말기로 접어드는 어지러운 세상에서 자신의 뜻을 펼쳐볼 수 있는 기회를 얻지 못하고, 세상에 뜻을 버리면서 장자(莊子, 莊周)처럼 무한한 자연 속에서 소요逍遙하는 툭 터진 시야를 갖고자 하였다. 그래서 우주를 자신의 작은 띠풀 집(草亭)으로 삼아 유유자적하고, 세상의 부귀와 공명에는 관심을 두지 않겠다는 뜻을 밝히고 있는 것이다.

따라서 그는 이 시의 11-12행에서도 "다툼이 없으니 온갖 비방 면하겠고/ 재주 없으니 헛된 명예 끊었노라"(無競免積毁, 不才絶虛譽)고 읊어 세상에 대한 관심을 버림으로써 세상의 비방도 받지 않고 명예를 얻는 일도 없는 자유로운 삶을 살겠다는 뜻을 보여주었다. 당시 시대를 걱정하고 사회를 바로잡기 위해 개혁해 보겠다고 노심초사하던 지식인들이 이 시대 정치현실 속에서 깊은 좌절을 겪으면서 이탈하고 있는 모습을 보여주고 있다.

이 시의 첫째 구절에서 자신이 세상으로부터 버림을 받아 뜻을 펼 수 없는 것은 하늘이 자신을 이 세상으로부터 풀어준 것이라 받아들이는 심정을 밝히고 있다. 말하자면 세상이 나를 버리니 나도 세상을 버릴 수밖에 없다는 쓸쓸한 심경을 말한다. 다만 자신이 '세상을 버린다'는 출세간出世間의 자세와는 달리 '하늘이 풀어주었다'는 세상의 굴레로부터 벗어났다는 해방감으로 의식의 긍정적 전환을 시도하고 있는 것이라 하겠다.

둘째 구절에서는 본래 마음이 태연할 것임을 확인하고 있다. 본래 마음(素心)은 타고난 바탕의 마음이야 편안하다고 하지만, 끊임없이 일어나는 마음은 여전히 괴롭고 쓰라림을 말하고 있는 것으로 보인다. 그래서 자신도 모르게 자꾸만 일어나는 마음을 지긋이 누르고 본래 마음을 드러내어 확인하면서, 자신은 태연하다고 다짐함으로써 스스로 위로하고 있는 것이 아니겠는가?

셋째 구절에서는 실제의 마음에서는 근심과 즐거움이 끝없이 일어나고 사라지는 사실을 다시 인정하고 있다. 내가 '도'를 닦는 수도자라고 하더라도 어찌 근심 걱정과 슬프거나 기쁜 마음이 일어나지 않을 수야 있겠는가? 굳이 모든 감정을 억누르고 억눌러 흙덩이나 나무토막처럼 감정이 없는 상태로 되려고 하지를 않는다는 말이다. 이미 본래 마음을 확인하였으니, 실제 마음이야 근심하거나 즐거워하거나 슬퍼하거나 기뻐하거나 마음이 일어나는 대로 버려두겠다는 것이다. 다만 본래 마음의 편안하고 태연함만 잊지 않는다면 일시적 감정의 동요가 나를 뿌리 채 흔들어 놓을 수는 없다는 말이다.

넷째 구절에서는 사물의 본성과 나의 본성이 서로 어긋날 것이 없다는 말을 하고 있다.

홍대용은 인간의 본성과 사물의 본성이 같다는 '인물성동론'人物性同論을 주장하는 것은 아니다. 그는 인간과 사물의 본성이 서로 다르다는 차이를 분명히 인식하는 입장이지만, 인간과 사물을 상하로 차등화시키는 인간중심적 관점을 거부하는 입장을 밝히고 있다. 바로 이점에서 그는 인간과 사물이 평등하다는 가치의 균등성을 중시하는 '인물균론'人物均論이라 할 수 있다. 나도 사물의 본성처럼 자신이 타고난 대로 살아갈 것이라는 일종의 달관達觀을 보여주고 있다.

한 시대의 사회에서 자신의 꿈과 포부를 펼쳐볼 기회를 얻지 못한 지식인은 인간 세상에 대한 집착과 미련을 떨쳐버리고 자연 속에서 유유자적하게 살아가는 것도 지혜로운 방법의 하나이다. 이 자연 속에서 태연한 자신의 본래 마음을 지키면서 산다면 자연의 모든 사물이 자신의 이웃이 되고 벗이 되어 함께 살아가는 경험을 할 수 있다. 이때에 자연과 자신이 닮은 모습을 발견하면서 자신도 자연을 닮아 우주의 생성 변화 속에 자신을 맡기고 마음의 평정함을 누릴 수 있다는 말이다.

어느 시대에나 세상에 잘 적응하거나 세상과 잘 어울리는 행운을 누리지 못하는 사람이 있기 마련이다. 이러한 처지에서는 세상을 벗어나 자연 속에서 구원을 얻을 수 있다. 이 길은 노자와 장자의 자연주의 사상에서 찾을 수 있을 것이다. 유학자로서는 세상에 버림을 받더라도 초야에 은둔하여 자신의 학문과 인격을 닦으며 세상을 염려하는 마음을 잊지 않는 것이 마땅한 도리라 하겠다. 그렇다면 홍대용의 좌절감과 자연 속에서 해방감은 본인의 말처럼 부득이했다는 이유라고 붙이겠지만, 어쩌면 유교정신에서 한 발짝 빠져나가고 있는 것인지도 모르겠다. 이러한 사실이 이 시대 지식인의 정신적 상황의 일면을 보여주는 것이라 할 수 있을 것 같기도 하다.

유가니 묵가니 다룰 게 뭐 있는가

쓸쓸히 바라보니 아득한 생각 일어나네
초야에는 영웅 호걸들 많기도 하구나
대상이 맑아지면 하늘 이치 얻는 법이라
유가니 묵가니 다룰 게 뭐 있는가.

悵望起遐想　　林澤多豪英
창 망 기 하 상　　임 택 다 호 영

物淨斯得天　　儒墨何須爭
물 정 사 득 천　　유 묵 하 수 쟁

<贈有一上人>

정약용이 17세(1778)였을 때 화순 현감으로 있던 부친을 모시고 있었는데, 화순 출신으로 당대의 대표적 고승인 연담 유일(蓮潭 有一, 1720-1799)이 부친을 찾아왔다. 이때 정약용은 부친의 지시에 따라 연담에게 드리는 시 두 편을 지었던 일이 있었다. 위의 시는 그 가운데 한 편인 「유일스님에게 드림贈有一上人」이라는 시의 후반부이다. 또 한 편의 시는 「지리산승가」(「智異山僧歌示有一」)인데, 이 시에서는 "서른 세 해를 산에서 내려오지 않았으니/ 세상 사람 어느 누가 그 얼굴 기억하리"(三十三年不下山, 世人那得識容顔)라고 읊어, 유일스님의 그 탈속한 수도생활에 감탄하고 탁월한 도풍에 깊은 감명을 받았던 모양이다.

　이렇게 산중에 묻혀 있는 탁월한 인물을 보면서, 그는 영웅 호걸들이 세상에 빛을 발휘하지 못하고 초야에 묻혀 썩어가고 있는 현실에 대해 한없이 안타깝고 착잡한 심경을 밝히고 있다. 그런데 유교와 불교 사이에 정통과 이단의 분별이 엄격한 현실을 돌아보면서, 분별과 배척이 아니라, 서로 '도'道를 달리하는 다른 종교 사이에서도 포용의 길을 찾고 있다. 바로 이 대목이 '다산실학'茶山實學의 핵심적 정신으로서 포용정신이라 할 수 있을 것이다.

　셋째·넷째 구절은 바로 이 '다산실학'의 포용정신을 선명하게 드러내어 선언하는 것이라 할 수 있다. 사물이라는 대상세계가 투명하게 맑아지면 역사와 전통과 관습의 대상세계를 넘어서 '천리'天理 곧 '천도'天道가 드러나는 것인데, 어찌하여 사유의 전통과 관

습에 얽매어서 유가儒家와 묵가墨家가 서로 비난하고 자기 정당성
을 주장하며 다투는 것이 무의미함을 밝히고 있는 것이다. 전국시
대에 유가와 가장 첨예하게 대립하여 다투던 묵적墨翟에 대해 맹자
는 '아비를 아비로 여기지 않는'(無父) 이단으로 규정하여 비판하였
다. 그러나 정약용은 맹자가 이단으로 비판한 양주楊朱와 묵적墨翟
에 대해 비록 전체적 균형을 잃었지만 일면적으로는 타당성이 있
는 주장을 하였던 현명한 인물로 인정하였다. 이러한 포용정신에서
그는 불교를 더욱 가깝게 이해하고, 서양 과학은 물론 서양 종교까
지 한 때 적극적으로 수용할 수 있었던 사실을 보여준다.

　유가니 묵가니 다툴 게 없다면 유교와 불교 사이에도 누가 옳은
지 그른지 대립적 시야를 벗어날 수 있다. 그것은 바로 마음의 평정
을 통해 대상을 공정하게 바라봄으로써, 하늘 이치(天理)를 파악하
는 길이기도 하다. 모든 것을 하나로 포괄하는 하늘의 이치 속에서
는 유교와 불교 사이에도 정통이니 이단이니 갈라놓고 다툴 필요
가 없다는 열린 자세를 보여주었다. 비록 그가 포용과 개방의 논리
를 철저하게 관철하였던 것이라 보기는 어렵지만, 이러한 포용정신
의 방향을 분명하게 밝힘으로써, 폐쇄적 독선에 빠진 사상과 타성
에 젖은 낡은 제도의 껍질을 벗겨내는 개혁사상을 전개하였던 것
으로 볼 수 있다.

　정약용은 유학자로서 기본적으로 불교를 비판하는 입장을 지키
고 있었던 것은 사실이다. 그렇지만 그의 생애 속에서는 불교가 깊
이 침투하고 있었던 자취를 확인해 볼 수 있다. 그는 산사山寺에 올
라가 독서하기를 즐겨하는 차원을 넘어, 강진에서 18년 동안 유배
생활을 하면서 아암(兒庵·蓮坡 惠藏, 1772-1811)과 초의(草衣 意恂, 1786
-1866)를 비롯한 여러 학승들과 깊은 교유를 맺었다. 정약용이 44세

된(1805) 봄에 백련사로 놀러갔을 때 34세의 혜장은 백련사에 머물고 있었는데 정약용을 한 번 만나보곤 스승처럼 따르며 교유하였다. 정약용의 아버지는 연담(유일)과 교유하였고, 정약용은 연담의 제자인 아암과 교유하였으니, 정약용 부자와 연담·아암선사 사제간은 대를 이어 교유한 셈이 된다. 아암도 30세에 해남 대흥사大興寺의 강석講席을 맡았던 탁월한 학승이었다. 그는 아암에게 "시와 진리가 어찌 두 갈래 길이리오/ 여기서 미혹함과 깨달음이 나오고, 얻음과 잃음이 생기네"(詩與眞如豈二門, 直由迷悟生得失.<「憶昔行, 寄惠藏」>)라고 읊어, 혜장에게 그 스승인 연담처럼 시를 통해 진리를 드러내는 데 힘쓰도록 권유하기도 하였다.

19세기 초 강진의 산사에서 유교와 불교를 대표하는 정상의 거장인 정약용과 아암이 만나 차를 마시며 유교와 불교의 경전을 넘나들면서 근본문제에 대한 대토론을 벌였다. 정약용은 이 때 읊은 시에서 "나의 경전 『시』·『서』·『역』으로/ 그대 경전『화엄』·『능엄』·『원각』을 풀어나가니/ 허공에는 안개비 내리고/ 내뱉는 말마다 깊고 현묘한 이치였다네"(以我詩書易, 博爾華楞圓, 霏屑落層空, 咳唾皆幽玄.<「惠藏至高聲寺>)라고 읊었다. 너무나 아쉽게도 그 토론 내용은 기록이 없어 전혀 알 길이 없다. 다만 이 때 아암은 그 계발된 이치에 감격하여 눈물을 흘리기까지 하였다고 한다.

정약용도 혜장과 사귀면서 그 자신도 세속을 벗어나 조용한 산사에 파묻혀 수도하며 살고 싶은 마음이 간절하였나 보다. 그는 한 사람의 수도승으로서 산사에서 생활하는 심경을 읊은 시(「山居雜興」20수)의 마지막 편에서 "대밭 속 불경소리 늙어갈수록 당기는데/ 미혹의 바다에선 나루와 다리도 장애라/ 송락모자 쓰고 솔잎죽 마시면서/ 남은 인생 불교를 배워볼까"(竹間經唄晩來多, 迷海津梁亦障

魔, 松絡帽兒松葉粥, 餘齡要學老頭陀)라고 읊기도 하였다.

또한 이 시대의 대표적 선승으로 다도茶道를 중흥시킨 선구자인 초의(草衣 意恂)는 아암과 학맥이 달랐으나 같은 대흥사 출신이다. 초의는 정약용을 스승으로 모시고 시와 유교경전을 배웠다고 한다. 초의는 뒷날 김정희(秋史 金正喜)와도 깊은 친교를 맺었다. 또한 정약용은 고려시대 강진의 백련사白蓮寺에서 활동한 천책天頙스님의 시에 대해 "감정이 넘치고 내용이 힘차서 승려의 담박한 병폐가 없다"고 칭찬하였으며, 신라·고려시대 시인 가운데 세 사람으로 최치원崔致遠·이규보李奎報와 더불어 천책을 들만큼 천책의 시를 높이 평가하였다.

비온 뒤 물소리 산빛 선명하구나

청산은 예나 이제나 그대로요
계곡 물은 끝없이 흐르는구나
누가 조화의 조짐을 알리오
비온 뒤 물소리 산빛 선명하구나.

靑山自古今　溪流無終極
청 산 자 고 금　 계 류 무 종 극

誰識造化機　雨後多聲色
수 식 조 화 기　 우 후 다 성 색

<雨後臨溪偶吟>

이 시의 작자인 이항로(華西 李恒老)는 19세기 후반 조선 말기의 도학을 대표하는 인물의 한 사람으로서 독자적 성리설의 이론체계를 수립했던 성리학자요, 외세의 침략에 가장 강경하게 저항하였던 척사斥邪 의리론의 선봉장이었다. 당시 조선 사회에서는 서양 세력이 이미 종교로 깊이 침투해 들어왔고, 이어서 프랑스 함대가 강화도를 침공하면서 무력으로 침략을 시작하는 상황이었다. 이처럼 유교체제의 조선 사회가 존립위기를 맞게 된 현실에서 그는 유교이념을 '정도'正道로 수호할 것과 서양 문물을 '사술'邪術로 배척할 것을 선언하였던 이른바 '위정척사론'衛正斥邪論을 표방하여, 한말韓末 도학의 이념적 방향을 제시하였다.

　이 시의 첫째 구절과 둘째 구절은 우리가 항상 보는 일상세계를 서술하고 있다. 청산은 십년 전이나 백년 전이나 아무 달라진 모습 없이 그대로 있고, 계곡 물도 십년 전이나 백년 전이나 그대로 쉬지 않고 흐르고 있다는 사실이다. 옛말에도 "십년이면 강산도 변한다"고 하였으니, 세밀한 모습에서야 어찌 변화가 없으리오 마는, 뽕나무 밭이 푸른 바다로 변하는 '상전벽해'桑田碧海의 대변혁이야 그리 쉽게 경험될 수 있는 일은 아닐 것이다.

　이렇게 청산은 예나 이제나 그대로 서 있고 계곡 물도 예나 이제나 끝없이 흐르고 있는데, 도학자는 이렇게 눈으로 보이는 현상세계를 가능하게 하는 근원과 본체의 세계를 찾고 싶어 한다. 눈으로 보이는 경험적 세계가 있으니, 이 세계의 배후에는 이 세계를 형성

하고 유지하고 조종하고 지배하는 존재, 곧 눈으로 볼 수 없는 초경험적 근원의 세계가 있음이 분명하다는 것이다. 인간의 경우에도 눈으로 보이는 이 육신을 통제하고 관리하는 존재로서 눈으로 보이지 않는 '마음'이 있으니 말이다.

셋째 구절에서는 청산과 계곡 물의 배후에 이렇게 청산을 변함없이 있게 하고 이렇게 계곡 물을 쉬지 않고 흐르게 하는 주재의 존재를 알고 싶다는 뜻을 밝히고 있다. '조화'造化라 함은 천지와 만물을 생성하고 변화시키는 활동을 하니, 바로 이 '조화'를 담당한 존재를 '조화옹'造化翁 혹은 '조물주'造物主라 일컫기도 하며, 이 세계를 지배하는 존재로서 '주재자'主宰者라 일컫기도 한다. 기독교에서 말하는 '하느님' 혹은 '신'이 바로 이를 가리키는 것이라 할 수 있다. 주자학에서는 이 존재를 인격적 존재로 이해하는 데서 오는 문제점을 피하기 위해 '리'理・'도'道・'태극'太極 등으로 일컫고 있다.

어떻던 '조화옹' 혹은 '하느님'이라는 존재가 있다면 누가 이 '조화옹' 혹은 '하느님'을 만나보고 싶지 않겠는가? 이항로는 '조화옹'의 손길(機)부터 확인하고자 하였다. 생성하고 변화한 결과가 주어진 것을 눈으로 보고 귀로 듣는 것이 아니라, 그 생성 변화의 조짐이 일어나는 기미를 지켜보고, 그 생성 변화가 처음 시작되는 계기를 포착하며, 그 생성 변화의 작용이 일어나는 유래와 과정을 확인하고 싶다는 말이다. 다 만들어 놓은 작품을 보는 것으로 만족하지 않고, 그 화가가 처음 붓을 대는 모습을 지켜보고, 그 조각가가 처음 정으로 돌을 쪼아내는 모습을 확인하겠다는 말이다. 바로 그 첫 움직임의 손길을 보면 그 전체가 이루어지는 비밀도 이해할 수 있게 되지 않을까 기대하기 때문이 아닐까?

사실 '조화옹'이나 '하느님', 혹은 '리'나 '신'은 인간이 자신에게

서 마음(心)과 육신(身)을 분별할 수 있는 인식이 있기 때문에 가능하다는 생각이 든다. 마음과 육신을 분별하는 의식이 없었다면 아마 분명히 이 보이는 세계의 근원이 별도로 존재한다는 생각을 할 수 없었을지도 모른다. 내가 눈으로 사물을 보는 사실 뒤에는 이 사물을 보고 판단하는 내 마음이 있는 것처럼, 보이는 사물 뒤에는 이 사물을 보이도록 생성하여 드러내는 존재가 있다는 생각이다.

넷째 구절에서는 비온 뒤의 세찬 물소리를 듣고 선명한 산빛을 바라보며, 새삼스럽게 '조화'의 손길을 느끼는 감회를 말하고 있는 것으로 보인다. 평소에 항상 듣던 물소리, 항상 보던 산빛에서 아무런 특별한 감흥이 없었다가, 비가 온 다음날 동구밖을 나서보니 물소리가 유난히 맑게 들리고, 산빛도 한결 맑고 푸르게 보이니, 바로 이때에 이 물소리와 이 산빛을 지어내는 '조화'의 손길이 새롭게 느껴진다는 것이다.

일상에 빠져 있으면 생각도 타성에 젖어 별다른 자극을 받지 못하고 의식도 잠들어 각성되지 못한 상태에 빠지기가 쉽다. 그러나 일상에서 벗어나는 새로운 변화의 경험을 하게 되면, 의식이 깨어나 생생한 각성을 회복하게 된다. 바로 이러한 때가 일상세계를 넘어서 근원의 존재를 생각하고 만날 수 있는 기회임을 말해준다. 그렇다면 이렇게 '조화'의 손길을 느끼고 '조화'의 기미를 발견하게 되면, 과연 우리의 삶에는 어떤 변화가 일어난다는 것인가?

눈으로 보고 귀로 듣는 경험적 세계의 평면 속에 사로잡혀 있다가, 전혀 새로운 차원인 근원적 존재의 손길을 느끼는 순간부터, 바로 이 경험적 세계, 곧 일상적 세계의 의미가 다시 읽혀진다는 것이다. 우리가 사는 일상적 세계에 방향이 주어지고 이상이 확인되며, 의미가 제시되고 변화가 요구된다. 우리가 어디로 가야하는지, 어

떻게 살아야 하는지, 무엇을 해야 하는지 '천리'의 소리 '신'의 소리
가 들리기 시작하는 것이 아니랴. 일상생활의 타성에 젖어서 취생
몽사醉生夢死 아무 생각없이 표류하다가, '천리'의 소리 '신'의 소리
를 들으면서 가야할 방향과 해야 할 과업과 살고 있는 의미가 다시
금 생생하게 각성되고 있는 것이 아니랴.

지식인이 사람노릇 하기 참으로 어려워라

새 짐승도 슬피 울고 산과 바다도 찌푸리니
무궁화의 땅 우리나라가 침몰하고 말았구나
가을 등불 아래 책 덮고 옛 역사 회고하니
지식인이 사람노릇 하기 참으로 어려워라.

鳥獸哀鳴海嶽嚬　　槿花世界已沈淪
조 수 애 명 해 악 빈　　근 화 세 계 이 침 륜

秋燈掩卷懷千古　　難作人間識字人
추 등 엄 권 회 천 고　　난 작 인 간 식 자 인

<絶命詩 4首(3)>

이 시는 한말의 유학자요 시인인 황현(梅泉 黃玹)이 1910년 한일 합병으로 조선 왕조가 끝내 멸망하고 말았다는 소식을 듣자, 비분 강개함을 견디지 못하여 아편을 먹고 자결하면서「절명시絶命詩」로 지은 4수首 가운데 세 번째 수이다.

    황현은 당시 도학정신이 퇴락한 현실을 지적하여, "세상에 진정한 도학道學이 없으므로 나는 도학을 싫어한다. 옛날 같은 도학자가 있다면 내가 마땅히 스승으로 받들겠다"고 하였으며, "예설禮說은 진부하여 신기로움이 없고 3백 년 동안이나 재능을 그르쳤다"고 비판함으로써, 보수적 유교전통에 대한 비판적 의식을 분명하게 밝히고 있다. 또한 그는 개화開化사상에 대해서도 기본적으로는 동의하지만 당시의 개화론이 근본의 기준이 없이 말단의 변혁에 빠진 맹목성을 비판하였다.

    그는 시인으로 명성을 떨쳤는데, 평생 지우知友인 김택영(滄江 金澤榮)은 그의 시에 대해 '맑고 간절하며 탈속하고 강직함'(淸切瓢勁)이 있다고 극진하게 높였다. 특히 그의 시는 고금에 절의를 지킨 일을 읊은 것이 많았으며, 한가롭게 자연 경치를 노래한 것이 아니라 역사의 난국難局에서 보여준 인물의 의기義氣에 깊은 관심을 보여주었으며, 위기에 놓인 나라를 걱정하는 애국시인이었다.

    첫째 구절과 둘째 구절에서는 5백년 조선 왕조가 일본의 강압으로 멸망하는 비극적 현실을 통탄하고 있다. 한 나라가 남의 나라에 병합되어 멸망한다는 사실은 하늘이 무너지는 파국이요, 온 백성이 남의 노예가 되는 참혹한 현실이다. 새와 짐승들도 슬피 울고, 산과 바다도 찌푸린다는 것은 나라가 망하는 날에 백성들만 통곡하는 것이 아니라, 아무 지각없는 짐승이나 산천초목까지 슬픔에 잠겨 있음을 서술한 것이다. 그는 우리나라를 무궁화 피는 세계(槿花世界)라 하여, 조선이 멸망하는 것은 바로 이 세계가 침몰하여 사라지는 것이라 하여 절망적 심정을 토로하고 있다.

셋째 구절과 넷째 구절은 나라가 망하는 날에 한 사람의 지식인으로서 자신의 심정을 술회하고 있다. 가을 등불 아래 옛 역사책을 읽다가 감정이 북받쳐 책을 덮어버리고 앉아서 나라의 흥망이 일어나는 옛 역사의 장면들을 회고해 본다. 어느 시대에서나 망국의 상황에서 지식인의 한 사람으로서 의리와 기개가 있는 사람노릇하기가 얼마나 어려운 일인지 새삼스럽게 절실함을 토로하고 있다.

역사 속에는 나라가 끝없이 흥하고 망하기를 되풀이하고 있으나, 망국의 시기에 지식인의 행태가 다양하게 드러나고 있다. 신속히 새 왕조에 줄을 찾아 벼슬자리를 얻어 변신하는 사람도 있고, 옛 왕조를 지키기 위해 세력을 결집하여 저항하는 사람도 있고, 나라가 망하자 은둔하여 숨어버리는 사람도 있고, 새 왕조에 굴복하여 자신의 몸을 더럽히지 않겠다고 자결하는 사람도 있다. 우리 역사만 보더라도 고려가 망했을 때, 정도전鄭道傳 등 혁명파는 말할 것도 없고, 권근權近 등은 조선 왕조에 신속하게 벼슬길을 찾아 나왔다. 정몽주鄭夢周는 항거하다가 철퇴를 맞아 죽음을 당했고, 길재吉再는 은둔하여 후학을 가르치며 살았고, 김자수金自粹는 벼슬에 나오라고 강압을 받자 스스로 목숨을 끊었다.

조선 말의 도학자 유인석柳麟錫은 나라가 존망의 위기에 빠졌을 때 선비로서 의리를 지키는 방법을 세 가지로 제시하기도 하였다.

하나는 '의병을 일으켜 도적을 쓸어내는 것'(擧義掃淸)이요, 또 하나는 '떠나서 옛 법도를 지키는 것'(去之守舊)이요, 다른 하나는 '죽음으로써 지조를 이루는 것'(致命遂志)이다.

일본의 침략을 받아 조선 왕조가 위기에 놓였을 때 유인석을 비롯한 많은 유학자들은 사방에서 의병을 일으켜 항전하였다. 그러나 의병을 일으키는 것이 나라를 지키겠다는 의기義氣를 밝히는 데는 가장 강인한 입장이지만 실질적으로 아무런 병장기도 없고 훈련도 안 된 의병이 신식병기를 갖춘 일본의 정예군에 맞선다는 것은 처음부터 실패가 눈에 보이는 일이기도 하였다. 이에 비해 대부분의 지식인들은 산 속으로 은둔하거나 해외로 망명하여 일본의 지배에 순응하지 않고 전통을 지켰으나 이 또한 점차적으로 말라죽어 가는 길을 가는 것이 현실이다. 당시 비록 소수이지만 황현을 비롯하여 송병선宋秉璿·박세화朴世和 등 명망있는 유학자들은 자결을 하여 항거하는 뜻을 밝히고 자신의 지조를 지켰다. 이 자결을 통한 저항정신의 표출은 어떤 해결책을 가져온 것은 아니지만 많은 사람들의 가슴속에 애국지사의 숭고한 의리정신으로 깊은 감동을 주었던 것이 사실이다.

한 시대의 지도계층으로서 지식인이 나라가 멸망하는 데도 무기력하게 지켜보고만 있어야 하는 현실에서 황현이 자결을 선택하여 저항정신을 밝혔던 것은 하늘이 부여해준 떳떳한 성품의 의리義理에 부끄럼이 없고자 하는 것이요, 평소에 경전을 읽으면서 얻은 성인의 뜻을 저버리지 않기 위해서라 할 수 있다.

그 시대 상당수 유교지식인들이 일본 침략세력의 압박과 회유에 굴복하여 은사금恩賜金이라는 돈을 받거나 작위를 받아 일본의 식민지배에 순응하면서 일신의 영달과 일가의 안락을 도모하였다. 그러나 황현은 지식인으로서 역사 앞에서 사람다운 사람노릇을 하겠다는 한 생각 때문에 자신의 목숨을 버리고 일가의 안락을 버리고 나라와 함께 운명을 같이 한다는 단호한 절의정신을 보여주었던 것이다. 망국의 상황에서 역사 앞에 부끄럽지 않은 지식인이 되는 길이 자결이라는 한 가지 방법만 있는 것은 아니겠지만, 그 처절하고 비통한 심정의 결단을 가장 절실하게 보여주는 것이 사실이라 생각이 든다. 📷

진리는 현실의 세계 속에서 드러나는 것이지, 현실을 제거하고 진리를 찾으려 든다면 애초에 나무 위에서 물고기를 잡으려는 것 '연목구어'緣木求魚이니, 되지 않는 일임을 말하고 있다. 이 현실 속에서 진리는 이렇게 아름답게 빛나고 있는데, 어느 허공을 헤매며 진리를 찾고 있는 것이냐 라고 엄하게 문책하는 소리가 들리는 듯하다.

<대혜 종고의 '물 따라 흘러가는 붉은 꽃잎만 보네'에서>

제3부

선시禪詩의 세계

시경詩境

한시와 도漢詩와道

동진(東晋) 〈승조僧肇(384-413)〉

01

칼날이 머리에 내리치겠지만

'사대'는 애초에 주인이 없고
'오온'은 본래 빈 것이라네
칼날이 머리에 내려치겠지만
봄바람 베는 것과 흡사하리라.

四大元無主　五蘊本來空
사 대 원 무 주　오 온 본 래 공

將頭臨白刃　恰似斬春風
장 두 임 백 인　흡 사 참 춘 풍

< ? >

구마라습鳩摩羅什의 수제자로 『조론肇論』을 지어 '공'空사상을 논했다는 승조僧肇는 동진의 호불好佛군주인 요흥姚興이 벼슬을 내려주는데도 거부하다가 처형을 당해 30세에 세상을 떠났다고 한다. 이 시는 그가 죽음을 앞두고 지은 '임종게'臨終偈이다. 한 사람의 수도승으로서 죽음 앞에서 자신의 사생관을 밝히고 있다는 사실에 그 비장함도 소중하지만, 그 생사를 꿰뚫어보는 사생관의 투철함에 깊이 경외하는 마음이 일어나는 것을 금할 수 없다.

먼저 불교의 '공'사상에 근거하여 존재론의 일반적 의미를 두 구절 10자로 집약시켜주고 있다. 이 세계의 모든 형상있는 존재를 구성하는 네 가지 기본요소로서 흙·물·불·바람(地水火風)의 '사대'四大는 끊임없이 모이기도 하고 흩어지기도 하면서 인간존재를 포함한 개별적 사물을 형성하기도 하고 소멸시키기도 한다. 그런데 이 '사대'의 구성요소가 어느 누구에 소유되어 있지 않으니 주인이 없다는 사실을 일깨워준다.

내 집, 내 책상, 내 가방, 내 핸드폰, 내 강아지… 등등 나의 소유가 분명하게 있다. 내 머리에 씌워 있는 이 모자가 내 모자라는 것을 나도 알고 너도 알지 않는가. 내 것이라는 것을 부정하려 든다면 이야말로 도둑의 심보가 아니냐고 항의할 수 있다. 그러나 이런 소유물들이야 지금 내 것이 분명하더라도 내가 팔아버리거나 누구에게 주어버리면 남의 것이 될 것이다. 그렇다면 우리가 소유한 물건이 원래 일정한 주인이 정해져 있지 않다고 인정하자. 하지만 내 몸뚱이, 내 눈, 내 손가락 이 모두는 원래부터 내 것이 아닌가? 어찌 원래 주인이 없다는 것인가? 쉽게 받아들여지지 않는다.

그렇지만 잘 따져보면 수긍할 수 있는 여지가 생긴다. 내 몸뚱이도 내 부모가 준 것이니, 원래 주인은 나인지 내 부모인지 단정하기가 어려워진다. 내가 죽어서 이 몸뚱이가 흙으로 돌아간다면, 그 흙 속에서 내 몸뚱이를 이루고 있었던 '사대'를 찾아낼 수 있을까? 어차피 '사대'의 기본요소에는 소유자의 이름표가 붙어 있을 리 없지 않은가. 그렇다면 내 몸뚱이도 '사대'에서 극히 작은 부분을 잠시 빌려 있는 것일 뿐이요, 조만간 돌려주어야 하는 것이니 과연 얼마나 내 것이라고 주장할 수 있을까? 내 것이라고 굳게 믿고 있다가 돌려주려면 아깝기 그지없을 터이다. 그러니 차라리 내 것이 아니거니 하고 여기는 것이 마음 편하지 않으랴. 그래서 '사대'란 애초에 주인이 없다는 말을 인정할 수 있을 것 같다.

다음으로 인간의 몸과 마음을 이루어 드러내고 작용하고 있는 기본요소로서 형색·감각·사유·행위·의식(色受想行識)의 '오온' 五蘊이 본래 공허한 것이요 실상이 없다고 한다. 내가 살면서 보고 듣고 만지며 경험하는 현상세계가 가짜라니 어떻게 받아들이라는 말인가. 내가 지금 감각하고 생각하고 인식하면서 살아가고 있는 모든 사실이 실제가 아니라 꿈을 꾸고 있는 것이거나 환각에 빠져 있다니 믿을 수 있는가?

그래도 이해하려고 적극적으로 노력을 한다면 조금 이해가 될 것도 같다. 어차피 내가 현재 지각하고 인식하는 것이 언제든지 잘못 된 것일 수 있으니, 잘못 알고 있었다면 공허한 것이 아닐 수 없다. 너무 확실하다고 믿고 길거리에서 외치고 있는 신앙인들의 태도에서 우리는 쉽게 사실에서 벗어난 고집이거나 환상에 빠져 있다는 것을 알 수 있고, 그 독선을 혐오하고 있지 않은가? 그렇다면 내가 지각하고 경험하는 모든 세계가 나에게 그렇게 비쳐진 영상일 뿐이요 본래의 실체가 그 영상과 일치하지 않는 것이라는 사실을 인정하자.

이미 내 몸뚱이를 이루고 있는 '사대'가 원래 주인이 없으니, 내 몸뚱이도 내 것이라고 권리주장을 할 수도 없는 처지요, 나의 경험과 삶을 이루고 있는 '오온'이 모두 공허하여 실상이 없다니 내 목숨을 가져간다 한들 다 허망한 꿈속의 이야기일 뿐이라 하였다. 그러니 이제 셋째 구절과 넷째 구절에서는 이 몸뚱이에 붙은 머리에다 시퍼런 칼날이 떨어진다고 한들 내 것을 잃었다고 슬퍼하거나 아쉬워할 것이 없음을 확인한다.

주인도 없는 허망한 것에 시퍼런 칼날을 내리쳐 두 동강을 내었다 한들 그것은 칼을 휘둘러 봄바람을 두 동강 내놓았다는 것과 무엇이 다르냐고 말한다. 죽음이 하나의 사실이라 하더라도 그 죽음으로 인해 아무런 슬픔도 유감도 생기지 않으니, 잠시 물을 휘저어 보거나 바람을 막아보아도 본래 그대로 물이 흐르고 바람이 부는 것과 같을 뿐이라고 한다. 이미 죽음과 삶을 초탈하였는데, 남들이야 그 죽음을 안타까워하겠지만 본인으로는 숨을 내쉬거나 눈을 깜빡거리는 것처럼 그저 '무심'할 뿐임을 보여준다.

그러고 나니 내 몸뚱이까지 포함하여 아무 것도 나의 것이라 애착을 가질 필요가 없어졌고, 내가 경험하여 안다고 생각하는 모든 것을 꼭 그렇다고 고집할 필요가 없어졌다. 이렇게 다 버리고 비우고 나면 무엇이 남는가? 아무 것도 없다고만 하면 '허무'에 떨어지지 않겠는가? 아마 자신의 가슴속 깊이 간직되어 있는 본래의 마음 곧 '본심'本心 혹은 '진심'眞心이 남아 있을 것으로 믿는다. 그 '본심'

은 분명히 내가 주인이요, 허망한 것이 아니라 진실한 것이 아니랴.
'사대'를 놓아버리고 '오온'을 비워버리는 그 주체가 바로 '본심'이
요 생사를 초탈함으로써 확보하는 진실한 자아 곧 '진아'眞我가 아
닐까?

다리가 흐르고 물은 흐르지 않네

빈손이면서 호미자루 잡았고
걸어가면서 물소 탔네
사람이 다리 위로 지나가는데
다리가 흐르고 물은 흐르지 않네.

空手把鋤頭　步行騎水牛
공 수 파 서 두　보 행 기 수 우

人從橋上過　橋流水不流
인 종 교 상 과　교 류 수 불 류

< ? >

현실적으로나 논리적으로 성립 불가능한 모순의 역설을 통해 진리를 드러내는 길을 찾고자 하였던 것이다. 빈손이라면 손에 아무 것도 없어야 하는데, 호미자루를 잡고 있다니, 말이 안 되는 주장이다. 걸어가고 있다면 아무 것도 타지 않고 있어야 하는데, 물소를 타고 있다니, 말이 안 되는 주장이다. 역설의 첫 단계는 형식논리적으로 성립할 수 없는 모순을 드러내고 있는 것이다.

　문제는 이 형식논리의 사유가 발판으로 삼고 있는 개념의 형식을 깨뜨리지 않으면 형식논리의 사유세계를 벗어날 수 없게 된다. 형식논리 안에서는 일치하면 맞고 일치하지 않으면 틀리는 것이니, 오직 일치만을 기준으로 삼아서 판단하고 있다. 그러나 세상은 이미 현실에서 모순으로 가득 차 있지 않은가? 그렇다면 형식논리에 맞추어 설명할 수 있는 세상은 폭이 매우 좁은 한정된 것일 뿐이다. 이제 세상을 전체적으로 다시 보고 그 전체를 설명할 수 있는 사유방법을 찾자면 우선 형식논리의 세계를 깨뜨려야 한다. 그래서 역설을 제시하고 있는 것이다.

　다시 보면 이 빈 손은 비어 있다는 의식을 하기 위해서는 온갖 것을 붙잡고 있는 상황을 설정하고 부정해가야만 가능하다. '손이 비었다'는 말은 '손에 호미자루를 잡았다'는 말을 받아들이고, 이를 부정하면서 성립할 수 있다는 말이다. 과거에 아무 것도 잡아본 일이 없고, 미래에 아무 것도 잡아볼 일이 없는 손이라면, '빈 손'이라는 말 자체가 성립하지 않는다. '비었다'는 말은 '잡고 있는 것이 없

다'는 말이요, '잡고 있다'는 말을 띄워 올려놓고 이를 부정할 때에
비로소 성립한다. 그렇다면 '비었다'는 말은 언제나 '잡고 있다'는
말과 함께 갈 수밖에 없는 것이 아닌가? 역설의 논리는 형식논리에
서 배제시켰던 세계를 끌어들이고 있으니, 한정시켰던 세계를 툭
터지게 넓혀주는 것이 사실이다.

걸어가는 것은 자신의 두 다리로 걸어가는 것이니, 소나 말을 타
고 가는 것은 아니다. 그러나 걸어가면서도 마음속에는 무엇을 타
고가면 얼마나 편할까 하는 생각을 하게 된다. 그 마음에서 보면 걸
어가는 것은 다리가 움직이는 것이지만 물소를 타고 있는 것은 생
각이 움직이는 것이니, 둘 다 동시에 같은 자리에 있을 수 있다. 육
신의 작용과 의식의 작용이 다르다고 갈라놓을 필요는 없다. 언제
나 함께 있을 수 있으며, 서로 넘나들며 교류하기도 할 수 있는 것
이다.

형식논리에서 보면 '역설'이지만, 사실에서 보면 '역설'은 다각적
시선이다. 추상화를 그리는 화가는 눈으로 보이는 정면만 그리는
것이 아니라, 의식으로 보이는 측면과 뒷면도 함께 그리는 경우를
볼 수 있다. 전통의 정물적 그림에서 보면 기괴한 것이지만 세계를
보는 우리의 시야를 여러 각도로 넓혀주는 것은 사실이다. 추상화
에서는 여러 각도에서 눈으로 보이는 것만 그리는 것이 아니라, 눈
으로 보이지 않고 마음으로 보이는 것도 함께 그려놓기도 한다. '역
설'의 논리는 바로 추상화처럼 세계를 다중적으로 동시에 볼 수 있
는 눈을 열어준다.

셋째·넷째 구절에서는 역설을 또다른 시각에서 제시해주고 있
다. '사람이 다리 위를 지나간다'는 것은 지극히 평면적인 시각이
다. 그러나 '다리가 흐르고 물은 흐르지 않는다'는 것은 평면적 시

각을 완전히 뒤집어 놓은 역설이다. 지금 장면은 사람이 다리 위를 지나가고 있는 진행형의 상태이다. 냇물 위에 걸려 있는 다리를 보면서 다리가 흐른다고 말하면 그것은 착시현상인가? 구름이 빨리 흐르는 하늘에 떠 있는 달은 구름은 가만히 있는데 달만 달려가는 것으로 보이기도 하니 말이다.

그러나 부대사는 착시현상의 신기로움을 읊고 있는 것이 아니다. 과연 세상에 무엇이 고정되어 있고 무엇이 흐르는 것인가? 머무름과 흐름을 판단하는 기준이 무엇인지를 새롭게 묻고 있는 것이 아니겠는가? 하기야 사람이 다리 위로 지나가는 것인지, 다리가 사람 아래로 지나가는 것인지 의문을 가져도 될 것이다. 혹은 사람이 다리 위에 있는지, 다리가 사람 위에 있는지도 다시 생각해볼 필요가 있다. 다리는 고정되어 있고 냇물이 흐른다는 정지와 흐름의 분별은 인간의 의식을 판단 기준으로 삼은 것이다.

지구 바깥의 어디에서 보면 다리가 흐르고 물이 정지되어 있을 수도 있고, 다리도 흐르고 물도 흐를 수도 있다. 지구가 돌고 태양은 고정되어 있다는 것도 태양을 중심에 두었을 때의 설명이다. 지구를 중심에 두면 태양이 지구를 돌고 있을 것이요, 북극성에 기준을 두면 태양도 지구도 함께 움직이고 있을 터이다. 고정된 사유에 갇히는 순간 진리의 활발한 생명은 질식되고 만다는 것을 일깨워주는 것이다. 한 가지 기준으로 세계를 보는 고정된 사유틀이 깨어지면 무수한 시각의 변화가 가능하고, 세상에 무엇이나 포용될 수 있는 툭 터진 가슴 툭 터진 정신의 세계가 열리는 것이 아니겠는가?

당(唐) 〈한산寒山 (?-?)〉

03

푸른 하늘에 걸려 있는 이것이 바로 내 마음

별은 총총하나 달 밝은 밤은 깊어가고
바위 굴 외로운 등불 달도 기울어 가는데
가득 차서 빛나며 이지러지지 않는 광채
푸른 하늘에 걸려있는 이것이 바로 내 마음.

衆星羅列夜明深　　巖點孤燈月未沈
중 성 나 열 야 명 심　　암 점 고 등 월 미 침

圓滿光華不磨瑩　　掛在靑天是我心
원 만 광 화 불 마 형　　괘 재 청 천 시 아 심

< ? >

** [부기] 한여름 반야암에 머물면서 지안志安 큰 스님의 '선시禪詩산책'인
『바루 하나로 천가의 밥을 빌며』(계창, 2008) 한권을 들고 물소리 넉넉히
들으며 한가롭게 읽을 수 있었다는 것만으로도 너무 행복하다. 읽다가 가
장 먼저 가슴에 와 닿는 시가 한편 있어서 스님의 칼칼하고 환한 해설의
뒤에다 나의 목쉬고 둔탁한 소리로 혼자 덧붙여 본다.(2009.7.17)

제목도 모르는 한산寒山의 이 시를 읽으니 첫 구절에서 밤하늘이 보이기 시작한다. 넓은 하늘에 반짝이는 별들이 총총하게 가득 박혀 있고, 보름달은 아니라도 달이 떠서 밤하늘이 밝은데 시간은 흘러 밤은 자꾸만 깊어간다. 이렇게 밤이 늦도록 오래 동안 밤하늘을 지켜보고 있는 사람은 누구일까? 밤이 깊은 데 어이 잠도 못 이루고 있는 것인가?

　둘째 구절로 내려오니 이제 사람의 그림자가 희미하게 보인다. 사람이 어디에 있는지도 보이는 듯하다. 깊은 산속 바위 굴에 등불 하나가 외롭게 가물거리고 있으니, 그 사람은 분명 속진을 버리고 도를 닦는 사람일 터. 혹시 뜨락을 서성거리며 머리를 들어 밤하늘을 우러러 보다가 고개를 숙여 자신의 생각을 더듬고 있는 것이나 아닌지. 천지 사방에 티끌하나 움직임도 없이 지극히 고요하고 맑은 기운만 감돈다. 이렇게 청정한 자리에서도 시간은 쉬지 않고 흘러간다. 은은한 미소만 띄우면서 내려다보고 있던 달도 너무 늦어 돌아갈 길을 서두르기 시작하는가 보다. 아직 서산을 넘어가지는 않았지만 산마루에 걸려 기울어져 가고 있다.

　셋째·넷째 구절에 오니 한 순간 밤하늘을 지켜보던 사람의 눈에서 섬광이 번쩍하고 빛난다. 달이 기울어져 가면서 사방은 자꾸만 어둑어둑 해지는데, 어두워 가는 밤하늘에 갑자기 찬란하게 빛나는 눈부신 불덩어리 하나가 이 사람에게서 솟구쳐 나와 불쑥 떠오르는 것이 아닌가. 번개가 하늘에서 땅에 서 있는 사람 머리 위로

내려치는 것이 아니라, 땅에 서 있는 사람의 눈에서 번개가 하늘로 올려치는 것인가 보다. 태양처럼 원만하고 조금도 이지러짐이 없는 찬란한 광채가 '천심'天心 곧 하늘 한 가운데 모여들어, 사라지지 않고 걸려 있는 것이다. 이 '천심'에서 빛나는 광채가 바로 내 마음 곧 '아심'我心의 광채임을 확인해주고 있다.

아무리 별이 많아 하늘에서 반짝거려도 땅은 어둡기만 하고, 달빛이 대낮같이 밝다고 해도 여전히 어슴푸레 할 뿐이다. 별빛이나 달빛이 비쳐주는 세상이 아니라 한 낮의 태양이 비쳐주는 환한 세상이 이 깊은 밤중에 열리는 것이다. 오히려 태양보다 더 밝아 그늘 속이나 가슴속까지 환하게 비쳐주지 않는 곳이 없는 빛이다.

내 마음이 이렇게 빛나는 광채로 떠오르는 것은 바로 깨달음의 장면일 것이다. 깨달음이 무엇일까? 인간 마음을 먹구름처럼 두껍게 덮고 있는 어리석음의 어둠, 곧 '무명'無明의 껍질을 깨뜨려 벗겨내고 반야般若의 지혜가 밝은 빛을 열어주어 세상을 환하게 비쳐볼 수 있게 하는 것이 아닐까?

이제 나이가 들고 보니 앞날의 계획이나 꿈은 거의 없어지고 지난 일들을 자주 되돌아보고 반추하게 된다. 그런데 기억 속에 떠오르는 대목마다 후회만 몰려오고 있다. 한 평생 나름대로 열심히 살아왔다고 생각했는데, 어찌 이렇게 후회만 남는 것인가? 왜 그 때 그 말을 그렇게 밖에 하지 못하고 말았던가. 왜 그 때 그 일을 그렇게 밖에 대처하지 못하고 말았던가. 왜 그 때 그 사람을 그렇게 밖에 대하지 못하고 말았던가. 사람들은 추억을 아름다운 것이라고들 하는데, 이렇게 회상하기가 괴로운 것은 나만이 이런 것인가?

그 후회스러운 대목들은 모두 나의 어리석음과 어둠이 빚어낸 업業의 증거가 아니겠는가? 그 때 그 순간에 나에게 깨달음의 빛,

반야般若의 지혜가 있어서 바르게 비쳐볼 수 있었다면 내가 살아왔던 발자국들 하나하나를 향기롭고 아름다움과 충족된 행복감으로 되돌아 볼 수 있을 터인데…. 문득 문득 이런 상념에 젖어들기도 한다. 하기야 지금 이 순간도, 그리고 앞으로 남은 날의 내 삶도 여전히 어둠 속을 더듬거리고 갈 뿐이지, 이렇게 환한 깨달음의 빛으로 세상을 비추거나 자신을 비추어 보면서 단 하루도 살아 볼 수 없을 것이라 생각하니 더욱 입맛이 씁쓸해진다.

한 밤중 중천에 떠서 세상 끝까지 천지 만물을 남김없이 환하게 비추어주는 대광명의 빛으로 깨달음을 얻는다면야 얼마나 좋겠는가. 말로는 누구나 뜻만 세우면 이룰 수 있는 일이라고 하지만, 어쩐지 나같은 중생에게는 너무 먼 어느 별나라 이야기인 것 같다. 차라리 자기 분수에 맞는 작은 등불이라도 하나 얻어서 단단히 붙잡아 들고 어두운 밤길 같은 이 세상을 살아가면서, 돌부리에 걸려 넘어지지 않고, 또 남의 발등 밟지 않고서 걸어갈 수 있다면 그것으로 그런대로 만족 할 수 있을 터인데.

'작은 견성'(小見性)이라도 하여 손전등만한 작은 불빛 하나라도 얻어서 잘 챙기고 싶은 마음 간절하지만, 그나마도 쉽지 않다. 그래도 기가 아주 꺾여 자포자기를 하지 않고 버틸 수 있는 것은 바로 이렇게 큰 깨달음(大覺)을 얻은 사람 곧 성인의 말씀을 들을 수 있고, 또 멀리서나마 바라볼 수 있기 때문이 아닐까? 마치 높은 산 아래에 살면 산그늘이 저절로 드리워주듯이, 크게 깨달아 배광背光으로 빛이 뿜어져 나오는 사람을 바라보는 것만으로도 용기와 희망을 얻을 수 있기 때문일 것이다. 바로 이것이 이천년도 훨씬 전에 깨달으신 분에게서 무수한 사람들이 입는 은덕이요 가피加被를 받는 것이 아니랴.

한산이 밝혀준 밝은 불빛, 그의 빛으로 내가 나의 세상을 내다
볼 수야 없겠지만, 내 마음을 닦아 어둠을 조금이라도 몰아내고 내
빛을 조금이나마 찾아내는데 좋은 길잡이가 되어줄 수 있으리라
믿는다. 이 믿음이 생기는 것만으로도 가슴속에 작은 기쁨의 물결
이 일어나는 것 같다. 🔳

만물을 대하여도 무심해지면

만물을 대하여도 무심해지면
만물에 둘러싸인들 무슨 방해리오
나무 소가 사자 울음 겁내지 않듯
나무 인형 꽃 본 것과 뭐이 다르랴.

但自無心於萬物　　何妨萬物常圍遶
단 자 무 심 어 만 물　　하 방 만 물 상 위 요

木牛不怕獅子吼　　恰似木人見花鳥
목 우 불 파 사 자 후　　흡 사 목 인 견 화 조

< ? >

이 시는 한 마디로 '무심'無心을 말하고 있다. 말은 쉬운데 실현하기가 정말 어려운 일이 '무심'이 아니랴. 마음이란 마치 해변의 벼랑에 끊임없이 파도가 밀려와 부서지듯 감정이 일어나고 생각이 일어나 잠시도 쉬지 않는 것이다. 밤에 깊이 잠들어 꿈도 꾸지 않고 잔다면 아마 '무심'의 상태라 할 수 있을 것 같다. 그런데 어떻게 낮에 눈뜨고 온갖 사람들과 만나며 끝없이 밀려오는 사무를 처리하고 살면서 어떻게 '무심'할 수 있다는 말인가?

　일이고 약속이고 다 팽개쳐 버리고 방문을 걸어잠그고서 들어앉거나 깊은 산속에 들어가 가만히 엎드려 있다면 과연 감정도 생각도 일어나지 않는 '무심'이 이루어질 것인지. 여전히 어려운 일이라 보인다. 예를 들어 빛도 소리도 들어오지 않는 감옥의 독방에 갇혀 있듯이 아무 것도 없고 아무도 만나지 못하는 철저한 고독 속에 빠지면 사람은 자신을 대상화시켜 그 대상화된 자신과 말을 나누게 된다고 한다. 아무도 없는데 혼자 중얼거리고 있는 것도 아마 자기를 둘로 갈라놓고 자기와 말하는 행동일 것으로 짐작된다.

　이 시의 처음 두 구절은 '무심'의 효과를 말하고, 다음 두 구절은 '무심'의 상태를 말해주는 것 같다. 어디에도 어떻게 '무심'을 이루는 것인지 '무심'의 실현 방법을 드러내 보여주지 않는다. 무슨 뜻이 숨어 있는 것일까? 혼자 생각에 지금 방거사龐居士는 산 밑에서 산으로 올라가는 길을 보여주려는 뜻이 없나보다. 저 산 위에 앉아서 시원하게 툭 터진 전망을 바라보며 그 광경과 즐거움을 이야기해주고 있는 것으로 보인다. 이렇게 좋으니 그대들도 이 전망을 보고 싶으면 길을 찾아 올라오라는 이야기인 듯하다.

산마루 위로 올라가는 길은 하나가 아닐 것이다. 가파르지만 질러가는 길도 있고, 완만하지만 돌아가는 길도 있을 것이다. 남들이 이미 다듬어 놓은 길을 따라갈 수도 있고, 자신이 길을 뚫어가며 올라갈 수도 있다. 길마다 각각의 특징이 있고, 중간의 경치도 다양하니 자기 취향을 따라 자유롭게 선택하라고 열어놓고 있는 것이 아니랴. 면벽面壁하여 참선하라고 요구하는 것도 아니요, 어떤 '화두' 話頭를 들고가야 한다고 가르치려드는 것이 아니다. 경전을 읽어 '교'教를 따라 오든지, 참선하여 '선'禪을 따라 오든지 다 허용해주는 것 같다.

결국 그 산마루는 '무심'이라는 한 지점임을 보여준다. 그 산마루에서는 세상이 '허공'으로 지워져버리고 잊혀지는 것이 아니라, 장쾌하게 펼쳐져 있다. '무심'을 이루면 이 세상의 만물이 산마루에 서서 바라보는 세상처럼 자신을 둘러싸고도 자신을 괴롭히기는커녕 한없이 편안하게 해준다는 것이다. '무심'의 산마루에 오르지 못하고 그 산마루에서 '유심'에 사로잡히면 둘러싸고 있는 세상은 내 것이냐 네 것이냐를 가르고, 옳으냐 그르냐 다투고, 살리냐 죽이냐 아우성치는 소리로 가득할 것이니 그 마음이 어찌 괴롭지 않겠는가?

자신을 둘러싼 만물을 없다고 부정하는 것이 아니라 만물과 자신 사이에 방해가 되지 않는다고 말하는 것은 나와 만물이 서로 단절되어 아무 상관이 없어야 한다는 말이 아님을 의미한다. 세상의 만물은 나를 둘러싸고 질서 있게 돌아가는 것임을 말해주는 것이라 생각된다. 마치 봄이 오면 꽃이 피고 봄바람이 불며, 가을이 오면 단풍이 들고 열매가 익어 가듯이 자연의 질서가 조화롭게 운행

되고 있는 것이다. 그래서 나를 괴롭히는 사물도 없고, 내가 괴로워
할 대상도 없다는 것이 아니랴.

'무심'의 효과는 만물 곧 나를 둘러싸고 있는 세상으로부터 내가
자유롭고 편안할 수 있다는 것이다. 사물의 유혹에 동요되어 무너
질 것도 없고, 사물의 압박에 억눌려 끌려다닐 것도 없다. 태양의
주위에 위성들이 말없이 제 궤도를 돌듯 세상의 만물이 나를 둘러
싸고 순조롭게 돌아가고 있는 질서의 아름다움을 보여주고 있는
것이 아닐까?

'무심'의 상태를 설명하면서 나무로 깎아놓은 소는 사자가 포효
해도 겁내지 않는 것이나, 나무로 깎아놓은 인형이 꽃 피고 새 우는
것을 보는 것과 같다고 하였다. 사실 나무로 깎아놓은 소나 사람은
아무 감정이 없을 것이니 겁나는 것도 좋아하는 것도 없다. 그렇다
면 '무심'이란 나무로 깎아놓은 소나 인형처럼 생명이 없는 것으로
'말라죽은 나무'(枯木)나 '불 꺼진 재'(死灰)와 같다는 말인가? 아무
생명이 없는 것이라면 '무심'이 좋을 것이 무엇이기에 '무심'을 이
루려고 한단 말인가? 납득하기 어려운 대목이다.

'나무 소'와 '나무 인형'의 비유는 분명히 생명이 없는 죽음의 상
태를 보여주려는 것은 아니다. 바로 '나무 소'와 '나무 인형'이 되자
는 것이 아니라, '나무 소'나 '나무 인형'처럼 감정의 격랑을 벗어나
초탈한 상태를 확보하자는 것이라 보인다. '나무 인형'이야 아무 감
정도 원천적으로 없는 존재이지만, '무심'의 인간은 감정을 넘어서
서 감정의 격랑에서 자유롭기를 '나무 인형'처럼 해야 한다는 말로
이해하고 싶다. 아마 '무심'의 상태는 감정이 없는 것이 아니라, 감
정이 너무 투명해져서 보이지 않는 것이 아닐까? ▨

대 그림자 섬돌 쓸어도 먼지 일지 않고

노파 적삼 빌어 노파 문전에 절하니
예절 차리기야 이만하면 충분하네
대 그림자 섬돌 쓸어도 먼지 일지 않고
달빛은 호수바닥 뚫어도 물에 흔적 없네.

借婆衫子拜婆門　禮數周旋已十分
차 파 삼 자 배 파 문　예 수 주 선 이 십 분
竹影掃階塵不動　月穿潭底水無痕
죽 영 소 계 진 부 동　월 천 담 저 수 무 흔

< 　? 　>

선禪의 세계는 세간을 벗어나는 출세간出世間에서 한 층 더 벗어나야 하는 것 같다. 그렇게 소중히 받들고 있는 경전의 문자를 다 버려야 하고(不立文字), 인간이 세계를 알고 표현하는 데 필수적인 언어도 벗어나는 '언어도단'言語道斷의 세계이니 무엇이 남아 있겠는가? 인간에 매달려 인간을 속박하고 있는 모든 것을 다 버리고 얻는 해방이요 자유일 것이다. 그러니 인간이 입고 있는 옷도 다 벗어버리고 자연으로 타고난 알몸 그대로 충분하게 여길 것이다.

그래도 세상에 살자면 '문화'라는 형식을 통과하지 않을 수야 없지 않겠는가? 부처 앞에 가서는 부처가 입고 있는 가사 한 벌 빌려 입어 부처님께 절하고, 공자 앞에 가서는 공자가 입고 있는 예복 한 벌 빌려 입고 공자님께 절하면 그만이지, 내가 가사를 챙기고 예복을 챙길 필요야 없다는 말이다. 지금 내가 무엇을 걸치고 있는지는 아무 의미가 없고, 그 껍데기 속에 있는 진짜 알맹이인 나 자신을 곧바로 직시해야 한다는 것이다. 경전의 문자와 인간의 언어도 버렸는데 내가 버릴 수 없는 것이 무엇이 있다는 말인가? 예절이니 법도니 따지는 것은 저 좀스러운 인간들에게 맡겨놓고 상관하지 말아야겠다. 그러니 나를 그들이 지키고 있는 온갖 형식의 틀 어디에도 집어넣어서 규정하려 들지는 말아달라는 요구를 하고 있는 것이다.

이렇게 경계가 없는 '선'의 세계에서는 사실 부처라는 존재도 구속의 굴레로 비쳐질 수 있고 던져버려야 할 족쇄로 비쳐질 수 있다. "부처를 만나면 부처를 죽이고, 조사를 만나면 조사를 죽인다"는 선사의 말이 어떤 정신적 걸림도 남김없이 거부하겠다는 치열한 투지요 처절한 절규로 들린다. 하물며 불교니 유교니 도교니 기독교니 하는 교단이나, 웅장한 법당과 불상이나, 엄숙한 의례와 성직聖職의 위계질서에 어떤 관심이나 흥미를 보일 리가 없다. '선'의 진정한 구도자가 어찌 종파적 집착과 집단이기심의 진흙탕에 즐겨 가담하려 하겠는가? 그런 의미에서 '선'은 어떤 신념과 사상과 제도의 전통보다 자유롭고 청정해야 한다.

야보가 말하고자 하는 '선'이 추구하는 정신은 첫째·둘째 구절에서 절실하게 제시하였던 것으로 보인다. 셋째·넷째 구절은 '선'에서 이루어진 성과를 서술한 것이라 할 수 있지 않을까? '선'이 바르게 추구된다면 그 성과는 저절로 이루어지는 것이라 볼 수 있을 것이다. 버리는 과정 풀려나는 과정이 어려운 것이고, 그 과정을 거쳐 얻어지는 자유롭고 청정한 세계는 결실로서 누리는 것이 아니랴. 문제는 사람들이 결실의 아름다움만 탐하고 추구과정의 지극한 고통과 갈등은 외면하려는 경향이 강하다는 데 있는 것 같다.

셋째·넷째 구절은 달밤의 달빛을 주제로 한다. '달'은 마음을 비유하거나 상징하는 경우가 많은데, '달빛'은 이 마음의 깨달음을 비유한 것이라 보인다. 달빛이 대숲을 비추니, 뜨락에 드리워진 대나무 그림자가 가벼운 바람결에 일렁거리는 광경을 마치 빗자루로 섬돌과 뜰을 쓸고 있는 것 같이 보인다. 그러나 그림자가 아무리 섬돌 위로 쓸고 다녀도 먼지가 일어날 이치가 없다. 또한 달빛이 호수 바닥까지 환하게 비치고 있어도 물에는 아무런 상처나 흔적이 없다. 빛의 세계는 물질의 세계를 바꾸고 고치는 것이 아니라 있는 그대로 비쳐주는 것임을 보여준다.

바로 '선'의 세계는 세상을 바꾸어 보겠다는 의지를 지니고 실행하는 사유가 아님을 말해준다. '선'의 세계는 자신의 마음을 깨우쳐서 밝은 빛을 내게 하고, 이 빛으로 세상을 있는 그대로 비쳐주는 것일 뿐이다. 빛이 세상을 바꾸겠다고 대그림자로 먼지를 일으키고 호수의 수면에 자국을 남긴다면, 지금 달빛이 보여주는 맑고 고요한 세계를 일그러뜨리고 말게 될 것이다. 빛은 세상을 있는 그대로 비쳐주어 드러냄으로써, 세상이 스스로 자신을 아름답게 가꿀 수 있게 해야 하는 것이 아닐까? 적어도 세상에는 스스로 자신을 아름답고 정결하게 가꾸고 싶어하는 의지가 있다고 보기 때문이다.

선사禪師이거나 조사祖師이거나 부처이거나 깨우친 자는 세상을 자신의 판단에 따라 바꾸려 드는 개혁가가 아니다. 자신이 하나의 빛으로 세상을 밝게 비쳐주는 것이 가장 소중한 역할이다. 세상이란 인간이 스스로를 돌아보고 스스로를 바꾸어 갈 수 있게 해주는 빛이 되는 것으로 그 책임과 역할을 다할 수 있다. 소리없이 섬돌을 쓸고 있는 대나무 그림자와 호수 바닥까지 환하게 비쳐주고 있는 달빛은 고요하고 맑은 기상으로 가득 찬 아름다운 광경의 그림을 보고 즐기라는 것은 아닐 것이다. 세상에 자기 의지, 자기 욕심을 전혀 개입하려들지 않고 세상을 있는 그대로 비쳐주어 세상이 스스로를 돌아보게 하는 가르침, 여기에 '선'의 정신이 활발하게 살아나고 있는 것이 아닐까? ❖

물 따라 흘러가는 붉은 꽃잎만 보네

춘삼월 봄볕 거두어 둘 데 없어
한꺼번에 버들가지 위에 흩어버렸네
아깝게도 봄바람 얼굴 안 보이고
물 따라 흘러가는 붉은 꽃잎만 보네.

三月韶光沒處收　一時散在柳梢頭
삼 월 소 광 몰 처 수　일 시 산 재 유 초 두

可憐不見春風面　却看殘紅逐水流
가 련 불 견 춘 풍 면　각 간 잔 홍 축 수 류

〈示徒〉

간화선看話禪의 거장이라는 대혜 종고(大慧 宗杲)가 어느 봄날 제자들에게 이 시 한 편을 제시하였다는 것이다. 분명 '선'의 오묘한 이치를 가장 함축적으로 제시하여 친절하게 일깨워주고 있는 것이리라. 이 시에서 그가 중시하였던 '화두'를 찾는다면 첫째·둘째 구절에서 '봄볕'(三月韶光)과 셋째·넷째 구절에서 '봄바람'(春風面)을 끄집어내어 볼 수 있지 않을까?

　오랜 겨울의 추위에 시달리다가 춘삼월 밝게 빛나는 따스한 봄볕을 만나면 누구나 이 좋은 봄볕을 잘 간직해 두고 싶을 것이다. 『열자列子』의 「양주楊朱」편에는 어느 농부가 봄날 밭을 갈면서 햇볕을 등에 쪼이니 너무 따뜻하고 좋아서, 집에 돌아와 자기 아내에게 "햇볕의 따뜻함을 등에 지고 가는 법은 남들이 모르고 있으니, 우리 임금님께 가져다 바치면 큰 상을 내리실거야"라고 말했다는 우화가 있다. 이것이 봄볕을 바친다는 '헌폭'獻曝의 이야기이다. 봄볕이 얼마나 좋은지 오래 오래 간직해두고 싶지 않은 사람이 어디 있겠는가?

　그러나 아무리 소중한 것이라도 오래 간직할 길이 없다. 가장 먼저 신록의 새싹이 파릇파릇 돋아나는 저 버들가지 위에서 다 흩어져 눈부시게 빛나도록 맡겨버리는 수밖에 다른 도리가 없다. 소중한 것이 어디 봄볕 뿐이랴. 평생을 바쳐 쌓아 놓은 재산이나 이루어 놓은 명성이나 인기도 있고, 그 보다 더 자신의 생명 그 자체가 한 없이 소중할 것이다. 그러나 이 소중한 것들을 어디다 꽉 붙들어 매어 영구히 간직해 보고 싶겠지만, 애초에 될 수 있는 일이 아니다.

그 많은 재산이 손가락 사이로 물이 빠져 나가듯이 자기도 모르게 다 사라지기 십상이고, 그 많은 사람들이 열광하며 모여들던 인기와 명성도 썰물 빠져나가듯이 다 사라지고 언제 망각 속에 파묻힐지 알 수 없는 일이다. 그 목숨도 오래 오래 지켜보려고 보약에 섭생에 운동에 좋다는 것은 다 하며 안간힘을 쓰지만 언제 불려갈지 모르는 처지일 뿐이다. 그러니 어떻게 하면 좋다는 말인가?

그 좋은 것 꽉 붙잡고 있으려 들지 말고 탁 놓아버려라. 이 한 마디를 하고 있는 것이 아닌가? 이 좋은 춘삼월 봄볕 붙잡으려 들지 말고, 턱 내려놓아 버들가지 위에서 이 한 순간에 찬란하게 빛나도록 하라는 것이다. 재산이 정말 아까우면 턱 내려놓고, 이 한 순간에 가장 빛나게 쓰이도록 해보라는 것이다. 명성과 인기도 오래도록 누리려 하지 말고, 이 한 순간에 가장 아름답게 피어나도록 맡겨보라는 것이다. 이 한 목숨도 오래 오래 살다가 또 다음 생에 잘 극락왕생하고 또 다른 생명을 받아 태어나기를 거듭하여 영원히 이어가려 하지 말고, 아낌없이 던져서 이 한 순간에 가장 값지고 보람있고 아름답게 한 번 실현해 보라는 것이다.

영원히 지키는 길은 바로 한 순간에(一時) 한꺼번에 실현되는 것임을 깨우쳐주는 것이 아닌가? 영원과 순간은 반대개념이지만, 바로 이 '반대의 일치'에서 진리가 드러나는 것이다. 영원한 가치는 순간 속에서 이루어지는 것이니, '선'의 깨달음도 영원한 진리를 깨치고자 하는 것이라면, '지금 여기', '이 순간 이 자리'에서 이룰 수밖에 없는 것임을 일깨워주는 것이리라.

'봄바람'의 얼굴을 보고 싶어하는 사람이 있나보다. 얼마나 봄바람이 사랑스럽고 좋았으면 그 얼굴이 보고 싶었을까? 수도자가 평생을 바쳐 찾아 헤매며 보고 싶어 하는 것이 '진리'요 '도'요 깨달음의 지혜가 아니랴. 그런데 진리나 '도' 혹은 '불성'佛性을 어떻게 붙잡고 어떻게 볼 수 있다는 것인가? 붙잡히지도 않고 보이지도 않는 것이라 '공'空이라 하고 '무'無라 하였는데, 이번에는 '공'을 관조하고 '무'를 관조하겠다고 온갖 인고의 수행을 하며 나서니 어쩌면 좋으랴. '봄바람'은 바로 진리요 '도'를 비유한 것이라 생각된다.

대혜 종고는 '봄바람'을 보고 싶다면 봄바람을 보려들지 말고, 저 물 따라 흘러가는 붉은 꽃잎을 보라고 일깨워 준다. 봄바람에 날리는 꽃잎이 물 위에 떨어져 이렇게 물 따라 흘러가고 있으니, 바로 여기에 봄바람이 있지 않은가 라고 외치는 소리가 들리는 듯하다. 진리는 현실의 세계 속에서 드러나는 것이지, 현실을 제거하고 진리를 찾으려 든다면 애초에 나무 위에서 물고기를 잡으려는 것 '연목구어'緣木求魚이니, 되지 않는 일임을 말하고 있다. 이 현실 속에서 진리는 이렇게 아름답게 빛나고 있는데, 어느 허공을 헤매며 진리를 찾고 있는 것이냐 라고 엄하게 문책하는 소리가 들리는 듯하다. 🔲

송(宋) 〈동파 소식東坡 蘇軾(1036-1101)〉

07

냇물 소리 바로 부처님 설법이요

냇물 소리 바로 부처님 설법이요

산 경치 어찌 부처님 법신 아니랴

밤새 팔만사천 게송을 들었건만

다른 날 남들에게 어떻게 알려주랴.

溪聲便是廣長舌　山色豈非淸淨身
계 성 변 시 광 장 설　산 색 기 비 청 정 신

夜來八萬四千偈　他日如何擧似人
야 래 팔 만 사 천 게　타 일 여 하 거 사 인

<贈東林總長老>

같은 소리로 끝없이 이어갈 뿐인 산골 시냇물 소리를 들으면서 어리석음을 깨우쳐주는 한량없는 지혜의 말씀을 엿들을 수 있다면 참으로 말을 잘 알아들을 줄 아는 '귀 밝은 자'가 아니랴. 같은 모습 그대로 고요히 펼쳐져 있을 뿐인 산의 경치를 바라보면서 청정하고 순수한 진실의 형상을 꿰뚫어 볼 수 있다면 참으로 실상을 잘 알아 볼 줄 아는 '눈 밝은 자'가 아니랴.

　거듭하여 자세히 타일러 주어도 말귀를 못 알아듣고 딴 청을 쓰는 사람들을 어디서나 만날 수 있고, 친절하게 짚어가며 가리켜 주어도 무엇인지 못 알아보고 딴 곳을 더듬는 사람들을 어디서나 만날 수 있다. 나 자신도 남의 말귀를 못 알아듣고 세월이 많이 지나서야 그런 뜻이었구나 하고 뒤늦게 깨우칠 때가 있고, 무엇이 옳은지 무엇이 아름다운지 잘 지켜보고서도 어리석음과 게으름으로 딴 짓만 하였던 일이 어디 한두 가지 뿐이겠는가?

　귀가 있다고 누구나 잘 알아듣고, 눈이 있다고 누구나 잘 알아보는 것은 아니다. 뜻 없이 흘러가는 소리들, 까닭 없이 스쳐가는 형상들은 세상에 가득 차 있는데 그 속에서 의미를 깊고 맛있게 알아듣고 크고 웅장하게 알아볼 수 있는 것은 육신의 귀와 눈으로만 할 수 있는 것이 아니다. 마음의 귀(心耳)를 열고, 마음의 눈(心眼)을 떠야 한다.

　마음의 귀가 열리면 맑고 시원한 물소리만 부처님 설법으로 들리는 것이 아니다. 길거리에 난무하는 억지 쓰고 악쓰는 소리가 모두 인간 삶의 진실을 노래하는 부처님 말씀으로 들리게 될 것이다. 이것이 바로 '이순'耳順이 아니랴. 마음의 눈이 열리면 푸르고 고운 산빛만 부처님 법신으로 보이는 것이 아니다. 불결하고 추악한 뒷골목 부랑자나 망가지고 꺾여진 사람들 모습이 모두 인간 삶의 실상을 드러내 보여주는 부처님 모습으로 보이게 될 것이다. 어디 '이순'만 있겠는가? '목순'目順도 있을 것이다.

물소리에서 무슨 소리가 들리는가? 밖으로는 물이 지닌 이치가 우리를 깨우쳐주는 말을 할 것이다. 공자는 냇가에 서서 흘러가는 물을 무심히 바라보다가 "지나가는 것은 이와 같구나. 밤낮으로 쉬지 않는구나"(逝者如斯夫, 不舍晝夜.《『논어』, 子罕》)라고 한 마디 하였다. 지구가 돌고 시간이 흐름에 잠깐도 쉼이 없다. 우주의 변화가 쉬임없이 일어나고 있다고 흐르는 냇물이 말해주는 것을 들으셨던가 보다. 안으로 마음에 켜켜이 쌓였던 감정이 물에 비쳐 말을 해줄 것이다. 단종을 영월에 안치시켜 놓고 돌아오는 금부도사禁府都事 왕방연王邦衍은 흐르는 냇물소리를 들으며, "저 물도 내 마음과 같아서 울어 밤길 예누나(가누나)"라고 읊었으니, 자신의 말 못할 감정을 물소리에서 듣고 있는 것이다.

물소리가 들리고 산의 경치가 보이는 것은 먼저 자신의 껍질을 벗겨내어야 한다. 귀를 열고 눈을 뜨듯이 자신에 사로잡혀 있지 말고 자신과 세상을 소통하게 해야 한다. 자기 속에 사로잡히면 아무 말도 제대로 안 들리고 아무 것도 제대로 보이지 않는다. 원래 이·목·구·비의 감각기관이란 생명체가 세상과 소통하게 해주는 장치이다. 그런데 신체적 기능에서는 인간의 감각기능이 동물에게 훨씬 못 미치지만 정신적 기능에서는 무제한 열려있는 것이 바로 인간이 지닌 특성이다. 눈에 보이고 귀에 들리고 코로 냄새 맡고 혀로 맛보고 몸으로 느끼는 모든 것에서 감각의 세계를 넘어 의미의 세계가 열려 있다. 문제는 우리가 감각기관의 정신적 기능 곧 마음의 감각기관을 어떻게 열어주느냐 하는 것이다. 마음의 시각, 마음의 청각, 마음의 후각, 마음의 미각, 마음의 촉각을 여는 공부를 좀 해보자는 말이다.

마음의 문이 열리면 바로 마음의 감각기관이 열리게 된다. 마음의 문을 열자면 이기적 욕심과 격정의 분노와 짓눌린 어리석음을 깨뜨려야 한다. 마음의 문이 툭 터지고 활짝 열리는 것이 반야般若의 지혜가 아닐까? 마음의 문이 툭 터지면 새로운 세상, 아름다운 세상, 충만한 세상이 열릴 것이요, 바로 이것이 깨달음의 세계, 열반의 세계, 축복의 세계가 아니겠는가? 소동파는 물소리가 새롭게 들리는 귀가 열렸을 때, 산의 경치가 새롭게 보이는 눈이 열렸을 때, 그래서 이 시를 짓는 순간 법열法悅을 느꼈을 것이다.

자신이 깨달은 소식을 남들에게 어떻게 알려주고 전해줄까 걱정하거나 고심하고 있는 것은 아닌 것 같다. 왜냐하면 그 법열이란 어차피 보여줄 수도 들려줄 수도 없는 자기만의 것이기 때문이다. 오히려 그는 짐짓 남들을 끌어들여 자신의 가슴속에 깨달음의 기쁨이 충만함을 더욱 즐기고 있는 것이리라. 다만, "그대도 이런 법열을 누려보기 원한다면 그대 마음의 문을 열고, 그대 마음의 눈을 뜨고, 마음의 귀를 열어보시게나." 이렇게 말하고 있는 것인지도 모르겠다. ▣

명(明) 〈감산 덕청憨山 德淸(1546-1623)〉

조사의 뜻 풀 끝마다 분명하구나

조사의 뜻 풀 끝마다 분명하구나
봄 숲에 꽃피니 새소리 그윽해라
아침 빗발 스쳐간 산 세수를 했나
붉고 흰 꽃가지 마다 이슬 맺혔네.

祖意明明百草頭　　春林花發鳥聲幽
조 의 명 명 백 초 두　　춘 림 화 발 조 성 유

朝來雨過山如洗　　紅白枝枝露未收
조 래 우 과 산 여 세　　홍 백 지 지 로 미 수

<曹溪四時詠>

감산 덕청(憨山 德淸)은 육조 혜능(六祖 慧能)이 계시던 조계曹溪(廣東省 曲江縣 雙峯山下)의 사계절을 읊은 시에서 봄의 경치를 노래한 것이다. 그런데 자연의 경치만을 노래한 것으로 읽고 넘어갈 수가 없다. 중국 남종선南宗禪의 원류를 이룬 조계의 봄날 경치 속에 녹아들어 있는 '선'의 오묘한 세계를 느껴보고 싶은 시이다.

'조사의 뜻'(祖意)이란 '불법佛法의 핵심을 단적으로 가리키는 말'이라 하였다. 봄날 산골짝 한 모퉁이에 감산이 서 있다. 그는 사방에 아무렇게나 새로 돋아난 풀섶에 서서 흔해빠진 풀잎을 가리키며 외치고 있는 것이다. "이 보게. 이 보잘 것 없는 풀 끝 하나하나에도 불법의 진리가 선명하게 드러나고 있지 않은가. 어서 와 보게나"라고 외치며 손짓하는 듯하다. 이른 봄 새로 싹터 나오는 풀잎에서 생명의 신비를, 우주의 원리를, 불법의 진리를 발견한 것이다.

의상義湘은 「화엄일승법계도華嚴一乘法界圖」에서 "미미한 티끌 한 낱 속에 온 우주를 머금고 있다"(一微塵中含十方)고 하였으니, 진리는 무슨 큰 사건이나 큰 사물에서만 드러나는 것이 아니라, 티끌 하나 속에도 모두 들어 있다는 것이다. 오늘날 우리는 현미경이 고도로 발달하여 인간의 눈으로는 도저히 볼 수 없는 분자의 수준인 유전자의 세계에서 생명의 비밀이 온전히 간직되어 있다는 사실을 과학적으로도 증언할 수 있지 않은가? 풀잎이나 티끌이 지구보다 작다고 말하는 것은 부피나 무게의 수량으로는 분명하지만, 그 속에 담긴 진리에서는 풀잎이나 티끌이 어찌 지구보다 작다고 말할 수 있겠는가?

봄날의 숲 속으로 조금 더 걸어 들어가 보자. 사방에 꽃이 피고 새가 지저권다. 봄날 생명이 분출되어 넘쳐흐르는 숲을 거닐면서 생명의 충만함을 느끼지 못하고 생명의 신비로움을 느끼지 못하는 사람이 있겠는가? 이제 풀잎에서만 아니라 피어나는 꽃에서 지저귀는 새에서 솔가지를 스치는 바람에서 어디에서나 생명을 느끼고 생명의 신비와 함께 조사의 뜻 곧 진리가 생생하고 활발하게 드러나고 있는 현장을 경험할 수 있을 것이다.

　마치 악기 하나하나가 완벽하게 아름다운 선율로 연주되고 있다 하더라도 오케스트라에서 온갖 악기가 모여서 웅장한 화음을 이루었을 때의 황홀감은 더 격렬하게 다가올 수 있는 것이라고나 할까. 풀잎 하나하나까지 우주 전체가 이루어내는 화음의 장엄한 대합창을 한 번 들어보라고 초대하고 있다. 이 우주의 대합창에도 입장권을 가져야 들어갈 수 있는 것처럼 한 가지 조건, 곧 귀가 열린 자라야 들을 수 있고, 눈을 뜬 자라야 볼 수 있다는 조건이 붙어 있는 것 같다.

　아침에 봄비가 잠시 내리고 날이 개이니, 산들은 막 세수를 하고 나선 듯 해맑다. 이 아름다운 봄날에는 무슨 일이 일어나도 아름답기만 하다. 꽃이 새로 피어나도 아름답고, 새가 울어도 아름답고, 비가와도 아름답고, 바람이 불어도 아름답다. 풀도 나무도 아름답고, 숲도 산도 아름답고, 구름도 하늘도 아름답다. 왜 이렇게도 유난스럽게 아름다운 것인가? 이 모든 장면에서 생명이 싱그럽게 약동하기 때문이요, 그래서 내 가슴속에서 생명의 신비가 설레임으로 뛰고 있기 때문이요, 그래서 진리의 빛이 눈부신 햇살처럼 밝게 빛나고 있기 때문이 아니겠는가?

　봄비가 지나가고 나니 산들만 해 말갛게 모습을 드러내고 있는 것이 아니다. 호수도 숲도 모두가 선명하게 빛난다. 더구나 꽃가지마다 흰꽃 붉은 꽃들이 흐드러지게 피었고, 그 꽃잎마다 이슬방울이 맺혀 햇볕에 찬란하게 반짝이고 있는 광경은 얼마나 아름다운가. 꽃잎에 맺힌 물방울 하나하나에 숲이 비치고 산이 비치고 하늘이 비치니, 인드라망(因陀羅網·帝網)이 겹겹이 이루어진 찬란한 법계法界를 드러내고 있는 것이 아닌가? 꽃잎에 맺힌 이슬방울 하나에서 우주를 본다는 것은 진리가 드러나는 세계의 말로 형언할 수 없는 아름다움을 표현한 것이리라.

봄날의 경치가 아름다움이야 중언부언 할 필요가 없다. 그러나 계절의 아름다움은 봄날만이 아니다. 여름은 우거진 녹음이 아름답고, 가을은 화려한 단풍이 아름답고, 겨울은 순백으로 덮어주는 설경이 아름답다. 문제는 자연 속에서 아름다운 경관을 보는 모든 순간에, 바로 거기에서 진리가 드러남을 발견할 수 있는 눈을 떠야 한다는 것이다. 자연의 경치만 그러하겠는가. 인간과 인간이 만나는 삶의 모든 장면에서 아름다움과 감동의 순간이 바로 진리가 드러나는 순간일 것이다. 아름다움만 진리를 드러내는 것이 아니다. 희·노·애·락(喜怒哀樂)의 온갖 감정이 일어나는 모든 순간에 어디에나 진리는 드러나고 있을 것이다. 그 가운데서도 가장 잘 드러나는 대목이 이 봄날 생명이 터져 나오는 아름다움의 신비로운 장면임을 보여주는 것이 아닐까? 🏵

깊은 봄 옛 절은 한적해 일이 없고

깊은 봄 옛 절은 한적해 일이 없고
바람 자는데 뜰에 가득 들꽃이 졌네
맑은 저녁하늘 엷은 구름 사랑스러워
이산 저산 무시로 두견새 우네.

春深古院寂無事　風定閑花落滿庭
춘 심 고 원 적 무 사　풍 정 한 화 락 만 정
堪愛暮天雲晴淡　亂山時有子規啼
감 애 모 천 운 청 담　란 산 시 유 자 규 제

< ？ >

'선禪'의 세계는 고요한 것을 너무 좋아한다. 절이니 스님들은 있을 터인데, 모두 참선에 들어갔는지 사람의 말소리도 경을 읽는 소리도 아무 소리도 들리는 것이 없다. 너무 고요하다. 언제까지나 이렇게 고요하다가는 긴장이라고는 다 풀려 맥을 놓게 될까 걱정스럽다. 그렇지만 왜 고요함이 소중하게 여겨지는 것인지를 다시 한번 생각해볼 필요가 있다. 사람들이 살아가는 세상은 너무 시끄럽다. 온갖 주장이 튀어나오고 선전하는 소리가 쉬지 않고 쏟아져 나온다. 괴롭다고 질러대는 비명과 기쁘다고 외쳐대는 환호의 온갖 소리가 너무 시끄럽다. 옛날에는 수레바퀴 지나가는 소리가 시끄러웠을 터지만 이제는 길에 나서면 온갖 자동차소리가 귀를 멍멍하게 한다.

　고요함은 그 자체로 완전한 것이 아니라, 소란함과 마주하였을 때 그 소중한 가치가 제대로 살아나는 것 같다. 밤낮없이 소란한 소리 속에 시달려 왔던 신경을 풀어주고 지칠 대로 지친 영혼을 쉬게 해주려면 고요함이 필요하다. 인간의 감각기관이 항상 밖을 향해 열려 밖으로 치달리고 살다가, 고요함 속에 들어와 감각기관을 모두 닫고 쉬게하면 또 하나의 새로운 눈이 떠져서 안으로 우리 자신을 들여다보게 해준다. 그래서 고요함이 소중한 줄을 알겠다.

　그러나 고요함만 추구하다가 고요함에 빠져서 세상을 향한 관심을 모두 꺼버리고 문을 닫아걸고 들어앉거나 산 속에 파묻혀 끝내 나오지 않는다면, 그것도 또하나의 병통이 될 수 있을 것이다. 고요함이란 소란함에서 단절되어 따로 있는 것이 아니라 연결되는 통로를 유지해야 할 필요가 있다. 그래서 돌쩌귀가 움직이지 않고 붙어 있기 때문에 문짝이 마음대로 열고 닫힐 수 있는 것처럼, 고요함은 소란한 움직임의 중심축이 되어야 이른바 본체와 작용이 서로 맞물려 제대로 기능할 수 있지 않겠는가.

혜심惠諶의 이 시는 바로 그 고요함의 극치에서 움직임으로 연결되는 실마리를 보여주는 것이 아닐까? 이런 생각을 해보았다. 그 고요함은 죽음의 정적이 아니라, 생명력이 속에서 살아 움직이는 고요함이요, 세상의 소리와 연결통로를 찾고 있는 고요함이라는 생각이 든다.

첫째 구절에서는 때가 깊은 봄이요, 장소가 오래된 옛 절이며, 상황은 아무 일이 없이 한적함을 보여주고 있다. '봄'과 '옛 절'은 잘 어울리는 것 같기도 하고 조금 어긋나는 것 같기도 하다. '옛 절'은 역사의 무게가 묵직하게 깔려 있기도 하거니와 한적하여 아무 일도 없다는 상황에 잘 맞다. 그러나 '봄'은 결코 한적하고 아무 일이 없는 시간이 아니다. 풀 한 포기 나뭇가지 하나에서도 꽃이 피고 잎이 피며, 나비와 벌들이 날고 바쁘기 그지없는 계절이다. 겨우내 땅속에서 동면하던 곰도 뱀도 다 나와서 먹이를 찾아 헤매고 있는데 어찌 한가하기만 할 수 있겠는가? 더구나 마을에서는 밭을 갈고 씨를 뿌리며 눈코 뜰 새 없이 바쁜 철인데, 어찌 아무 일이 없이 졸음에 겨워 하품이나 하고 있을 수 있단 말인가?

그렇다면 '옛 절'의 고요함이 축이 되어, '봄'이 안심하고 바쁘게 돌아갈 수 있는 것이나 아닌지 궁금해진다. 둘째 구절은 절 마당에서 일어나는 일이다. 봄바람이야 치맛자락이 날리도록 불어야 하는 것인데 고요히 잠들었고, 꽃은 나뭇가지 위에서 피어 있어야 하는

데 절 마당에 가득 떨어져 있다. 움직임과 고요함(動靜), 열림과 닫힘(開闔)이 따로 노는 것이 아니라 서로 긴밀하게 연결되어 있음을 보여준다.

셋째 구절에서 사람의 감정이 흘러나오고 있다. 어디에서도 사람의 모습은 보이지 않지만 이미 '아무 일이 없다'고 말할 때부터 거기에 있었던 것이며, '뜰에 가득 들꽃이 졌네'라고 할 때에 그 시선이 움직이고 있음을 말해준다. 이 옛 절에서 '본성을 보고자'(見性) 고요히 참선에 들었던 사람이 '본성'은 말하지 않고 '감정'을 말하고 있다. 해가 저물어가는 저녁 하늘이 맑게 개였는데 가는 구름이 빗겨 있으니 노을이 물들고 있겠지. 이 저녁하늘의 노을지는 구름을 사랑한다고 고백하고 있다. '감정'은 비록 잔잔하게 표현되고 있지만 분명하게 물결치며 움직이고 있다. 이렇게 물결치며 움직이는 '감정'의 바탕에 움직이지 않는 '본성'이 축으로 버티고 있기에 이 '감정'은 결코 빗나가거나 도를 넘어서지 않을 줄을 알 것 같다.

넷째 구절에는 움직임이 소리로까지 번져가고 있다. 사방의 산골짝에서 두견새가 울고 있는 것이다. 그렇다면 이제 고요함은 끝나고 소리의 소란한 세계로 들어가고 있다는 말인가? 그렇지가 않다. '옛 절'의 고요함은 이 '산'이 움직이지 않는 것보다 더 움직임이 없이 고요한 중심축으로 버티고 있다. '옛절'의 고요함이 중심축이 되어 구심력으로 버티고 있다면 이제 감정의 물결이 저 하늘 위까지 퍼져나가고 사방의 산들에서 우짖는 '두견새'를 비롯하여 이 세상 온갖 소리가 퍼져나가면서 원심력으로 작용할 것이다. 그래야 이 소란함이 파탄이 아니라 세상을 움직이는 힘으로 건강하게 작용할 수 있을 것이고, 그 중심에서는 언제나 고요함이 지켜주고 있음을 보여주는 것이 아닐까? ▨

소리와 풍광 속에서 고요함 기르리라

날마다 산을 보아도 보기 모자라고
무시로 물소리 들어도 듣기 싫지 않네
저절로 눈과 귀가 맑고 상쾌하니
소리와 풍광 속에서 고요함 기르리라.

日日看山看不足　時時聽水聽無厭
일 일 간 산 간 부 족　시 시 청 수 청 무 염

自然耳目皆淸快　聲色中間好養恬
자 연 이 목 개 청 쾌　성 색 중 간 호 양 념

<閑中自慶>

맑고 화평한 기상이 글 바깥으로까지 흘러 넘쳐서 읽는 것만으로도 마음이 즐거워진다. 종교적 구원은 심각한 고뇌와 처절한 고행과 엄격한 수행으로만 얻어지는 것은 아닌가 보다. 지금 이 순간 마음 한 번 탁 내려놓고 보이는 대로 보고 들리는 대로 들으며 행복하다면 거기에도 분명 구원이 있을 것 같다. 솔직하게 원감圓鑑의 이 시를 만나서 무척 기뻤다.

이 시의 첫째 구절과 둘째 구절은 산중에서 산을 바라보고 시냇물 소리를 들으며 살아가는 산승의 생활을 이야기하고 있다. 보고나서 돌아서면 또 보고 싶은 사람이 있고, 듣고 나서 돌아서면 또 듣고 싶은 목소리도 있다고 한다. 젊은 시절의 열정에서 흔히 있을 수 있는 일이다. 그러나 늙은이에게도 보고나서 또 보고 싶은 시가 있고 듣고 나서도 또 듣고 싶은 노래가 있다. 가슴에 울려오는 것이 있으면 자꾸 되풀이해서 보고 들어도 싫증이 나지 않을 게 당연하다.

산에 들어가 며칠 지내본 경험이 있는 사람은 누구나 안다. 눈만 뜨면 보이는 것이 산이다. 아마 산과 하늘뿐이라고 말해야 더 사실에 맞을 것 같다. 귀는 눈처럼 감을 수도 없으니 잠이 들었을 때 이외에는 모든 순간에 들린다. 아무런 변화가 없이 너무 똑같은 풍경과 똑같은 소리가 지속하고 있으니 단조로움에 염증이 날만도 하다. 그러나 똑같은 산을 바라보고 똑같은 물소리를 듣고 앉아서도 한 사람은 지루해서 못견뎌하고 한 사람은 너무 재미있어 하고 행복해 하는 양극적 태도를 보일 수가 있다.

아주 오래전에 읽은 글에서 이런 이야기가 있었다. 어느 유명한 시인이 외딴 무인도에 놀러갔다가 등대를 지키는 노인을 만났다고 한다. 얼마나 외롭고 심심할지 위로를 하면서 자신의 시집 한권을 선물로 주었더니, 그 노인은 자기가 평생토록 읽어왔지만 아직 다 못 읽은 시집이 있다고 했다. 깜짝 놀라 어떤 시집이냐고 물었더니, 두 페이지짜리로, 한 페이지에는 하늘이 있고, 다른 한 페이지에는 바다가 있다고 대답하였다는 것이다. 아마 그 노인은 바다와 하늘의 똑같은 그림을 평생 지켜보면서 무궁무진한 이야기를 읽어내고 있었던 것이리라. 아마도 하늘과 바다 이 둘과 더불어 무궁무진하게 대화를 해오고 있었던 것이 아닐까? 그러니 지루한 줄도 외로운 줄도 모르고 살아왔을 것이 틀림없다.

　날마다 산을 보아도 또 보고 싶고, 무시로 물소리 들어도 싫증이 나지 않는다고 하니, 그는 분명 이 산과 물을 깊이 사랑하여 그 속에 빠져 있음이 분명하다. 이렇게 산과 물소리를 좋아하면 이미 그 자신이 산과 물소리에 빠져 있을 뿐만 아니라, 산과 물소리도 그의 가슴속에 들어와 앉았다고 해야 할 것이다.

　셋째 구절에서 눈과 귀가 저절로 맑고 상쾌해진다는 것은 아무 걸림이 없이 투명해졌다는 것이다. 그렇다면 무엇으로 산의 풍광을 바라보고 무엇으로 물소리를 듣는다는 것일까? 이 말은 '마음의 눈'(心眼)으로 보고 '마음의 귀'(心耳)로 듣는다는 말이라 이해된다. '마음의 눈'이 떠지면 보이는 것마다 '천리'天理요 '불신'佛身이 아니랴. 그러니 똑같은 산을 보면서도 단조롭기는커녕 무궁무진한 세계가 보이지 않겠는가? '마음의 귀'가 열리면 들리는 것마다 '천명' 天命이요 '불법'佛法이 아니랴. 그래서 똑같은 물소리가 싫증나기는커녕 무궁무진 재미있는 말씀이 이어지지 않겠는가?

공자는 예순의 나이에 귀가 순해졌다는 '이순'耳順을 경험했다고 말했다. 세상에 온갖 소리가 아무 것도 귀에 거슬리지 않으며, 의미 있게 들리고 소중하게 들렸다는 이야기다. '마음의 눈'이 떠지고 '마음의 귀'가 열리면 세상에 무엇 하나 미워하고 싫어할 것이 있겠으며, 끊어내고 내다버릴 것이 있겠는가? 번뇌를 끊어야 하는 단계를 넘으면 번뇌가 바로 보리(菩提)로 살아나는 세계가 열릴 것이며, 중생을 벗어나야 하는 단계를 넘으면 중생이 바로 부처로 살아나는 세계가 열릴 것이 아닌가?

넷째 구절은 바로 이 시의 결론이다. 냇물 소리와 산의 풍광 속에서 고요함 기르겠다는 것은 바로 현상의 세계와 진리의 세계가 둘이 아님을 말해주는 것이리라. 곧 "색이 곧 공이요, 공이 곧 색이다"(色卽是空, 空卽是色)라는 선언을 훨씬 쉽고 감각에 와 닿게 설명해주고 있는 것으로 생각된다. 그렇다면 어디 산중 절간에서 보이는 산의 풍광과 물소리만 인정할 수 있다는 말인가? 온갖 어지러운 광고판이 즐비한 거리의 풍광과 소음과 탄성과 비명소리가 가득 찬 중생들의 삶의 현장이 바로 그 속에서 '공'空을 발견하고 '고요함'(恬·靜)을 기를 수 있는 자리로 확인할 수는 없는가? 나는 원감의 이 시에서 '출세간'에서 빠져나와 세간으로 돌아오는 '환세간'還世間 내지 세간에 뛰어드는 '즉세간'卽世間의 길을 읽고 싶은 마음이다. ▦

흰 구름에 누워서 잠이나 잘까

온 누리 툭 트여 막힌 데 없고
사면에는 여닫는 문이 없네
부처와 조사도 올 수 없는 곳
흰 구름에 누워서 잠이나 잘까.

十方無壁落　四面亦無門
십 방 무 벽 락　사 면 역 무 문

佛祖行不到　閑眠臥白雲
불 조 행 부 도　한 면 와 백 운

< ? >

이 시에 대해 "깨달음의 세계를 깨달음 세계 안에서 보여 주는 이야기다"라 하고, 또 "한 생각 일어나면 그르치는 절대적인 무無의 경지를 은유적으로 표현해 본 것"이라 지적한 해석이 있다.(志安, 『바루 하나로 천가의 밥을 빌며』, 계창, 2008, 214-215쪽) 나는 이 해석을 두 말할 것도 없이 그대로 받아들인다. 다만 나 자신이 좀 더 쉽게 이해할 수 있도록 약간 풀어서 설명해보고 싶을 뿐이다.

　가장 먼저 알아보고 싶은 문제는 주인공이 깨달음의 세계에 대해 설명하고 있는 것인지, 그렇지 않으면 깨달음의 세계를 몸소 살고 있는 것인지를 확인하는 것이다. 깨달음에 대한 설명이 인식의 문제인가 실천의 문제인가부터 짚어보자는 말이다. 인식의 문제라면 대상에 대해 구조나 성질을 분석하여 제시할 것이고, 실천의 문제라면 어떻게 행해야 할지 방향을 제시할 것이 아닌가? 곧 인식의 문제인가 실천의 문제인가에 따라 깨달음의 내용이 달리 드러날 것이라는 사실을 알 수 있을 것 같다. 석가모니는 깨닫고 나서 그 깨달음을 '사성제'四聖諦와 '팔정도'八正道로 제시하였던 것은 이 깨달음으로 어떻게 중생을 제도할 것인가 실천의 문제에 초점을 맞추었기 때문이 아닌가 생각한다.

　이에 비해 후세의 선사禪師들은 깨달음의 문제를 먼저 인식의 관심에서 접근하고 있는 것으로 보인다. 깨달음의 세계가 어떠한 것인지 설명하는 데 초점을 맞추고, 깨달으면 무엇을 해야 하는지에 대해서는 구체적 설명이 없다. 그것은 올바르게 깨달음을 얻으면 그 실천의 문제는 저절로 해결될 것이라는 입장이라 할 수 있을 것 같다. 깨달음의 본체를 인식하면 그 작용으로서 실천은 저절로 해결될 것이라는 말이다. 본체를 안으로 삼고 작용을 바깥으로 삼는 본체중심의 사유로 나타난다.

여기서는 인식이 실천에 앞서야 하는 것이 마땅하다. 어디로 갈지를 올바르게 인식해야 제대로 그곳에 갈 수 있다는 말이니, 이른바 '앎이 앞서고 행함은 뒤에 온다'(先知後行)는 주장이다. 그런데 현실에서는 알기만 하고 행하지는 못하는 지식인이 많이 있다. 보통사람들도 알기는 하는데 몸이 따르지 못해 행동으로 실행하지를 못하는 경우가 얼마든지 있다. 그래서 앎은 행동의 방향을 제시해주고 행동은 앎을 실현해주는 것으로 서로 돌아보는 상호보완의 작용을 하고 있다고 한다. 인식(知)과 실천(行)은 사람이 걸어가는 두 발이나 새가 날아가는 두 날개, 혹은 수레가 굴러가는 두 바퀴에 비유하여 서로 분리될 수 없는 것임을 강조해오지 않았던가? 어떻던 보우普愚의 이 시에서는 깨달음의 세계에 대한 설명은 뚜렷한데 그 실천을 향한 방향이 보이지 않는 것이 아닌지 의문이 일어나는 것을 눌러두기만 할 수가 없다.

깨달음의 세계를 그려내는 인식의 관심에서도 깨달음의 안에서 깨달음의 본질을 설명하는지, 깨달음의 바깥에서 깨달음의 드러나는 양상을 설명하는 것인지의 차이는 매우 중요한 문제라 생각된다. 먼저 깨달음의 바깥에서 깨달음의 드러나는 양상을 설명하는 경우를 살펴보자. 문제는 깨달음의 바깥에서 깨달음을 설명하는 사람들 가운데는 그 자신 깨달음이 없이 깨달음에 대해 설명하는 경우가 있다는 사실이다. 마치 어느 산골 영감이 서울에 가보지도 못했지만 남들의 이야기를 듣고 자신의 상상력까지 활용하여 서울에 대해 설명하고 있는 경우가 이에 해당한다. 마침 그가 구변이 좋아 서울을 너무나 웅장하고 화려하며 아름답게 설명해 주어, 듣고 있던 온 동네 사람들이 깊이 감동을 받고 감탄을 금치 못할 수가 있다. 그러나 그 영감이 찬란하게 묘사해낸 서울은 실제의 서울이 아니다. 그렇다면 깨달음이 바깥으로 드러나는 양상을 설명하더라도 한 번 깨달음 속에 들어갔던 경험이 있는 사람이 설명해야 진실한 설명이 되지 않겠는가?

보우는 분명 깨달음의 안에서 깨달음을 설명하고 있는 것 같다. 먼저 그 깨달음의 세계에서는 아무 데도 담벽으로 막힌 곳이 없는(無壁落) 세계라는 '무한성'을 증언하였고, 다음으로 그 속에서는 이 길로 들어가고 저 길로 나가도록 정해진 문이 아무 데도 없다(無門)는 '무제약성'을 증언해주며, 또 그 다음으로는 부처니 조사니 하는 인격의 차등의식으로서는 결코 도달할 수 없다(不到)는 '무분별성'을 증언해주고 있는 것으로 보인다. 인간의 의식 속에서 일어나는 범위와 규칙과 계층 등 모든 관념과 분별이 부정되는 세계이니, 과연 '절대무'絶對無라고 할 수 있을 것이다.

그러나 깨달음의 근처에도 못 가본 나는 왜 보우가 깨달음 속에서 증언해주는 내용에 의문이 생기는 것인지 송구스럽기도 하고 두렵기도 하다. 과연 깨달음 안에서는 '없다' 혹은 '아니다'라는 말로 설명할 수밖에 없는가라는 질문이다. '없다' 혹은 '아니다'라는 말은 이미 분별의식을 전제로 그 분별의식을 부정하는 것이니, 아직도 분별의식에 매달려 있는 것이나 아닌가? 과연 깨달음 안에서는 솟아나오는 것이 아무 것도 없는지도 궁금하다. 그 속에 황홀한 빛이 비추어 나올 수도 있고, 나를 압도하는 힘이 나올 수도 있고, 내 영혼을 탁 터지게 하는 지혜가 감전되듯이 나에게 밀려들어 오는 일은 없는 것인가? 부정을 통해 깨달음의 세계를 드러내는 것도 한 가지 방법이지만 어떤 적극적 설명도 없다면 그야말로 '허무'虛無에 떨어질 위험은 없는 것인지 궁금하다.

　보우는 이 깨달음의 결론으로 "저 하늘에 떠 있는 흰 구름 위에 누워 한가롭게 낮잠이나 자볼까"라고 말한다. 그는 분명 깨달음의 세계 안에서 충족을 얻었나 보다. 구름 위에 떠 있는 황홀감도 느낀 것 같다. 깨달음 속에서 아무 부족함이 없는 충만된 행복감을 얻고서 그 다음 무엇을 하겠다는 것인가? '한가롭게 낮잠이나 자겠다'는 것은 '도'에 통달하면 아무 것도 인간이 조작적 행위를 할 필요가 없다는 '무위'無爲의 세계를 말하려는 것인가? 이해는 갈 것 같은데 나의 기대와는 너무 동떨어져 있다. 서양 사람들 식으로 반박한다면 "그래서 어쨌다는 것이냐"(so what)라고 말하고 싶다. 너무 무례한 질문이지만 솔직히 이렇게 물어보고 싶은 생각이 굴뚝같이 일어난다. "과연 선사께서 그 속으로 들어갔던 깨달음의 세계가 어느 수준의 깨달음의 세계인지 확인할 수 있는 방법은 없습니까?" 🏵

허공을 때려 부수니 안팎이 없어지고

허공을 때려 부수니 안팎이 없어지고
티끌하나 없는 자리 뚜렷하게 드러나네
돌아서서 곧장 태초 부처님 뒤를 꿰뚫으니
보름달 서늘한 빛 낡은 침상을 비추네.

擊碎虛空無內外　一塵不立露堂堂
격쇄 허 공 무 내 외　일 진 불 립 로 당 당
翻身直透威音後　滿月寒光照破床
번 신 직 투 위 음 후　만 월 한 광 조 파 상

< ? >

'도'를 깨닫는 것을 '깨친다'하니, 깨뜨리고 나온다는 말이다. 무명無明의 굳은 껍질을 깨뜨려야 지혜가 열려 밝은 빛이 쏟아져 나온다는 것이다. 나옹스님은 마음의 '무명'을 깨뜨리기 위해 안으로 들여다보는 길이 아니라, '허공'을 때려 부수는 바깥으로 향한 길을 보여준다.

나옹스님이 깨부수려 한 '허공'은 두 가지 뜻이 있는 것 같다. 하나는 천지 만물을 모두 담고 있는 바깥 세계의 전체를 이루는 공간으로서의 '허공'일 것이다. 바깥 세계를 의식하면서 인간은 분별의 사유를 하게 되고, 너와 나(彼我)를 나누고, 안과 밖(內外)을 나누고, 아름다움과 추악함(美醜)을 나누고, 옳음과 그름(是非)을 나누니, 분별에 분별이 거듭되며 온갖 대립과 갈등이 일어난다. 이 바깥의 공간세계를 단박에 깨뜨리고 나면 온갖 분별이 모두 사라지지 않을 수 없을 것이다.

그러나 '허공'에는 또 하나의 의미가 있는 것으로 보인다. 불교에서 인간의 감각과 사유가 빚어내는 모든 현상의 세계를 깨뜨리면서 그 본질을 '허공'이라 한다. 그렇다면 '허공'은 모든 현상적 존재 곧 '만유'와 상대되는 말이요, '만유'와 '허공', 내지 '유'와 '무'의 대립은 또하나의 안과 밖을 나누는 사유의 형식이 되지 않을 수 없다. 본질로서의 '허공'을 깨부수면 이제 현상과 본질의 분별이 사라져 안과 밖이 없어지는 세계가 열리게 될 것이다.

나옹스님은 공간으로서의 '허공'과 본질로서의 '허공'을 한 주먹으로 때려 부수어 분별 자체가 원초적으로 불가능한 세계를 열려고 하였던 것 같다. 그래서 드러나는 세계는 '티끌 하나도 세울 수 없는 자리'(一塵不立)이다. 그것은 또 하나의 자리인가? '티끌 하나도 세울 수 없는 자리'는 '자리'이기를 부정하는 '자리'이다. '공'이나 '무'라는 개념의 티끌조차도 세우기를 거부하는 것이다. 그러면 아무 것도 없는 공허한 세계인가? 그는 '티끌 하나도 세울 수 없는 자리'가 뚜렷하게 드러난다는 체험을 표현하고 있다. 그것은 관념 속에 떠오르는 '공'이나 '무'가 아니요, 아무 이름도 붙일 수 없는 것이면서 당당하고 뚜렷하게 닥쳐오는 자리이다. '여여'如如하다고나 할까? '그렇지 그럼'이라고나 할까? 가슴에 벅차게 닥쳐오지만 아무 분별적 사유가 불가능한 진실재眞實在의 세계와 확실하게 하나가 되고 있다.

나옹스님에게는 모든 분별적 사유의 세계를 깨부수는 것으로 끝나지 않는다. 또 하나 허물어야할 것이 있다. 곧바로 두 번째 공격 목표를 향한다. '태초의 부처님'(威音)이란 부처님도 시간의 개념이 넓어지면서, 그 이전의 부처님 또 그 이전의 부처님을 찾다가 더 이상 처음이 없는 '태초의 부처님'이 설정된 것이다. 무량겁을 넘어서 '태초'를 설정하는 것은 시간의 단위로 측정이 불가능한 영원이다. 그러나 이 영원으로서의 '태초'도 뚫어야 한다는 것이다.

'허공'이라는 공간을 깨부수고 나서 이번에는 '태초의 부처님'이라는 시간의 한계를 돌파하고 있다. '허공'이라는 공간의 한계 바깥과 '태초'라는 시간의 한계 바깥까지 한꺼번에 무너져 버리면 무엇을 붙잡을 수 있는가. 깨부순다는 것은 사라지게 하는 것이면서 동시에 진실함이 드러나는 것이다. 공간과 시간의 그 극치 넘어까지 확장시켜놓고 그것을 다 깨부수었는데도 무엇이 남는다는 말인가?

나옹은 그 극한 바깥을 깨부수고 나서 발견한 세계를 '지금 이 자리'로 확인하고 있다.

마지막 구절에서 '보름달 서늘한 빛'(滿月寒光)은 내가 보고 느끼는 '지금 이 순간'의 달빛이요, '낡은 침상'(破床)은 내 몸을 맡기고 있는 '바로 이 자리'이다. 보름달 환한 빛은 내가 지금 이 순간에 보고 있는 분명한 세계요, 서늘한 달빛은 내가 지금 이 순간에 느끼고 있는 생생한 세계이다. 이 순간 나의 시각과 촉각 속에 들어온 세계는 나의 이 한 몸을 뉘우고 있는 침상 바로 이 자리와 결합되어 하나로 만나고 있다. 우주의 영원한 진리도 결국 돌아오면 '지금 이 자리'를 떠나지 않는다는 말이다.

"산은 산이요, 물은 물이다"라는 '즉자'卽自의 긍정적 세계에서 "산은 산이 아니요, 물은 물이 아니다"라는 '대자'對自의 부정적 세계를 거쳐, 다시 만난 세계는 "그래도 산은 산이요, 물은 물이다"라는 '즉자대자'卽自對自의 초월적 지양을 이루는 것이라면, 달빛 비치는 침상에 앉아 있는 '지금 이 자리'의 나옹은 이미 깨우치기 이전의 나옹이 아니다. 그의 가슴에는 법열法悅의 소용돌이가 치고 있을 것이며, 성성惺惺하게 깨어있는 정신이 밝게 빛나고 있을 것이다.

13

조선 〈함허 득통涵虛 得通(1376-1433)〉

강물 위로 굴러오는 소리 어느 집 피리일까

강물 위로 굴러오는 소리 어느 집 피리일까
달은 물결 한복판 비추는데 인적 끊어졌네
이 몸 지금 여기 도착해 얼마나 다행인가
뱃전에 기대어 홀로 앉아 허공을 바라보네.

聲來江上誰家笛　月照波心人絶跡
성 래 강 상 수 가 적　월 조 파 심 인 절 적

何幸此身今到此　倚船孤坐望虛碧
하 행 차 신 금 도 차　의 선 고 좌 망 허 벽

< ? >

발걸음을 재촉해 길을 서둘렀는데도 강나루에 도착해 보니 날은 벌써 저물어 사방은 어두웠다. 이런 장면을 경험해본 사람이면 얼마나 난감한지 쉽게 알 수 있다. 그런데 아주 절망적으로 깜깜한 것은 아니다. 저만큼 강 건너 인가에서 피리소리가 강물 위로 굴러와 귓전에 감긴다. 피리소리의 애끓는 곡조를 감상할 겨를이 없다. 우선 어디엔가 사람이 있다는 사실이 반갑고 얼마간 마음이 놓인다. 어느 집에서 나오는 피리소리인가 두리번거리며 불빛을 찾는다. 희망의 작은 실마리를 찾는 것이 아닐까?

　'강'이라는 조건은 이쪽과 저쪽 사이에 건너기 어려운 단절로서 주어져 있는데, 그 사이에 한 가닥 청아한 피리소리가 이어준다. 그런데 소리야 강물 위로 미끌어지며 넘어 오지만 나는 넘어갈 수가 없어서 여전히 안타깝다. 강을 건네주는 방법은 피리소리가 아니라 뱃사공인 사람이라야 한다. 이쪽에서 저쪽으로 건너가기를 안타깝게 갈구하는 사람이 있고, 이런 인간들을 건네주는 뱃사공이 있다는 사실은 '도피안'渡彼岸의 문제요 구원救援의 문제이다. '피리소리'는 바로 피안의 세계를 암시하고 피안으로 부르는 유혹이요, 구원의 약속이 아닐까?

　강을 사이에 두고 나와 피리가 마주하고 있는 것은 수평적 공간을 열어주는 것이다. 이 수평적 공간을 넓혀 수직적 공간으로 확장시켜보자. 저 위로 하늘에는 달이 환하게 떠서 아래로 강 한복판 물결 위에 달빛이 일렁거리고 있다. 달빛이 강물 한복판을 비추고 있

다는 것은 달도 하늘 한복판에 떠 있음을 말해준다. 하늘에 뜬 달과 강물에 비친 달은 하나의 달이다. 달과 강이 하늘과 땅만큼 서로 멀리 떨어져 있어도 하나로 만날 수 있음을 약속해주고 있다. 달과 강은 위와 아래가 원래 하나로 통해 있음을 증명해주고 있는 것이니, 말하자면 나에게 불성佛性이 있다는 희망의 약속이다. 달과 강은 원래 서로 만나고 있는 수직적 소통의 원리라면, 소통의 구체적 실현은 내가 강을 건넘으로써 비로소 가능한 것이다. 나에게 본래 불성이 있어도 나 자신이 수행修行하여 깨우치지 않으면 나는 여전히 중생일 뿐이다.

이렇게 수평으로 '나'와 '피리'가 마주하고 있고, 수직으로 '달'과 '강'이 마주하고 있으면서, 서로 연결될 수 있는 통로를 열어놓고 있는데, 왜 이 통로가 실제로 열리지 않아서 애를 태우고 있는 것인가? 인적이 끊어져 사람이 없기 때문이다. 나는 물론 사람이지만 나 혼자서 통로가 열리지 않는다. 나는 내가 통로를 열어가도록 도와주는 사람을 애타게 찾고 있다. 뱃사공만 만난다면 나는 강을 건너 갈 수 있다. 강을 건너가는 것은 내가 건너가는 것이지만 뱃사공이 있어야 건너갈 수 있다. 뱃사공 혹은 뗏목(筏) 혹은 수레(乘) 혹은 불법佛法은 모두 나를 건네주는 구원의 도구가 아니겠는가.

걱정 근심으로 초조하게 마음을 졸이고 나루터를 오르내리고 있는데, 어디서 불쑥 뱃사공이 나룻배를 저어 왔다. 고통과 번뇌 속을 방황하다가 구원의 길을 찾았을 때 그 안도감과 행복감을 어떻게 말로 표현할 수 있겠는가? '이 몸' '지금' '여기' 도착한 것이 얼마나 다행인지 그 기쁨을 소리쳐 보고 싶을 것이다. 어둠 속을 헤매다가 불빛을 만났을 때, 목말라 허덕이다가 우물을 만났을 때, 번뇌 속에서 방황하다가 깨우침을 얻었을 때 얼마나 행복했는지 경험해

본 사람은 누구나 알 수 있다.

함허 스님이 만난 뱃사공과 나룻배는 바로 '불법'佛法과 깨달음을 비유하는 것이라 생각된다. 이제 나룻배를 얻어타고, 뱃사공이 노를 젓는 대로 맞겨두고서 뱃전에 홀로 앉았다. 홀로 앉아서 외롭다는 뜻이 아니라, 구원의 절실한 체험은 개인적인 것임을 말해주는 것이 아니랴. 내 삶의 절박한 상황에서 내 마음의 절실한 깨우침을 얻음으로써, 비로소 구원의 길이 열리는 것이리라. 그렇다면 구원의 길은 일차적으로 홀로 가는 '소승'小乘의 길을 말할 수밖에 없는 것이 아닐까? 함께 구원의 길을 가는 '대승'의 길은 그 다음의 차원일 것으로 짐작된다.

드디어 한 숨을 돌리고 뱃전에 편안하게 앉았다. 이 순간에 고개를 들어 푸른 밤하늘을 바라보니, 밤하늘에 달이 환하게 떠 있는 것이 새삼스럽게 다시 보인다. 밤길 걸어오면서도 보았던 달이요, 나룻터를 서성거리면서도 보았던 달이지만, 그 때는 언제 부도날지도 모르는 약속어음처럼 구원의 약속이요, 희망이었을 뿐이지만, 지금에서야 비로소 약속의 실현에 대한 확신으로 밝게 빛나는 기쁨과 아름다움의 달로 보이는 것이 아니겠는가? 아마 지금쯤이면 저 강 건너에서 들려오는 피리소리에서 애절한 곡조의 아름다움을 가슴에 적시며 들을 수 있을 것이다. 🧧

새벽이면 산마다 구름 피어나고

새벽이면 산마다 구름 피어나고
가을이면 나무마다 바람 세구나
석두성 아래서 하룻밤 묵는데
물결은 낚싯배를 철석이며 치네.

雲起千山曉　　風高萬木秋
운 기 천 산 효　　풍 고 만 목 추

石頭城下泊　　浪打釣魚舟
석 두 성 하 박　　랑 타 조 어 주

<蓮經讚>

이 시는 설잠이『묘법연화경』곧『법화경』을 읽고 읊은 찬가讚歌
인데, 암호를 만난 듯 방향조차 찾을 수 없다. 지안志安스님의 선시
禪詩산책,『바루 하나로 천가의 밥을 빌며』(계창, 2008)에서는 이 시
를 해설하면서, "법화경의 일승一乘 법문을 가지고 세상 경계를 비
유해 놓은 시라 할 수 있기 때문이다. 중생이 사는 이 세상 모든 경
계가 부처의 눈으로 보면 불성이 피운 꽃이 아닐 수 없다"라고 말
씀한 지적을 나침반으로 삼아서, 내 앞에 던져진 이 암호를 풀기 위
해 암중모색을 한 번 해보려고 한다. 사실 나는『법화경』을 읽어보
지도 못해 그 가르침이 무엇인지 모르니 엉뚱한 곳을 파고 있기 십
상이지만, 그래도 이 시의 주위에 또 하나의 길을 뚫어 보았다는 의
미는 있지 않을까 생각할 뿐이다.

　첫 구절과 둘째 구절은 연결되어 있는 것 같다. 새벽은 하루의
시작이다. 산골짜기 마다 구름이 피어오르고 강이나 호수에서는 물
안개가 피어오른다. 세상에 존재하는 모든 살아 있는 것뿐만 아니
라 생명 없는 사물조차도 하루의 시작에서 자기 존재의 소망을 표
출해 내고 있지 않은가. 시작은 충동과 의지가 눈을 뜨고 꿈과 희망
이 분출해 나오는 시간이다. 한 낮쯤 되면 골짜기에서 피어난 구름
은 그 사이에 흩어져 버리지 않았다면 산마루를 타고 있거나 하늘
높이 둥실 떠오를 것이다. "태어난다는 것은 한 조각 뜬구름이 일
어나는 것"(生也一片浮雲起)이라 하였으니, 아무리 언제 흩어질 모
르는 허망하기 구름같은 인생이라도 시작할 때에는 힘차게 꿈을

피워낸다.

하루의 시작이 새벽이라면 하루의 마침인 저녁도 벌써 가리키고 있겠지. 이렇게 새벽에 피어오른 구름이 저녁에는 어디로 갔는지, 어쩌자고 갔는지, 어떻게 하다 갔는지 생각해 보라고 말하고 있는 것이 아닌가? 하루가 이렇게 시작하고 저렇게 끝맺는다면, 한 달은 어떻게 시작하고 어떻게 끝맺을지, 일 년은 어떻게 시작하고 어떻게 끝맺을지, 일생은 어떻게 시작하고 어떻게 끝맺을지 계속 물어오고 있다. 새벽에 피어오르는 구름이 초심初心의 서원誓願이었다면 서원만 해놓고 그 뒤는 내버려 둘 수야 없지 않은가? "그래, 너 입으로 토해낸 서원이었는데, 어떻게 책임질 거야? 이제 곧 저녁이 닥쳐오는데 결과를 내놓아야 할 게 아닌가?" 하고 다그치는 소리가 귀에 쟁쟁거리며 들리는 듯하다.

한 해의 마무리는 가을이다. 쌀쌀한 가을바람이 거세게 나뭇가지를 흔들어 우수수 낙엽을 떨어뜨리고 있다. 마무리를 재촉하는 시간이다. 낙엽이 지는 가을은 봄에서 시작했다는 뜻을 이미 그 속에 간직하고 있다. 봄에는 나무마다 싹이 트고 꽃이 피지 않았던가. 신록은 여름동안 무성한 녹음이 되었고, 이제 마지막으로 고운 단풍도 져야하는 늦은 가을에 왔다. 그동안 양지바르고 비옥한 땅을 골라 잘 자랐거나 그늘진 돌밭에서 힘들여 자랐거나 이제 모두 같이 한 해를 마무리 하고 돌아가야 한다. "아무리 두고 가기 아까운 것이 많아도, 아무리 못 다한 미련이 아쉽게 남아 있어도, 이제 훌훌 털어 모두 떨구고 돌아가야 하지 않겠는가?" 이렇게 타일러주는 소리가 들리는 듯하다. 한 생을 마감해야 또 다른 생을 준비할 것이 아닌가? 윤회의 바퀴를 영원히 끊고 해탈을 한다면 좋겠지만, 지금 이 생을 어떻게 마무리 하고 무슨 마음으로 다음 생을 맞을 것인지 절박하게 묻고 있다.

첫 구절과 둘째 구절은 여러 가지로 대조를 이루고 있는 듯 하다. 하루의 시작인 아침과 한 해의 마무리인 가을이 대조를 이루고 있으며, 위로 피어오르는 구름과 아래로 낙엽을 떨어뜨리는 바람이 대조를 이루고 있으며, 자연의 사물인 산과 생명체인 나무가 대조를 이루고 있다. 그 다양한 대조는 모두 양극의 형식이라면, 이 양극들은 서로 대응되고 서로 어울려 하나를 이루고 있는 것이다. 『법화경』의 '일승'법문이 혹시 이 모든 양극들의 일치를 이루어주는 것이 아닌지.

셋째 구절과 넷째 구절은 하나로 이어진 것으로 보인다. 석두성石頭城은 옛 금릉성金陵城으로 중국 남경의 고성古城이다. 장강長江 강변의 절벽 위에 자리잡았으니, 뒤에는 한 시대의 서울로 번화한 도시요, 앞에는 태고를 꿰뚫고 흐르는 대하大河이다. 인간의 복잡한 삶과 유유히 흐르는 장강의 자연이 살을 맞대고 있는 자리다. 또한 피비린내 나는 무수한 전쟁의 상흔을 간직한 역사와 물결에 흔들리고 있는 한가로운 낚싯배 하나의 현재가 긴장된 대조를 이루고 있다. 바로 설잠이 『법화경』을 중생에서 부처를 보고 번뇌에서 열반을 보는 가르침으로서 찬송하는 노래가 아닐까. ▨

조선 〈허응 보우虛應 普雨 (1509-1565)〉

15

구름 절로 높이 날고 물 절로 흐르네

산 이름 '도'라 불으니 보고 싶어서
지팡이 짚고 종일 고생해 올라갔네
가고 가다가 문득 산의 참모습 보니
구름 절로 높이 날고 물 절로 흐르네.

以道名山意欲觀　杖藜終日苦躋攀
이 도 명 산 의 욕 관　장 려 종 일 고 제 반

行行忽見山眞面　雲自高飛水自湲
행 행 홀 견 산 진 면　운 자 고 비 수 자 원

〈登悟道山〉

보우(虛應堂 普雨)는 명종 때 섭정을 하던 문정왕후文定王后의 후원을 입어 무너져가는 불교를 일으켜 세우기 위해 온갖 정성을 다 기울였으며, 그래서 불교중흥의 기틀을 잡았다. 그러나 그는 문정왕후의 죽음과 함께 자신의 목숨도 버려야 했으니 조선 시대에 불교신앙의 순교자인 셈이다. 이 시는 오도산悟道山이라는 이름의 산을 올라가는 이야기이지만, 오도산이 실제로 국내 어느 곳에 있는 산인지 확인하는 것은 그리 중요한 일이 아닌 것 같다. 그는 '도'를 깨쳐가는 과정과 '도'를 깨친 세계로서 '오도'悟道의 문제를 '등산'에 비유한다는 뜻으로 '오도'와 '등산'을 합쳐서 '등-오도-산'이라는 제목을 붙였던 것으로 보인다.

산을 오르는 것은 학문하는 과정에 비유하여 말하는 경우가 자주 있다. 퇴계(退溪 李滉)의 시에도, "독서가 산놀이와 비슷하다 하지마는/ 이제 보니 산놀이가 독서와 비슷하구나/ 노력을 다할 때엔 아래로부터 하며/ 얕고 깊음 아는 것도 모두 자기에게 달린 게지/ 일어나는 구름 바라보며 오묘한 이치 알아채고/ 물줄기 근원에 이르러 시초를 깨닫는다네"(讀書人說遊山似, 今見遊山似讀書, 工力盡時元自下, 淺深得處摠由渠, 坐看雲起因知妙, 行到源頭始覺初. <讀書如遊山>)라고 읊어, 독서와 등산이 서로 같은 점을 들었다. 곧 아래에서부터 차근차근 단계를 밟아 올라가야 한다는 점에서나, 자신이 직접 올라가며 체득해야 한다는 점, 그리고 고요히 사색하고 실천하면서 깨달아가야 한다는 점에서 산놀이 곧 등산과 독서가 서로 일치하는 사실을 강조하고 있는 것이다.

그렇다면 유학자가 '독서'하는 공부나 불승이 '오도'를 추구하는
공부가 결국 서로 통한다는 사실을 확인할 수 있는 대목이기도 하
다. 산은 어떤 가르침의 '도'를 깨우치거나 '도'를 깨우치는 가장 좋
은 환경적 조건인가 보다. 그래서 수도하는 사람들은 '산'으로 가기
를 좋아한다. 승려도 세상사에 관심을 끊고 오직 수도하는 데 뜻을
세운 승려를 '산승'山僧이라 하고, 유학자도 벼슬에 관심을 버리고
학문을 닦는 데 뜻을 둔 선비를 '산림'山林이라고 하였다. 석가모니
도 설산雪山에서 고행하여 깨달았다하니, 도를 닦고자 하면 '산'으
로 가지 않을 수 없겠다.

보우는 '등산'의 과정을 서술하면서 '오도'의 과정을 이에 비유
하여 네 단계로 제시하고 있다. 먼저 첫째 구절은 '도'에 뜻을 두는
'초발심'初發心의 단계를 보여준다. 산에 '도'라는 글자가 들어 있어
서 그 산이 보고 싶었다고 하는데, 이 말은 어디에 '도'가 있다고
하면 그 '도'에 사람이 이끌리게 되는 것은 바로 '산'이 사람을 오
라고 부르는 것과 같다는 것을 말하려고 하는 것이리라.

둘째 구절에서는 '도'를 추구해 나가는 '수행'修行의 실천단계를
보여준다. 산을 오르기 위해서는 지팡이의 도움까지 받으며 온종일
가파른 산길을 땀흘리며 고생스럽게 올라가야 한다. 마찬가지로
'도'를 닦는 '수도'의 실천과정은 오랜 고행을 인내로 견뎌내야 함
을 보여준다. 가파른 산길에서 바위틈에 매달리거나 나무뿌리를 붙
잡고서 기어오르다 보면 다리가 아프고 온몸은 땀에 젖었으며 목
마르고 배고파 지칠대로 지치게 되는 일이 허다하다. 이럴 때에는
왜 이 고생을 해야 하는지 의문이 들기 시작한다. 그만두고 내려가
편히 쉬는 게 좋겠다는 유혹을 이겨내지 못하면 중도에 포기하고

말게 되는 것이 등산이요, 그것이 바로 '수도'의 실천과정이다.

셋째 구절에서는 '도'의 깨달음이 닥아 오는 단계를 보여준다. 등산하는 길에는 오랜 시간동안 숲 속에 파묻혀 시야가 가리게 되니 아무 전망도 없을 때가 많다. 얼마나 더 가야 끝이 나는지 가도 가도 끝이 안보여 절망하기가 쉽다. 그러나 참고 견디며 가고 또 가다 보면 어느 순간 산등성이에 올라설 때 시야가 환하게 열릴 때가 있다. 한 순간에 위로 산마루의 웅장한 모습과 아래로 멀리 계곡바깥까지 시원하게 내려다보이는 그 통쾌함은 등산하는 사람이면 누구나 경험할 것이다. 이를 '산의 참 모습'이라 하였다.

'도'를 깨달음도 바로 이와 같다. 오랜 시간 어둠 속에서 암중모색하는 답답한 수행의 과정이 계속된 끝에 안목이 툭 터져 시원하게 열리는 한 순간이 온다. 물론 등산과정에서 이런 전망대를 올라가면서 몇 차례 만나게 되고 높이 올라간 전망대일수록 멀리 보일 것이며, 마침내 산마루에 올라서서 정상의 시야를 확보하게 될 것이다. "공자가 동산에 오르니 노나라가 작은 줄 알고, 태산에 오르니 천하가 작은 줄 알았다"(孔子登東山而小魯, 登太山而小天下.<『맹자』, 盡心上>)고 말하는 툭 터진 시야를 얻는 것이 바로 등산이요, '도'의 깨달음인 것이 아니겠는가?

마지막 넷째 구절은 깨우친 '도'의 세계를 보여주는 단계이다. 산마루에 올라서서 보면 아득한 천하 안에 하늘에는 구름이 날고 골짜기에는 냇물이 흐르는 자연의 세계가 장쾌하고 아름답게 비쳐진다. '도'를 깨치고 나서 열리는 세계는 다른 세계가 아니라 바로 우리가 사는 세계 그대로라는 말이다. 그러나 이 세계를 보는 나의 눈이 떠졌으니 이 세계는 새로운 빛과 새로운 깊이로 웅장하고 아름답게 비쳐오는 것임을 알 것 같은 느낌이다.

십년을 정좌하여 마음 성을 지켰더니

십년을 정좌하여 마음 성을 지켰더니

깊은 숲에 길들여져 새들도 놀라지 않네

간밤 송담松潭에 비바람 몰아쳤는데

물고기 한 구석에 모이고 학은 세 번 울고 가네.

十年端坐擁心城　慣得深林鳥不驚
십 년 단 좌 옹 심 성　관 득 심 림 조 불 경

昨夜松潭風雨惡　魚生一角鶴三聲
작 야 송 담 풍 우 악　어 생 일 각 학 삼 성

< ? >

첫 구절에서 휴정은 자신이 세운 한 가지 뜻과 그 뜻에 따라 살아온 외길을 이야기하고 있다. 오직 깨침을 얻기 위해 십년동안 참선하며 마음을 붙들고 있었다 한다. 장수가 군사들을 거느리고 적으로부터 성을 지키듯이 바깥 사방으로부터 몰려들어 집요하게 공격해대는 온갖 유혹과 분란을 굳건히 막아내어 왔다는 말이다. 깨달음의 길은 결코 쉽게 도달되는 것이 아니다. 오랜 인고忍苦를 견뎌내는 수행의 과정을 요구한다. 적어도 강산이 한 번 바뀌어진다는 10년의 세월동안은 마음을 지켜주어 마음이 어떤 충격에도 흔들림없이 스스로 설 수 있도록 키워주어야 한다. '십년 공부'가 공연한 말이 아닌 것이다.

둘째 구절에서는 마음을 지켜서 마침내 이루어낸 성과를 보여준다. 이제 자신도 깊은 숲 속의 나무 하나로 자리 잡은 것인가? 숲 속의 식구로 받아들여져 숲의 일부가 되었나 보다. 새들도 놀라지 않는다 한다. 이제 새들도 아무 겁내는 일이 없이 어깨에 내려와 앉고, 머리에 둥지라도 틀 형세다. 자연과 인간의 벽이 허물어지는 것이다. 이제 '나'라는 집착我執은 깨끗이 사라지고, '너'라는 대상에 대한 집착法執도 사라져 숲 속의 솔바람처럼 맑고 가볍고 자유롭게 되었다는 말이 아니랴. 그렇지만 언제까지나 이렇게 맑고 고요함의 적막함에 빠져 있는 것은 현실이 아니다.

셋째 구절에서 고요한 마음속에 한 차례 격렬한 파란이 일어난다. 이 구절에 대해 지안志安스님은 "한 소식 체험한 경계를 읊은

것이다"라고 짚어주었다. 송담松潭은 이 숲 속에서도 소나무가 둘러 싼 맑고 정갈한 못이니 바로 자신의 마음을 표상한 것이리라. 이 마음에 지난 밤 밤새 비바람이 몰아쳤다고 한다. 둘러싼 소나무의 솔가지가 부러지고, 맑은 못이 뒤집혀 한 차례 흙탕물이 되었을 것이다. 깨달음의 '한 소식'은 이렇게 격렬한 충격으로 오는 것인가 보다.

어떤 유혹도 이겨내고 고요하게 지켰던 자신의 마음, 그 고요함을 지키는 것만으로 최종적인 완성이 될 수 없다는 것을 보여준다. 뿌리째 흔들고 다 뒤집어 놓는 질풍노도의 시기를 겪어야 한다는 것이다. 어떤 생명도 보호만으로 성숙될 수 없다. 보호하여 잘 지키는 과정과 자신의 굳어진 껍질을 깨뜨리고 다시 커져야 하는 것이다. 십년을 소중히 지키며 다듬고 키워온 그 마음을 하루 밤 사이에 다 풀어 젖히고 뿌리째 한번 뽑아보는 사건이 요구되는 것이다. 이렇게 하여 그 마음은 한 단계가 커가는 것이다. 이제 다시 소중히 지켜야 하겠지만, 어느 날 밤에 또 한번 뒤흔들어 놓고 깨어지는 충격을 겪으며 다시 또 한 단계가 커가는 것이 아니랴.

넷째 구절은 셋째 구절 다음에 오는 새로운 평정의 단계를 보여주는 것이다. 간밤의 격동이 지나자 이 송담에는 여전히 못 속에서는 물고기가 떼를 지어 한 구석으로 몰려들고 못 가의 솔숲에서는 학이 날며 길게 울고 있다. 그러나 간밤의 격동은 지나가자 잊혀지는 사건에 그치는 것은 아니다. 못이 한 번 뒤집어지면서 모르는 사이에 바닥에 쌓였던 진흙의 찌꺼기는 다 흘러 나갔으니 새로운 못이 되었고, 물고기는 위기를 넘기면서 더 지혜로워졌을 것이요, 학도 솔숲도 모두 더 강건해졌을 것이다. 한 순간에 깨우침을 얻는 '돈오'頓悟를 하고나서도 지속적으로 수행해 가는 '점수'漸修를 해야 한다고 하였던가. 그렇다면 '점수'의 뒤에 또 다시 '돈오'가 오고, '점수'와 '돈오'가 꼬리를 물면서 나선형으로 최상승을 향해 올라가는 길이 있음을 말해주는 것이 아닐까?

무슨 일이나 한 번으로 다 끝내버릴 수 있다면 얼마나 편하고 좋으랴. 그렇지마는 세상 이치는 한 번에 다 끝나는 것이 없다. '날로 새로워지고, 또 날로 새로워지지'(日新又日新) 않으면 낡아가고 흐려지고 쇠약해지기 마련이다. 깨달음도 한 번에 다 해결을 보려고 하는 것은 조급하게 이루어보려고 서두르는 조바심에서 나오는 것으로 보이기도 한다. 깨달음도 거칠고 원만함의 수준이 다르고, 병들고 건강함의 상태가 다르다면, 원만하고 건강한 깨달음은 끊임없이 새로워지고 끊임없이 향상해가는 깨달음이라야 하지 않을까?

'끝났다'는 생각 자체가 안이함과 자만심에 빠질 위험에 이미 노출되어 있는 것으로 보인다. 내가 끝을 결정하는 것이 아니라, 끝이 나를 결정하는 것이라면, 내가 살아 있는 동안은 이 길을 끝없이 가야할 뿐이다. 그렇다면 한 사람에게서 최종의 깨달음은 그 사람의 죽음 곧 열반涅槃에서 이루어지는 것이 아닐까?

한번 웃고 만사 모두 잊어버리세

강호에 봄 다해 꽃잎은 바람에 날리고
날 저문 하늘에 구름은 어딜 가나
너로 인해 인간사 허깨빈 줄 알았으니
한번 웃고 만사 모두 잊어버리세.

江湖春盡落花風　　日暮閑雲過碧空
강 호 춘 진 락 화 풍　　일 모 한 운 과 벽 공

憑渠料得人間幻　　萬事都忘一笑中
빙 거 료 득 인 간 환　　만 사 도 망 일 소 중

< ? >

놓치지 않겠다고 벌써 오래 전부터 손에 꼭 쥐고 있는데, 누가 슬며시 곁에 다가와서 "이제 그만 그 손을 풀고 놓아버리게" 라고 속삭이는 소리가 들리는 것 같다. 이런 소리를 듣고 나면 그동안 그렇게 노심초사하면서 붙잡고 있었던 사실이 갑자기 부끄럽게 느껴진다. 왜 그럴까? 생각해보면 이렇게 꼭 쥐고 놓지 않으려는 집착을 하였던 일이 대부분 너무 자질구레하고 시시한 일이기 때문이다. 세계적인 데까지 가지 않더라도 무슨 국가적인 큰 일이나 사회적인 중요한 일을 붙잡고 있는 것이 아니다. 내 모자 잊어버리지 않겠다고, 내 우산 잊어버리지 않겠다고, 내 장갑 잊어버리지 않겠다고 신경 쓰는 따위의 일들이다.

다 놓아버리고 살 수야 없겠지만 그래도 중요한 일만 챙기고 소소한 일이야 마음 쓰지 않는 것이 지혜로운 일이라 생각한다. 그런데 자꾸만 큰 것까지 놓아버리라고 압박을 해오니, 망설여지기도 하고 고민스러워지기도 한다. 어디까지 놓아버려야 한다는 말인가? 전쟁터에서 결전을 앞두고 장수들이 병졸들을 고무시키기 위해, "죽기를 기약하는 자는 살 수 있을 것이요, 살기를 바라는 자는 반드시 죽을 것이다"(期死者得生, 要生者必死)라고 말하는데, 사실 죽기로 매달려 싸우다보면 적을 물리치고 살아날 가능성이 있지만 살 궁리만 하면서 두리번거리다가는 적에게 패배하여 죽음을 당할 위험이 높아지는 것이다. 그러니 생명을 버릴 결심을 해야 생명을 얻는다고 훈시하는 것이다. 과연 다 버리고서 그 뒤에 무엇을 얻을 수 있을 것인지 마음이 놓이지 않을 때가 많다.

이 시의 주제는 '잊어버리자'라는 한 마디로 귀결된다. 그래서 왜 잊어버려야 하는지, 잊어야 하는 것이 마땅하다는 사실을 설명하려고 하는 것이라 생각된다. 먼저 첫째 구절과 둘째 구절에서 우리 주변을 관찰한다. 무슨 주장을 하려면 증거 곧 물증을 잡아야 하니, 주위를 잘 살펴야 하는 것은 당연하다.

계절은 늦은 봄이다. 봄이 저물어가니 그 화려하게 들과 산을 장식하던 꽃들도 바람에 하염없이 꽃잎을 날리고 있지 않으냐고 나라도 와서 보라고 말한다. 나는 시인이 말하려는 의도를 눈치챘기 때문에 꽃잎이 져야 열매를 맺을 게 아니냐고 반문을 하며 버틸 자세를 취한다. 시간은 해가 저물어가는 저녁 무렵이다. 이 석양의 시간에 나갔다가 들어와야 하는데 저 하늘에 구름은 무슨 볼일이 있다고 해질녘에 저렇게 바삐 가고 있는지 또 와서 보라고 말한다. 그래도 나는 구름이야 바람이 불면 가고 바람이 자면 가만히 있을 것인데, 가고 오는 것을 따지면 뭐하겠느냐고 여전히 버팅기고 있다.

그런데 셋째 구절에서 떨어지는 꽃잎을 보거나 정처없이 떠도는 구름을 보면 인간이 사는 것도 다 허황한 한 바탕 꿈인 줄을 알 수 있는 것이 아니냐고 말한다. 나는 분명 꽃잎이 떨어진다고 눈물이 나지도 않고 구름이 떠나간다고 섭섭해 하지도 않으니, 떨어지는 꽃잎과 정처없이 떠가는 구름을 증거로 삼아 인생이 허망하다는 사실을 논증하는 것에는 동의하고 싶지 않다. 너무 감상적이고 설득력도 약하다고 생각하기 때문이다. 그러나 "사람 사는 것이 허망하다"라는 결론에는 이런 증거를 갖다 붙이지 않더라도 저절로 머리를 끄덕이지 않을 수가 없다.

그동안 살아오면서 믿었던 사람에게 배신당하거나 꼭 이루어지리라 믿었던 일에 뼈아프게 좌절당하기를 너무 여러 번 겪다 보니 믿을 수 있는 것이 별로 없는 것 같다. 그렇다고 자기 자신만은 믿을 수 있는가 하면 전혀 그렇지도 못하다. 자신의 나약한 의지가 자신을 좌절시키고, 자신의 어리석음이 또 자신을 실망시키기를 얼마나 여러 번 반복해 왔던가? 남도 못 믿겠고 자신도 못 믿겠으니 어찌 인간 세상이 헛되고 거짓됨으로 가득 찬 것인 줄을 인정하지 않을 수 있겠는가?

어떻든 "사람 사는 것이 허망하다"는 진단을 내려놓고 그러니 어떻게 하자는 것이냐는 문제에 대해 마지막 구절에서 대답하고 있는 것이 이 시의 가장 매력적인 결론이라 생각한다. 허망하다는 사실로 절망에 빠지는 비관주의적 태도도 아니고, 아무 것도 없다고 단정하는 허무주의적 태도도 아니다. 오히려 극적인 반전을 일으키고 있다. "한바탕 웃어버리자, 그리고 다 잊어버리자"라고 제안하는 것은 가장 비극적 순간을 낙관적 분위기로 반전시켜주고 있다. 가슴에 담아두지 말고 시원하게 털어내 버려라. 그리고 지금 이 순간부터 희망과 열정으로 다시 시작해보자. 이렇게 타일러 준다. 과거에 사로잡혀 회한에 젖어 있으면 미래로 나갈 용기도 기운도 나지 않는다. 과거에 사로잡히지 않는다는 것은 날개가 젖지 않아서 가볍게 날아오를 수 있게 해주고, 어깨와 등을 가볍게 해주어 멀리 달려갈 수 있게 해주는 지혜가 아닐까?

하늘은 이불, 땅은 자리, 산은 베개 삼고

하늘은 이불, 땅은 자리, 산은 베개 삼고
달은 촛불, 구름은 병풍, 바다는 술독이라
크게 취해 거리낌 없이 일어나 춤을 추니
다만 긴 소매가 곤륜산에 걸려서 싫구나.

天衾地席山爲枕　月燭雲屛海作樽
천 금 지 석 산 위 침　월 촉 운 병 해 작 준

大醉居然仍起舞　却嫌長袖掛崑崙
대 취 거 연 잉 기 무　각 혐 장 수 괘 곤 륜

< ? >

세상에 아무 것도 두려워할 것이 없고 무슨 일에도 마음조릴 것이 없는 호방한 기상을 유감없이 보여주는 시이다. 진묵震默은 31세 때 임진왜란을 겪었으니, 전란의 처절한 고통도 맛보았을 것이고, 작고 무기력한 나라의 백성으로 산다는 것이 얼마나 참담한지 뼈저리게 느꼈을 것이다. 바깥으로 큰 나라에는 한없이 비굴하면서도 자기 나라 백성들에게는 얼마나 악착스럽게 학대하는지 조선시대 중기 이후를 살아갔던 하층 백성들로서 그 참혹함을 당해보지 않은 사람이 없을 것이다.

　그런데 이런 시대에 핍박받는 계층인 승려의 한 사람으로 살아가면서 어떻게 이런 호방한 기상을 지닐 수 있다는 말인지 얼른 이해가 가질 않는다. '도'를 깨치고 나니 이렇게 가슴이 탁 터진다는 말인지, 아니면 너무 답답하여 가슴이 터질 것 같아서 역설적으로 발악을 해보는 것인지 잘 모르겠다. 일단 특출한 도승道僧으로 알려진 분이니, '도'를 통한 경험의 한 표현으로 받아들여 놓고 이해해보고 싶다.

　첫머리에서부터 하늘을 이불로 삼아 덮고, 땅을 자리로 삼아 깔고, 산을 베개로 삼아 베고 잔다고 호기롭게 말하고 있다. 생각해보면 이 작은 한 몸뚱이로는 감당할 수 없는 것은 당연하다. 그러면 이 몸이 얼마나 커야 하는가 한 번 상상을 해보자. 이미 조나단 스위프트라는 소설가가 『갈리버여행기』에서 상상의 나래를 펴서 소인국과 대인국 이야기를 해 놓았으니, 우리가 그 속의 소인국 사람이라면 곧바로 대인국 사람만큼 커지면 가능하지 않을까?

아마 이 거인의 눈에는 보통 사람들이란 모기만 하게 보일지도 모르겠다. 그렇다면 이 모기만한 인간들이 저희들끼리 서로 신분이 다르다고 아래 위를 나누어 온갖 차별을 하고, 천명이나 의리를 내세우면서 서로 옳으니 그르니 죽여야 하느니 살려야 하느니 논쟁을 그치지 않고, 시시콜콜 예의와 범절을 따지면서 행동을 족쇄 채우듯 속박하고 있는 꼴을 보면 얼마나 가소로울까?

'거인의 상상'이란 바로 이러한 분별과 시비로 날을 세우고 있는 인간 세상을 한꺼번에 다 털어내는 새로운 시야를 여는 것이요, 큰 눈을 뜨는 것이라 생각된다. 하늘과 땅을 내가 다 끌어다 덮고 깔아버리면 따로 하늘과 땅이 없을 것이다. 그렇게 되면, 당파를 쪼개어가며 서로 비방하고 대를 이어가며 서로 해치는 것으로 사업을 삼고 있는 사악한 인간들이 발붙일 자리가 없게 될 것이니, 그것이야말로 정말 통쾌한 일이리라.

이 '거인의 상상'은 조금 넓혀 계속되고 있다. 방 한쪽에 깔아놓은 이부자리와 베개에서 내가 들어앉은 방안을 전체로 둘러본다. 곧 저 하늘에 떠 있는 달이야 내 방에 촛불을 밝혀놓은 것일 뿐이요, 저 하늘에 뜬 구름은 또 내 방에 둘러쳐 놓은 병풍일 뿐이다. 그렇다면 저 아득히 출렁거리는 푸른 바다는 무엇인가? 바로 내 방 한 쪽에 마련해 놓은 술독이라 한다. 이 바다라는 술독이 바닥을 보이고 다 마르도록 술을 마시고 나면 이 거인도 취하지 않을 수 없으리라.

도도한 취흥을 어떻게 풀어볼까? 말(言)로 설명을 해본들 속이 풀릴 리가 없을 것이다. 깊게 탄식(嗟歎)을 해보아도 여전히 가슴은 답답하게 막히어 뚫리지 않는다. 길게 뽑아 노래를 불러(詠歌) 보아도 여전히 미진하다. 이 솟아오르는 취흥의 격정을 어떻게 풀어야 한

단 말인가. 이 격정을 풀 길은 하나뿐이구나. 자기도 모르게 손을 휘젓고 발을 구르며 춤을 추는 것(不知手之舞之足之蹈之)이다. 다른 곳에 갈 데도 없다. 내 방이 세상의 전부이니, 내 방안에서 춤판을 벌인다. 이 춤은 맵시 있게 교태를 부리며 추는 춤이 아니다. 신명이 나서 도취하여 구르고 뛰며 추는 춤이다.

취흥에 겨워 신명나게 춤을 추고 있는데 무엇이 거치적거려 나의 신명풀이를 방해하고 있으니, 그것이 무엇인가? 세계에서 가장 높은 준령이라는 곤륜산에 나의 긴 소매자락이 자꾸만 걸린다고 불평이다. 이것은 아직도 우주가 바로 내 한 몸을 담고 있는 방하나 정도에 지나지 않음을 잊지 말라고 재치있게 확인시켜주고 있는 말이다.

우주와 내가 하나가 되는 경험, 우주 속에 내가 꽉 차게 들어 있고, 내 속에 우주 전체가 소롯이 들어 있다는 경험, 그것은 '도'를 깨친 사람만이 경험할 수 있는 것이리라. 이렇게 우주와 하나되는 경험 속에서 이 경험을 '도취와 신명'으로 제시해주고 있는 점에서 진묵의 깨우침이 지닌 의미와 성격을 짐작할 수 있을 것 같다. 하늘처럼 높게 쌓이는 이 시대에 대한 분노, 바다처럼 깊게 차오르는 이 사회에 대한 절망을 털어버리는 경험이 아닐까? 마치 더럽혀진 옷을 훌훌 벗어 내던지듯 단숨에 모든 '분노와 절망'을 털어버리고 '도취와 신명'의 세계 속으로 뛰어드는 자유로움의 경험이 아닐까?

조선 〈소요 태능逍遙 太能(1562-1649)〉

무논에선 진흙 소 달빛을 갈고

무논에선 진흙 소 달빛을 갈고
구름 속의 나무 말은 풍광을 끄네
태초 부처님 노래 허공 뼈다귀런가
외로운 학 울음 하늘 밖에 퍼지네.

水上泥牛耕月色　雲中木馬掣風光
수 상 니 우 경 월 색　운 중 목 마 체 풍 광

威音古調虛空骨　孤鶴一聲天外長
위 음 고 조 허 공 골　고 학 일 성 천 외 장

〈宗門曲〉

밤중에 달빛이 가득 비치고 있는 무논을 갈고 있는 '진흙으로 빚은 소'(泥牛)와 구름 속에서 온갖 형상을 이룬 경치를 끌고 가는 '나무로 깎아 만든 말'(木馬)은 도저히 실상일 수 없는 허상임에 분명하다. 진흙으로 빚어놓은 소가 물 속에 들어가면 풀어져 남아 있을 수도 없고, 또 움직일 수도 없는데 어떻게 무논을 간다는 말인가? 더구나 달밤은 논을 가는 시간도 아니다. 나무로 깎아 만든 말이 어떻게 허공중에 떠 있으며, 어떻게 온갖 형상의 경치를 끌고 간단 일인가? 우선 논리적으로 말이 되지 않는다. 그런데도 그 정경의 그림은 어떤 실상 못지않게 생생하게 그리고 더구나 아름답게 그려져 눈앞에 떠오른다.

그림이 아름다워 꿈속에서 보는 것 같기도 하다. 꿈인지 현실인지 분별이 잘 되지 않는다. 마치 장자가 꿈속에 나비가 된 것인지, 나비가 꿈속에 장자가 된 것인지 분별을 못하고 어리둥절해 하는 장면을 보여주는 것 같다. 우리가 보고 있는 세상, 우리가 살아가고 있는 세상이 혹시 이런 허상이 아닐까? 실상과 허상을 분별하는 것 자체가 의미 없는 일인지도 모르겠다. 언제나 현실은 진리가 아니지만, 진리는 현실을 통해 드러나는 것이라는 사실을 받아들인다면, 실상은 허상 속에 있는 것이지 허상을 떠나서 실상이 없는 것이라 할 수는 없겠는가?

그렇다면 이 아름다운 그림의 허상 속에서 어떤 실상의 의미를 찾을 수 있는 것인지 생각해 볼 수밖에 없다. 『대승기신론大乘起信論』

에서 "마음이 일어나면 온갖 대상이 생겨나고, 마음이 소멸하면 온 갖 대상이 소멸한다"(心生則種種法生, 心滅則種種法滅)고 말한 것처럼, 우리가 실재하는 것으로 알고 있는 현실세계도 사실은 마음이 조작 해내는 허망한 그림자(幻影)일 뿐인지도 모르겠다. 그런데 이 허망한 그림자를 통해서 마음의 진실한 존재를 알 수 있다. 문제는 허망한 그림자를 실재라 생각하여 집착하는 마음을 깨뜨려야 한다는 것이다.

손가락이 달을 가리키면 손가락을 짚고 넘어서 달을 향해 눈을 돌려야 한다. 손가락이 없으면 달을 모르고 땅바닥에만 엎드려 있 을 것이고, 손가락만 보고 있다면 달이 보이지는 않을 것이니, 손가 락에서는 가리키는 기능만 취하고 떠나야 한다. '진흙으로 빚은 소' 나 '나무로 깎아 만든 말'은 허상이라는 것을 잘 드러내 주기 때문 에 그 허상 너머에 있는 실상을 가리키는 손가락의 역할을 하는 것 같다. 한 마디로 눈에 보이는 것은 허상이니 허상을 깨고 허상을 떠 나야 실상이 보인다고 말해주고 있는 것이다.

'태초 부처님'(威音)이 세상의 무량한 부처님의 원조일 터이니, 가 장 확실한 진리를 설법하셨을 것이 당연하다. 그런데 이 '태초 부처 님'이 읊은 옛 곡조도 그 실지는 '허공 뼈다귀'(虛空骨)라 한다. 허공 이야 아무 것도 없으니 손에 붙잡힐 것이 아무 것도 없는 것이 당 연한데, 무슨 뼈다귀를 허공에서 끄집어내어 말씀하는 것인가? '허 공'과 '뼈다귀'는 애초에 모순개념이다. '허공'이면 '뼈다귀'일 수 없고, '뼈다귀'이면 '허공'일 수 없다. 부처님의 무진법문無盡法門이 바로 이 모순의 역설을 드러내 주는 것이 아닐까?

'허공 뼈다귀'의 뜻은 무엇보다 경전에 부처님의 광장설廣長舌로 말씀하신 것이 기록되어 있지만, 그 말에 사로잡히지 말라는 경고를 해주는 것이기도 하다. 부처님을 높인다고 불경의 글자 한자한자를 진리로 믿고 굳게 지키려드는 태도는 바로 허공에서 뼈다귀만 주워 들고 있는 것임을 경계해주는 말이 아닌가. 통발은 물고기를 잡는 도구로 쓰는 것이요, 물고기를 잡고나서는 통발을 버려야지 통발에서 물고기를 구하려고 든다면 잘못된 것임을 말해준다. 마찬가지로 말은 '도'를 알아내는 도구로 써야지, 말에서 '도'를 구하려고 드는 것은 잘못된 태도임을 일깨워준다. 선사禪師들이 '문자를 세우지 말라'(不立文字)고 외치는 뜻이 바로 '말'에 사로잡혀 '도'를 찾지 못하고, 손가락에 사로잡혀 달을 보지 못하는 오류를 제시하는 것이 아니랴.

외롭게 날아가는 학 한 마리의 외마디 울음소리는 그 울음소리에 의미가 있는 것이 아니라, 듣는 사람의 마음에서 의미가 발견되는 것이 아니겠는가? 진리를 찾아 밖으로 눈을 돌리는 단계는 필수적인 과정이다. 밖으로 모든 형상을 관찰하고 모든 말씀을 이해하기 위해 골몰하는 단계가 없어서는 안 될 것이다. 그러나 밖에서 보고 듣는 모든 형상이 허상임을 깨우치면서 눈을 안으로 돌려 마음 깊은 속을 들여다보고 그 속에서 울려나오는 소리를 듣는 단계로 나가지 않으면 안 된다. '소'와 '말'의 형상을 깨뜨리고 '노래'의 말씀을 깨뜨리고, 저 하늘을 외롭게 나는 학과 내가 둘이면서 하나가 되는 울음소리에서 무엇을 들을 것인가? 태능선사가 끌어주는 손길이 느껴지는 것 같다. 🔲

구름은 달려도 하늘은 움직임 없고

구름은 달려도 하늘은 움직임 없고
배는 떠가도 언덕은 옮기지 않는 법
본래 아무 것도 없었으니
무엇을 기뻐하고 무엇을 슬퍼하랴.

雲走天無動　舟行岸不移
운주천무동　주행안불이

本是無一物　何處起歡悲
본시무일물　하처기환비

< ? >

우리가 인식하는 세계는 두 가지 형식의 상대개념으로 구별해보면 이해가 쉬워진다. 그래서 움직임과 고요함(動靜)만이 아니라, 높고 낮음(高低), 길고 짧음(長短), 추위와 더위(寒熱), 큼과 작음(大小), 많음과 적음(多少), 선과 악(善惡), 현명함과 어리석음(賢愚) …등등 끝없이 이어지는 상대적 분별개념이 등장한다.

　이 시의 첫째 구절과 둘째 구절은 구름이 달리고 배가 떠가는 '움직임'과 하늘도 그대로 있고 언덕도 그대로 있는 '고요함'이라는 우리의 일상생활에서 항상 경험하는 이분법적 분별인식의 세계를 보여준다. 그런데 이 이분법적 상대개념은 어디서 오는 것인지를 돌아볼 필요가 있다.

　우선 두 가지 주장이 가능할 것 같다. 하나는 대상세계에 움직임과 고요함이 있으니 내 의식이 지각한다는 견해로, 지각이 대상세계를 있는 그대로 받아들인다는 경험론의 '수용설'受容說이라 할 수 있을 것이다. 또 하나는 움직임이나 고요함이란 내 마음의 분별작용일 뿐이요, 실제 대상은 어떤 상태인지 알 수 없다는 견해로 내 마음의 작용현상이라고 보는 관념론의 '구성설'構成說이라 할 수 있을 것이다. 그런데 과연 어느 쪽이 올바른 견해라 할 수 있을 것인지 쉽게 판단하기가 어렵다.

　내 손바닥으로 네 손바닥을 쳤을 때 나는 소리가 내 손바닥에서 나는 소린지, 네 손바닥에서 나는 소린지, 두 손바닥이 합쳐져서 나는 소린지, 내 귀에서 나는 소린지, 내 마음에서 나는 소린지, 어떻게 설명해도 말이 되기도 하고 안 되기도 하여 단정적으로 말할 수가 없다. 이런 논쟁은 무한궤도 위를 달리는 것이라 아무리 오래도록 논쟁이 계속되어도 끝이 나지 않을 것이 대상세계에 움직임과 고요함이 있다고 하면 내 마음이 대상세계에 따라 동요할 것이고, 내 마음에서 움직임과 고요함이 일어난다고 하면 내 마음이 스스로 요동의 회오리 속에 휘말려 들게 된다. 그래서 불교는 또 하나의 다른 길을 제시하려는 것인가 보다.

내 마음이 대상에 끌려다니며 혼란에 빠지거나 내 마음이 스스로 요동쳐서 멀미를 일으키거나 모두 고통이요 번뇌의 세계라는 것이다. 이 요동치는 대상세계와 마음을 우선 가라앉혀 정신을 차리도록 평정하게 할 수 있는 길을 찾으려고 한다. 그래서 대상세계의 전부 곧 천지와 만물을 다 지워버리고 텅 비게 하며, 내 마음도 다 비워서 텅 비게 하여, 한 번 백지 상태의 텅 빈 세계를 제시해보려고 하는 것인가 보다.

그래서 셋째 구절에서는 "본래 아무 것도 없었다"(本是無一物)고 선언한다. 본래 아무 것도 없었다고 현재에도 아무 것도 없다는 말은 아니다. 현재 우리가 경험하고 있는 삼라만상의 사물과 우리 마음의 온갖 의식의 작용양상들이 본래는 없었던 것이므로 실상이 아니라 허상으로 만들어져 나온 것이라는 말이다. 마치 바닷가에서 벼랑에 부서지며 눈처럼 바람에 희나리는 물보라의 아름다움도 본래는 없는 것이 지금 잠시 하나의 허상으로 떠오를 뿐이라는 것이다. 잠시 거품으로 떠올랐다가 곧 거품이 꺼지면 완전히 사라질 뿐이라고 말한다.

우리가 보고 듣고 만지는 이 세상의 온갖 사물과 내 의식이 일으키는 모든 상념들이 본래 아무 것도 없었기 때문에 지금 잠시 나타나는 허상을 가지고 실재라고 권리주장을 할 수가 없음을 강조한다. 그러니 이 허상에 매달려 울고불고 할 것이 없다는 결론에 도달하게 된다. 마지막 구절에서는 기뻐하거나 슬퍼하는 그 마음을 비워버리도록 요구한다. 왜냐하면 그 기뻐하거나 슬퍼하게 하는 원인을 제공해주는 대상이 이미 허깨비인데 어디다 기대고 기뻐하거나 슬퍼할 것인가 반문하고 있는 것이다.

이제 대상세계도 지워버렸고 내 마음도 비워버려서, 기쁨이나 슬픔의 어떤 감정에도 동요되지 않을 수 있게 되었다고 하자. 그렇게 되면 모든 불행에서 해방되고 행복하고 충족된 삶을 누릴 수 있는 구원을 받은 것이라는 말인가? 한번 다시 생각해보고 싶다. 대상도 주체도 다 지우고 버린 다음에 '허무'에 빠지지 않을 수 있는 근거를 어디서 확보할 수 있다는 말인가? 기뻐하지도 슬퍼하지도 않는 '나' 혹은 '나의 마음'은 아무 것도 없는 세계 속에서 무엇을 할 수 있다는 말인가? 설명이 더 듣고 싶어진다.

분명 대상세계에 휘둘리지도 않고, 자기 마음의 요동치는 소용돌이에 휩쓸리지도 않는 자아를 찾아야 한다. 이 자아가 부동의 중심이 되어 대상세계를 굴리면서 새로운 빛 속에 다시 살려내는 설명이 필요하다고 본다. 이 시는 바로 이 '자아 재발견'의 단계까지 오기 이전에 대상세계와 자기의식으로부터 자유로워지는 '자아 해방'의 단계를 말해주고 있는 것이 아닌지 의문을 갖게 된다.

조선 〈묵암 최눌黙庵 最訥(1717-1790)〉

21

땅을 파면 어디서나 물이 나오고

땅을 파면 어디서나 물이 나오고
구름 걷히면 푸른 하늘 드러나는 법
강이나 산이나 구름이나 물이나 땅
무엇 하나 '선' 아닌 게 어디 있으랴.

地鑿皆生水　雲收盡碧天
지 착 개 생 수　운 수 진 벽 천

江山雲水地　何物不渠禪
강 산 운 수 지　하 물 부 거 선

< ? >

이 시는 우리가 사는 세상의 모든 사물은 무엇이나 겉과 속이 구별되니, 겉으로 드러나는 현상의 세계와 그 속에 간직된 본질의 세계가 안팎의 양면을 이루고 있다는 사실을 전제로 한다. 그리고 이 양면을 지닌 사물의 세계가 바로 '선'의 대상이요 '선'이 이루어지는 세계임을 제시하는 것이라 하겠다. 우리가 흔히 듣게 되는 '선'이란 일상의 세계와 철저히 단절시키는 극도의 부정적 사유나 고통스러운 수행을 실천하는 것으로 제시하는 것과는 전혀 다른 분위기에서 편안하고 쉽게 접근하도록 길을 열어주려고 하는 것이라 보인다.

　이 세상에 존재하는 모든 것은 겉으로 드러나는 모습과 그 실제의 속이 다르게 나타나기 마련이다. 말하자면 무엇이나 형체가 있는 사물에는 그 겉껍데기와 속 알맹이가 분명히 구별되는 차이가 있다는 것이다. 그렇다면 이 껍데기와 알맹이의 관계를 어떻게 이해하고 어떻게 처리해야 할지 잘 판단하는 것이 큰 숙제의 하나가 되겠다. 우리는 과자를 먹을 때는 그 껍데기인 포장지를 벗겨내고 알맹이만 먹는다. 과일을 먹을 때도 그 껍데기를 깎아내고 알맹이만 먹는다. 그렇다면 원래 껍데기는 필요가 없으니 버려야 하는 것이고, 알맹이만 취하면 되는 것인가? 단순히 그렇지만은 않다.

　껍데기가 있어서 알맹이가 손상되거나 더럽혀지지 않도록 보호해주고 있지 않은가. 그런데 어찌 껍데기를 더러운 것으로 취급하여 무시하거나 버리려고 들 수 있겠는가? 물론 껍데기는 바깥을 둘러싸고 있어야만 알맹이를 보호할 수 있으니, 껍데기도 잘 보존되어야 하는 것이 분명하다. 그런데 다른 한 편으로 보면 그 껍데기를 벗겨내지 않으면 알맹이를 얻을 수가 없으니 벗겨 버려야할 대상인 것도 분명하다. 이처럼 세상은 상반된 가치가 동시에 성립하는 양면성을 보여주는 일이 얼마든지 있다.

이 시의 첫째 구절과 둘째 구절에서는 바로 모든 사물이 겉과 속, 껍데기와 알맹이, 현상과 본질의 이중구조로 되어 있음을 보여준다. 곧 땅을 파면 그 속에서 물이 샘솟아 나오니, 땅만 보려고 들지 말고 땅 속에 땅 아닌 물이 있음을 알아야 한다고 깨우쳐준다. 마찬가지로 구름이 걷히면 그 속에 본래 있던 푸른 하늘이 드러나니, 구름을 보면서도 항상 그 속에 숨겨져 있는 하늘을 함께 보라고 일깨워준다.

일차원, 이차원의 평면적 세계에 사로잡혀 있던 시야를 삼차원의 입체적 세계로 열어주고, 다시 사차원, 오차원의 세계로 터져나가게 시야를 터뜨려주는 것이 '선'임을 보여주는 것이라 짐작된다. 그래서 셋째 구절과 넷째 구절에서는 아주 직접적으로 강과 산과 구름과 물과 땅을 비롯하여 우리가 경험하는 세계의 모든 사물이 바로 '선' 아닌 것이 없다고 선언하고 있다. 그렇다면 '선'이란 저 산속에 들어가 세상에 눈을 감고 몇 년이 지나도록 벽만 바라보고 앉아 있는 '좌선'坐禪만이 '선'은 아니라는 말이다. 길을 가면 '행선'行禪이 되고, 누워서 뒤척이면 '와선'臥禪이 될 것이다. 어디 그 뿐이랴. 운동하고, 밥먹고, 영화보고, 춤추고, 노래하는 생활의 모든 행동 모든 장면이 다 '선'이 될 수도 있지 않겠는가?

묵암默庵이 말하려는 것은 '선'을 일상생활과 현실세계에서 유리시키려 들지 말라는 경고를 하는 것인지도 모르겠다. 그것은 '선'수행의 전통에 대해 혁신을 요구하는 발언은 아닐까? 물론 선사들이 그의 말을 이미 다 알고 있다고 하더라도, 실제의 전통에서는 '선'이 현실과 너무 유리되어 있을 때, 이 평범한 말이 혁명적 구호가 될 수 있지 않을까? 그는 우리의 살아가는 모든 순간이 '선'이 될 수 있다는 '생활선'生活禪을 선언하고 있는 것이나 아닌지 궁금하다. '선'이 세상과 사물을 보는 눈을 새롭게 열어주는 것이라면 그 방법은 눈을 반쯤 감고 앉아 있고, 어떤 화두하나만 생각하며 모든 생각을 지워버려야만 얻어질 수 있는 것이 아님은 분명하다.

'선'이 궁극적으로 깨우침을 추구하는 것이라면, 깨우침이야 부엌 아궁이에서 불을 때다가도 얻을 수 있는 것이요, 방앗간에서 방아를 찧다가도 얻을 수 있는 것이다. 그러니 '선'과 '깨우침'이 별개의 것이 아니라면 어찌 일상생활 처처에서 '선'을 할 수 없다고 할 수야 있겠는가? 묵암의 말은 나에게 '선'의 생활화, 세속화를 요구하는 소리로 들린다. 그러나 '묵조선'黙照禪이니 '간화선'看話禪이니 하는 '선'수행의 전통을 버려야만 '선'의 일상화와 생활화가 될 수 있는 것은 아니라고 생각된다. 한편으로는 오랜 전통의 '선'수행 방법이 존중되면서, 다른 한편으로는 '선'의 생활화를 통한 세속화 내지 대중화를 추구하는 길을 열어주는 것도 좋지 않을까? 🈁

꽃 피고 새 울어라 내가 무얼 관계하랴

펼쳐 놓으면 열 가지 모양 서촉비단이요
거둬들일 땐 앞 시내에 밝은 달 떠 있네
펼치고 거둠이 들 다 그르거나 옳거나
꽃 피고 새 울어라 내가 무얼 관계하랴.

放處西川十樣錦　收時明月印前溪
방 처 서 천 십 양 금　수 시 명 월 인 전 계

收放兩非還兩是　一任花開與鳥啼
수 방 양 비 환 양 시　일 임 화 개 여 조 제

〈寄錦溪禪〉

김정희(秋史·阮堂 金正喜)는 19세기 전반기를 살았던 서예가로 모르는 사람이 없을 만큼 유명하다. 그는 금석학金石學·고증학考證學에 밝은 실학자로 알려져 있지만, 한국사상사에서 보면 오히려 불교에 심취한 유교지식인으로 더 주목받을 만한 인물이다. 그는 백파(白坡 亘璇)·초의(草衣 意恂) 등 당대의 여러 선사들과 폭넓고 깊은 교분을 맺었으며, 당시에 벌어졌던 선학禪學논쟁에도 끼어들 만큼 선리禪理에도 일가견을 지녔다. 그만큼 김정희는 조선시대 유교와 불교의 교류와 상호이해의 현장에서 남긴 업적이 사실상 실학자로서 그의 업적보다 훨씬 더 중요시할 필요가 있지 않을까 하는 생각이 든다.

　이 시는 분명하게 알지는 못하겠지만, '금계'錦溪라는 법호를 지닌 어느 선사에게 그 법호를 풀이해 주면서 '선'의 세계를 읊은 것이 아닐까 짐작해 본다. 어디를 가나 산사山寺에는 냇물이 맑고 물소리가 시원해서 좋다. 물소리가 안 들리는 산사라면 어쩐지 목이 마르는 느낌이고, 그 '선'도 마른나무(枯木) 가지처럼 생기가 없을 것 같은 느낌이 든다. 더구나 그 산이 높고 골짜기가 깊어 냇물이 하얀 반석 사이로 흐르다가 정결한 모래톱을 감돌며 멀리까지 흘러가는 광경이 한 눈에 들어오면, 그 시내는 그야말로 비단을 펼쳐놓은 듯한 '금계'일 것이 분명하다.

　시인은 비단처럼 펼쳐진 냇물 곧 '금계'를 바라보며 그 아름다움을 이중적으로 발견하는 시야를 열어주고 있다. 바로 '선'의 세계는 이렇게 한 가지 세계를 보면서 또 하나의 눈을 떠서 다른 세계를 볼 줄 아는 눈을 열어가는 훈련으로부터 시작하는 것인지도 모르겠다. 한 가지 사물 속에 여러 가지 모습을 보고, 한 마디 말 속에 여러 가지 의미를 읽어낼 수 없다면 과연 '선'이 될 수 있을까? '선문답'에서 그 얼토당토 않는 언어를 구사하지 않을 수 없는 것은 우리의 일상적 대화처럼 일차원적 평면의 세계를 보여주려고 내뱉는 말일 수는 없지 않은가? 그래서 "산은 산이요, 물은 물이다"라는 그 너무도 당연하여 말할 필요도 없는 말을 하는 것은 이미 그 속에 "산은 산이 아니요, 물은 물이 아니다"라는 부정의 초탈을 겪고 난 다음에 새로운 차원에서 세상을 바라보는 열린 눈이요 말이 아니랴.

첫째 구절과 둘째 구절은 하나의 사물로서 '금계'라는 냇물을 바라보는 두 가지 시야를 보여준다. 먼저 이 냇물에서 비단의 화려한 아름다움을 본다. 냇물이 비단을 펼쳐놓은 것으로 보인다. 그 비단 가운데서도 극상품인 서촉西蜀에서 나는 채색비단 곧 '촉금'蜀錦의 아름다운 색채와 무늬가 살아있는 것이다. 더구나 시간이 흐르면서 해가 비치는 각도가 변함에 따라 서촉 비단이 자랑하는 그 유명한 열 가지 채색무늬가 다 펼쳐 나오는 것으로 보인다. 냇물은 이제 흐를 필요도 없다. 이미 냇물은 그대로 '비단'이 되어 밝은 햇살아래 눈부시게 빛나며 펼쳐져 있는 것이다. 냇물을 보면서 냇물을 잊고 비단의 아름다움에 취해 있다.

다음으로 이 비단에서 거울의 밝음을 본다. 낮에 햇살아래서 비단으로 영롱하게 빛났지만, 해가 저물고 밤이 오면 비단은 사라져 보이지 않는다. 그러니 펼쳐 놓았던 비단은 어느 틈에 말끔히 거둬들인 것이다. 이제 밤의 어둠이 몰려오자 냇물도 잘 보이지 않는다.

그런데 동산에서 달이 떠올라 중천에 이르니 이 냇물은 거울이 되어 다시 살아났다. 돌아가는 굽이마다 이 거울에는 달이 하나씩 도장을 찍어 놓은 듯 그대로 물 위에 비치고 있지 않은가? 이제 냇물은 또 다시 흐를 필요가 없어졌다. 냇물을 보면서 또 냇물을 잊어버리고 말았다. 그저 달을 비춰주는 거울로서 '천경'天鏡의 환상적 아름다움을 즐기기만 하면 되는 것이 아니냐.

셋째 구절에서 이제 냇물을 다시 객관화시켜보는 또 하나의 시야를 열어 보여준다. 펼쳐서 '비단'이 되고 거두어서 '거울'이 되니, 이 냇물이 '비단'이냐 '거울'이냐 따지기 시작하는 사람들이 분명 있을 것이다. '비단'도 아름답고 '거울'도 아름답다고 긍정하는 사람, '비단'은 '거울'만 못하고, '거울'은 '비단'만 못하다고 부정하려드는 사람, 이렇게 따지기 좋아하는 사람들이야 내가 옳으니 네가 옳으니 '시비'是非가 분분하게 일어날 것이요, 둘다 옳고 둘다 그르다고 '양시양비론'兩是兩非論을 내세워 절충하고 조정해보려고 뛰어드는 사람도 분명히 나올 것이다.

여기서 '선'은 바로 '시비' 그 자체를 잊어버리기를 가르치고 있는 것이 아닌가? 잊어버리고 비워버려 '무념무상'으로 '시비'의 허망한 물결을 잠재움으로써 평화와 자유로움을 얻는 지혜가 아닐까? 마지막 구절에서도 꽃이 피어 아름답다고 가슴 설레는 일도, 새가 울어 안타깝다고 눈물짓는 일도 잠시 다 잊고 한 번 '무념무상'에 들어가 보자고 손을 붙잡고 이끌어주고 있는 것이 아닌가? 🔲

눈에는 급히 흐르는 강물 소리 들리고

눈에는 급히 흐르는 강물 소리 들리고
귓가엔 번쩍이는 번개불빛 보이네.
고금에 일어났던 무한한 일들
석인石人도 마음에 스스로 끄덕이네.

眼裡江聲急　　耳畔電光閃
안 리 강 성 급　　이 반 전 광 섭

古今無限事　　石人心自點
고 금 무 한 사　　석 인 심 자 점

<偶吟29>

인간은 세상을 관찰하고 설명해왔다. 이렇게 형성된 설명체계는 한가지로 굳어지면서 고정관념이 된다. 이 고정관념을 깨뜨리지 않으면 새로운 발상 새로운 세계를 열 수가 없다. 경허는 먼저 눈으로 보고, 귀로 듣는다는 가장 감각적이고 일차적인 고정관념을 깨고자 하였다.

　인간의 다섯 가지 감관(五官)은 제각기 독립된 것 같지만 하나로 의식 속에서 통합된다. 말하자면 각각의 전문기능이 있지만 협동작전을 벌이고 그 전과를 공유하는 것이다. 한 회사에 영업사원이 열심히 뛰어 구매계약을 하고 왔는데, 생산직 근로자가 파업하여 상품공급을 못한다면 계약을 지키지 못한 손해까지 배상해야 되니, 어느 한 쪽도 완전히 독립적인 것은 아니다. 한 쪽이 마비되면 다른 쪽도 기능을 제대로 할 수 없다. 이것이 바로 유기적인 연결구조임을 보여주는 것이다.

　인간은 과연 눈으로 들을 수 있다는 말인가? 강이 흐르다 여울져 급하게 흐르는 광경을 보면 귀를 막고 있어도 소리가 난다는 사실을 알 수 있다. 마찬가지로 눈을 감고 있어도 천둥소리가 요란하게 들리면 번개가 치고 있다는 사실을 알 수 있다. 이렇게 눈이 들을 수 있고 귀가 볼 수 있다는 말은 더 정확하게 설명하자면 눈과 귀의 배경에 있는 우리의 의식 곧 마음의 작용이 있기 때문일 것이다.

　눈과 귀가 인간 마음에서 떨어져 나와 제각기 동동 떠다니는 것이 아니라면, 눈이 보고 있는 모든 순간에는 마음이 같이 하고 있으

며, 귀가 듣고 있는 모든 순간에는 마음이 같이 하고 있다. 그러니 눈과 귀를 꽃만 꺾어다 꽃병에 꽂아 놓듯이 따로 떼어내어 고립시켜 보려고 해서는 안 된다는 경고를 해주고 있다. 그동안 우리는 고정관념에 너무 사로잡혀 눈으로는 들을 생각도 않고, 귀로는 볼 생각도 않았다. 이렇게 고립된 사유방법 고정된 관념체계의 틀을 흔들어 한 번 무너뜨려 보라는 말씀이다.

눈과 귀로 말하더라도, 눈을 뜨고 있다고 다 보이는 것도 아니고, 귀를 열고 있다고 다 들리는 것도 아니다. 여러 사람이 함께 역사적 유적지로 관광여행을 떠났다고 하자. 여러 사람이 똑같은 조각품 앞에 서 있거나 옛 건물 앞에 서서 함께 바라보고 돌아왔지만, 그 유적에서 보고 온 것은 제각기 다르다. 어떤 때는 하늘과 땅처럼 보는 내용의 깊이가 다를 수도 있고, 불과 물처럼 보는 내용의 성격이 다를 수도 있다. 그러니 눈과 귀를 열었다고 다 같이 보거나 듣는 것은 아니다.

이제 제대로 보고 제대로 듣는 길을 보여줄 차례가 아닐까? 눈으로 듣고 귀로 본다는 것은 고정관념의 틀을 깨지 않으면 제대로 보고 들을 수 없다는 가르침이니, 이렇게 눈과 귀의 고정관념을 깨고서 찾아야 하는 바탕이 있을 것이다. 경허가 결국에 말하고자 하는 것은 눈과 귀로 듣거나 보는데 사로잡히지 말고, 마음으로 듣고 보라는 것이 아닐까? 마음의 눈을 뜨고, 마음의 귀를 열면 보는 것이나 듣는 것 어느 한 쪽에 사로잡히는 일이 없을 뿐만 아니라, 눈과 귀로 보고 듣는 것과는 다른 수준 다른 차원의 세계를 보고 들을 수 있다는 말이다.

마음이 열리면 세상이 열리지만, 마음이 닫히면 세상이 닫히게 된다. 감각의 미세한 차이에 몰입하여 아름답고 신기한 구경거리를 찾아다니고, 신나는 음악에 열광하며, 맛있는 음식을 찾아다니는 행렬이 얼마나 긴지 모르겠다. 끝없는 감각의 자극을 추구하여 갈수록 섬세하고 정교하고 자극적으로 다듬어져 가지만, 마음은 갈수록 황폐하고 공허하게 되어가는 것이 우리가 사는 현대라는 시대의 숙명적 질병이 아닐까? 경허는 눈과 귀를 소통시키자는 말을 하려는 것이 아니라, 마음을 열자는 말을 하려는 것으로 보인다.

셋째 구절과 넷째 구절은 바로 마음이 열린 세계의 광경을 보여주는 것이라 생각된다. 천지가 열리고 인간이 살아온 이후 고금에는 헤아릴 수 없이 많은 일들이 벌어졌다. 자기 나라의 역사를 돌아보면서 분개하여 땅을 치기도 하고, 자신이 살아온 일을 회고하면서 회한에 젖어 눈물을 흘리기도 한다. 지난 일들이나 현재 일어나는 일들을 바라보면서 어찌 무심하게 보고 들을 수 있겠는가? 격분과 안타까움과 한심스러운 마음을 누를 길이 없다. 그러나 이제 어떤 고정관념도 깨뜨리고 마음을 통쾌하게 한 번 열어보라고 제안한다.

내 마음 다르고 네 마음 다른 마음이 아니라, 우리 모든 인간의 마음이 하나인 바탕의 마음을 찾아내고, 저 무덤 앞에 서 있는 돌로 깎은 문인석文人石의 마음과도 통하는 마음을 열어보자는 것이다. 돌로 만든 사람의 마음도 끄덕이는 그 마음을 찾아야 세계가 탁 터져 시원하게 보이고, 만사가 아무 그슬림이 없이 이해되지 않겠는가. 이것은 온갖 말이 다 시원하고 부드럽게 들리는 '이순'耳順의 단계를 지나 세상이 그대로 통쾌하고 환하게 받아들여지는 '심순' 心順의 단계, 곧 깨달음의 세계라 할 수 있지 않을까? 🏵

한국 〈경봉 정석鏡峰 靖錫(1892-1982)〉

24

서로 서로 만날 때 향기를 얻고

서로 서로 만날 때 향기를 얻고
온화한 바람 속 봄볕도 따사롭구나
인생 고락이야 마음에서 일어나니
활안으로 비쳐보면 만사가 평안하리.

物物逢時各得香　和風到處盡春陽
물 물 봉 시 각 득 향　화 풍 도 처 진 춘 양

人生苦樂從心起　活眼照來萬事康
인 생 고 락 종 심 기　활 안 조 래 만 사 강

< ? >

세상은 고해苦海요 만사가 다 허망한 환상이라 하고, 인간 자신도 무명無明을 벗어나지 못하고 탐욕과 진노와 어리석음의 삼독三毒에 절어 있는 존재라 하여 왔다. 이렇게 어둡고 부정적으로만 보는데도 이제 신물이 날 정도가 되었다. 그러니 한 번 생각을 바꾸어 긍정적으로 밝게 보는 눈을 떠 보는 것도 신선한 충격이다. 너무 엄격한 꾸중을 듣다가 기가 꺾였는데, 이제 격려를 해서 기를 좀 살려 주려는 것인가 보다.

　"일체의 모든 현상은 마음이 지어낸 것"(一切唯心造)이라 했으니, 마음이 지어낸 것은 실상이 아니라 허구일 뿐이라는 말도 되지만, 마음먹기 따라서는 세상이 고통 속에 아우성치는 지옥으로도 보이고, 환락 속에 희희낙락하는 천당으로도 보일 수도 있을 것이다. 그러니 이렇게 화창한 봄날 사방에는 꽃이 만발하여 꽃향기가 가득하고 봄바람은 부드럽게 불어오고 봄볕은 따스하게 내려쪼이는데, 이 아름다운 계절에 얼굴 찌푸리고 세상을 비관의 눈으로 내다볼 필요가 있겠는가?

　여기서 발상을 전환하는 희망의 실마리는 마음이 스스로 찾아내고 있는 것이 아니라, 봄날이라는 호시절의 자극과 도움을 받아서 찾아내고 있다는 사실이다. 역시 인간은 이 세상을 부정하고만 살 수는 없는 존재인가 보다. 그렇지 않다면 또 환상에 속고 있는 어리석음의 발로에 지나지 않게 되고 말 것이 아니랴. 첫째 구절에서 "서로 서로 만날 때 향기를 얻는다"는 말은 세상 풍파를 다 겪고 나서 달관한 정신이 따뜻하게 타일러 주는 덕담으로 들린다.

살아간다는 것은 만나는 것이다. 숨을 쉬면 공기와 만나고, 끼니 때가 되면 음식을 만나고, 집안에서는 가족과 만나고 문 밖에 나오면 세상과 만난다. 제각기 다른 궤도를 돌다가 인연에 따라 만나고 헤어지기를 반복하는 것이 인생이 아닌가? 그런데 이 만남에 불쾌한 기분, 쓰라린 감정, 안타까운 기억이 아니라, 그 만남이 반갑고 유쾌하고 만족스러운 경험이 된다면 바로 인생의 불행과 행복이 이 만남에서 일어나는 것이라 보인다.

과연 이 만남의 하나하나에서 서로가 향기를 얻을 수 있다면 얼마나 좋을까? 꽃이 사방에 화려하게 핀 화창한 봄날 봄바람에 꽃향기가 실려 오니, 갑자기 세상이 향기로워지는 것을 경험할 수 있다. 그 순간의 행복감을 소중히 간직하여 일 년 내내 되살리고 싶지만, 무더위에 허덕이고 강추위에 움츠려 들다보면 그 봄날의 꽃향기가 기억에도 남아 있기가 어려운 것이 사실이다. 문제는 어떻게 모든 만남에서 언제나 서로가 향기를 얻을 수 있느냐 그 방법을 알고 싶다는 것이다. 봄날 꽃향기 맡듯이 인간세상에서 무수한 만남이 저절로 향기로울 리야 없지 않겠는가? 그 대답이 어떻게 나오는지 정말 궁금하다.

셋째 구절과 넷째 구절은 분명히 만남에서 향기를 얻을 수 있는 방법을 제시하는 가르침이라 할 수 있다. 만남에서 향기를 얻을 수 있는 조건과 이유를 먼저 말하고, 그 방법과 효과를 제시해주니 갖춰서 친절하게 설명해 주고 있는 것이라 하겠다. 먼저 인생에서 괴로워하거나 즐거워하는 원인이 모두 '마음'에서 발생한다는 조건을 확인하고 있다. 그러니 만남에서 괴로움을 얻게 되는 것도 '마음'때문이요, 향기를 얻게 되는 것도 '마음'에서 가능하다는 것이다.

이렇게 병의 원인도 건강의 조건도 바로 '마음'에 있음을 진단하였으니, 만남에서 향기를 얻는 방법을 제시해준다. '활안'活眼을 떠야 한다고 강조한다. 활발하게 살아 움직이는 안목 곧 세상을 스스로 굴려가고 바꿔가면서 비쳐볼 수 있는 안목의 '활안'을 떠야 한다고 가르친다. 그것이 대답의 핵심이다. '활안'을 뜨고 세상을 비쳐보면 세상이 모두 평안하고 향기로울 것이라는 말이다.

　대답을 듣고 나니 무엇이 잡힐 것 같기도 하고 아직 못 잡고 있는 것 같기도 하여 약간 당황스럽다. 그 '활안'을 뜨면 분명 세상이 향기롭게 바뀌어 보일 터인데, 그러면 어떻게 '활안'을 떠야 한다는 말인지가 안 들어온다. 여기에 분명 비약이 있다. 그 비약의 부분은 혹시 내게로 와서 '마음'을 닦으라고 말하는 것인지도 모르겠다. 그게 어디 그렇게 쉽게 저절로 될 수 있으랴? 평생을 산중에서 '도'를 닦고서도 '활안'이 열린 사람이 흔치 않은데 말 한마디 듣고 '활안'이 안 떠진다고 불만을 가진다면 너무 조급하게 구는 것이라 야단을 맞을 것 같기도 하다.

　마음을 고쳐먹고 '활안'을 떠서 세상을 내다보라는 말은 너무 '마음'의 각성 상태만을 강조하는 것이 아닌지 의문이 생긴다. 그 '마음'의 방향을 어떤 방법으로 바꾸어 가며, 그 '마음'을 어떻게 훈련시켜야 그 방향으로 향상되어 가는지 잘 모르겠다. 한 순간에 깨침을 얻는다는 '돈오'頓悟는 무슨 말인지 짐작이 되는데, 어떻게 그 '마음'의 고삐를 잡고 그 방향으로 몰고가게 할 것인지 단계적 수련방법을 말하는 '점수'漸修는 아직도 안보여 준 것이 아닌지? 수행이 없는 깨침은 그 자리에 가만히 서서 방향만 가리키고 있는 손가락 같은 것이 아닐까? 길을 가는 과정의 험난하고 어려움을 소홀히 할 수야 없지 않은가? ▩

▌저자약력▌

금장태琴章泰

1943년 부산생
서울대 종교학과 졸업
성균관대 대학원 동양철학과 수료(철학박사)
현 서울대 종교학과 명예교수
주요 저술 『퇴계의 삶과 철학』, 『다산실학탐구』, 『한국유학의 心說』
　　　　 『조선후기의 儒敎와 西學』, 『한국유학의 老子이해』
　　　　 『불교의 유교경전 해석』, 『조선유학의 주역사상』
　　　　 『비판과 포용-한국실학의 정신』, (2009문화관광부 우수학술도서선정)
　　　　 『비움과 밝음-동양고전의 지혜』
　　　　 『鬼神과 祭祀-유교의 종교적 세계』
　　　　 『임계유의 老子 풀어읽기釋讀』(공저) 외.

시경詩境-한시漢詩와 도道

초판인쇄 2010년　1월　11일
초판발행 2010년　1월　20일

저자 금장태

발 행 인 윤석원
발 행 처 도서출판 박문사
책임편집 김진화
등록번호 제2009-11호

우편주소 서울시 도봉구 창동 624-1 현대홈시티 102-1206
대표전화 (02) 992 / 3253
팩시밀리 (02) 991 / 1285
전자우편 bakmunsa@hanmail.net

ⓒ 금장태 2010 All rights reserved. Printed in KOREA

ISBN 978-89-94024-19-6　93810　　　　　**정가** 15,000원